魏清潮散文集

余秋雨题

作家出版社

图书在版编目（CIP）数据

魏清潮散文集 / 魏清潮著. -- 北京：作家出版社，2015. 9
ISBN 978-7-5063-8340-0

Ⅰ. ①魏… Ⅱ. ①魏… Ⅲ. ①散文集 - 中国 - 当代
Ⅳ. ①I267

中国版本图书馆CIP数据核字（2015）第236357号

魏清潮散文集

作　　者：魏清潮
责任编辑：李亚梓
装帧设计：张晓光
出版发行：作家出版社
社　　址：北京农展馆南里10号　　**邮　　编**：100125
电话传真：86-10-65930756（出版发行部）
86-10-65004079（总编室）
86-10-65015116（邮购部）
E-mail:zuojia@zuojia.net.cn
http://www.haozuojia.com（作家在线）
印　　刷：北京中科印刷有限公司
成品尺寸：152 × 230
字　　数：237千
印　　张：19
版　　次：2015年12月第1版
印　　次：2015年12月第1次印刷
ISBN 978-7-5063-8340-0
定　　价：58.00元

作者简介

魏清潮，广东潮州人，八十年代开始发表作品，先后在《作品》、《散文》、《散文选刊》、《散文百家》、《西部散文选刊》、《秦都》、《粤海散文》、《延安文学》、《人民日报》、《南方日报》、《羊城晚报》、《南岛晚报》等报刊发表小说、散文数十万字。广东省作家协会会员，潮州市作家协会顾问。曾在部队、企业任职。现在机关工作。

作品多次在省市获奖。获2014年度中国散文年会唯一特等奖——精锐奖。2014年第1期《散文选刊下半月》刊登了魏清潮散文专辑录21篇，7万多字。2014年第6期《西部散文》刊登了魏清潮散文特辑，集中发表了10篇散文，3万多字。散文《拜雪》入选 2012年上海市高考二模试卷；散文《海风吹过红树林》被江苏省镇江市和泰州市选为2013年初中升高中暨毕业考试试卷的范文分析。散文《鹰之重生》入选“百度”文库，散文《竹海》入选大学生读物《散文欣赏》。散文《心灯》、《茶如人生》、《拜雪》、《竹海》、《放生台与钓鱼台》连续荣获2007年至2012年度市级优秀作品奖。

目　录

散文雅集

历史留痕

研讨文章

散文雅集

拜雪

阴霾的天空中，雪花像一羽羽的鹅毛漫天飞舞，又似洁白的芦花，洋洋洒洒地到处飘荡。一片白色的世界，白皑皑的大地，远处只见农户的屋顶上，盖上了一层绵白的毛毯，古老斑驳的大树银装素裹，大雪压枝枝欲折，蜿蜒的小溪变成了银蛇。风雪中，一座古朴、庄严寂寞的寺院门前，伫立着一位老和尚，面对纷纷扬扬的雪花，双手合十，虔诚祈祷，深邃的眼睛中透出一道仁慈、睿智和带着伤感的眼光，默默地注视着前方，那眼光将一切孤寂的守候和祈盼深深地藏在了心底。这是我在一次摄影展上不经意看到的一幅放大的相片，取名为：拜雪。我在这幅相片前站立良久，被这诙谐、幽默、机智的画面，深深地吸引着，挥之不去，平和的心给搅动了，掀起一串串涟漪，任思绪飞驰。

人们敬畏大自然，也崇拜飘飘白雪。一缕洁白的雪魂，它飘逸、通灵、虚幻，伸手接过几片雪花，来不及细看，来不及亲吻，它就融化了。雪是水，它来去匆匆，一见白晃晃的太阳，就变化得无影无踪；雪是蜜，涂抹在人心上，可拂去尘埃，净化灵魂。大雪无痕，蕴含了虚无缥缈。它吻合了佛家“色即是空，空即是色”、“四大皆空”的思想，参悟人生，人生苦短，谁能躲得过几十年后黄土一茔，洞明世事，深谙哲理玄机，为人处世，多点奉献，少点算计，不生妄欲，一身无挂，直面人生。

“忽如一夜春风来，千树万树梨花开”。大雪无言，雪飘无声，充满了恬静的韵味。看辽阔无垠的雪域，听一曲来自心灵的风雪单调轻柔的音乐，一曲未了情的静夜思，轻轻的、静静的飞雪，让你感受到冬的诗情画意，沉默是一种力量，生命在这里驻足、沉思、休憩，孕育着新的生机，让你惊讶感叹生命的活力和美丽。

我们赞颂雪花，它与白梅花相比："梅须逊雪三分白，雪却输梅一段香"。雪花晶莹、洁白、绚丽，连白梅都羞之比较，梅花盛开，香气袭人，雪花愧不能及。造物主赋予其不同禀性，各扬所长。寒冬，雪花在大江南北铺天盖地的"怒放"，而梅花只是"墙角数枝梅，凌寒独自开"的稀罕物。因此，踏雪寻梅成了不可多得的雅景，雪花在梅花的濡染、熏陶下也成了香雪，哦，心里的香雪。

从飘飘的白雪中，我仿佛见到了同样轻盈、洁白飞舞的芦花秋雪，"春去苇叶青，秋来芦花白"。成片的芦花，独守江畔那一方瘠土，戏涛抚浪，轻轻飘扬，花序有致，洁白飘逸。在夕阳里，落霞中，摇曳一抹浅醉，絮飞如雪，优雅生动，宛如一幅重彩浓墨的写意国画。在苍茫辽阔、烟波浩渺、秋雪飞舞的景致中，令人感到古典的、寂静的幽野之美。而芦花那洋洋洒洒的身姿，让人闻足了秋天的味道，也有了一份凋零落寞的情怀。雪花与芦花都是在秋冬之际，裸露着生命的本真与飞扬的原态，迎风而歌，潇潇洒洒。人生也是如此，你我都是世间随风飘扬的雪花或芦花，点缀着生命的繁华，无论你来自哪里，无论从事何种职业，都纷飞在尘世间，寻找合适自己生存的方式，在淡然的生命中，绽放出自己的美丽。

美丽的生命，谁不爱风花雪月。当你年轻的时候，你爱北国风光、千里雪飘，深爱雪的浪漫情怀，因为严冬，你做了一个缠绵温柔爱的梦，绚烂凄迷的岁月，聆听爱的真谛，品味爱的甜蜜，彼此的生命多了一份牵挂。当你步入中老年的岁月，走过许多坎坷之路，听过了多少晨钟暮鼓，爱已爱了，恨已恨了，风干了爱的记忆，发现爱已不是爱，情已非情，原来是红楼梦一场。一场情殇，一身惆怅，一眼伤心，淡泊了廊桥遗梦，了断的半截情怀，只剩下爱的咏叹调。

瑞雪兆丰年，我们感谢上苍的恩赐，白茫茫的冬雪冻死了病虫灾害，冬雪的地下涌动着春潮澎湃，万物经过了一个冬天的守候，积蓄了无限能量，只待惊蛰一鸣，春雷滚滚，吹响了集结号，生命的冲动，迸发出排山倒海春天的力量，又是一个好年景，春华秋实，五谷丰登，收成在望。

我赞叹冰雪，最难忘的还是印在我脑海中雪地里那一串串深沉的脚印。我南方炎热的家乡，经年不见雪，不出远门的老人一辈子都没看过雪。因此，我童年的心里总是突发奇想，祈盼老天下雪，下大雪。十八岁那年我到边防当兵，冬天，终于还了夙愿，见到了第一场大雪，我感动，尽情撒泼着青春活力。在旷野里，我大声吼叫，奔跑欢呼，一遍又一遍跳着、踩着脚下面粉似的大雪，张开双臂拥抱雪天，张开大口仰望苍天，将一片片冰凉的雪花衔进口里，融进了滚烫的心里，真是惬意极了。从此，我与冰雪结下了不解之缘。我们的部队分散在方圆二十多公里的五六个兵站上，一名五十多岁的老军医，棱角分明的脸庞，两鬓斑白，精神矍铄，高高的个子，佝偻的背，一双大脚穿着四十四号解放鞋，每隔一天都要背着药箱，不论严寒酷暑，来回在二十多公里的边境警戒线上巡诊，待人和蔼可亲，他和战士们感情笃深，大伙都戏称他“大脚叔”。那年的冬天，天气特别寒冷，暴风雪肆虐，一个大雪纷飞的黄昏，本应到达梳子铺兵站，但战士们左盼右顾，并没有等到他的到来。夜幕降临了，大伙拿着手电筒到处去找他，终于在半山腰白森森的地里寻到了他，在零下三十多度的雪地里他已变成一尊白色的塑像，他身后厚厚的雪地里留下了一串串四十四号解放鞋深深的脚印……我们泪流满面。

雪花飘也飘，好雪知时节……老和尚拜天拜地，也拜雪，似乎对我们有所启迪和教益。

作品发表于《散文》2012年第1期（海外版）、《作品》2011年第11期、《粤海散文》2011年第5期，文章入选上海市2012年二模高考试题。

鹰之重生

闪电般翱翔于茫茫苍穹的天之骄子——鹰，被誉为百禽之首。它气质高傲，威武英俊，气壮声厉，生着长风般的翅膀，灰褐色的斑纹羽毛闪闪发光，铁钩似的爪子，弯月样尖锐的喙，犀利如炽的眼睛炯炯发亮。它盘旋于天地之间，不只是永远享受蓝天白云，同时也接受电闪雷鸣、暴风骤雨的洗礼，凌厉地搏击长空。它是鸟类中飞行高度达到顶点的动物，飞越人类难于攀登的山峰，自古被称为天鸟的它，亮堂堂的大眼球，能敏锐地洞察十几公里外小动物的一举一动，一圈圈的盘旋，“火力侦察”之后，它突然在一瞬间，以箭一般的速度俯冲而下，准确无误地捕捉猎物。

鹰是动物界的强者，其本性倔强、刚毅，视野开阔，视觉敏锐，听觉发达，状态孤高傲慢，不易被驯服。它傲视一切猥琐的小雀小鸟，对污言秽语不屑一顾。只要听到鹰发出的吱吱响亮而尖锐的声音，一般飞禽走兽都会退避三舍，抱头鼠窜。鹰从不吃嗟来之食，只享受自己的胜利果实。它克己节食，从不吞吃全部猎物，即使饿死，也决不扑向那些腐尸臭肉。它像百兽之王——狮子一样，守土如家，维护自己领地捕猎的绝对权力。一山不容二虎，与其他霸道的猛兽一样，在同一领地，不容忍两对鹰的同时存在。

鹰的生长，遵循着世界上弱肉强食的规律。鹰的老窝筑在高山悬崖峭壁上，用坚实的树枝和芒草筑得无比坚固，建造一次可享用一生。一窝雏鹰出生之后，由于食物的缺乏，雌鹰便会选择无情地杀死其中最弱小的雏鹰，保留其他身骨强壮的雏鹰，一旦雏鹰经过苦难般的训练之后，能够自立，父母就将它们赶得远远的，永远不许再回老窝。

“天竞物择，适者生存”。鹰要成为强者，它的生存训练是极其残酷的，面临艰难的抉择。雏鹰出生之后，没有享受几天舒服的日子，在母鹰的带领下，便要开始接受过三关的生死考验。第一关，要经受成百上千次的飞行训练，只有刻苦的训练，才能从母鹰口中得到食物，怠慢者得不到丁点食物，只能活活饿死。第二关，母鹰把幼鹰带到高耸云霄的悬崖处，把幼鹰摔下去，只有勇敢展翅飞翔的幼鹰才能活下来，胆怯者会被活活摔死。第三关，那些被母鹰推下悬崖而活下来的幼鹰，将面临最艰难、最关键的考验，它的翅膀会被母鹰啮咬折断，然后再次被母鹰叼住，狠狠地摔下悬崖……

这里，人们禁不住打了一个寒噤，伟大的母爱到底在哪里？人们看到的是一副冰冷的铁石心肠，虎毒不伤子，难道母鹰对子女就是这般无情的冷血动物？不然也，爱之至深，教之尤严，近乎残忍的教育方式是为了后代成为生存的强者。这就是生活在这个世界上强者的自然法则。母鸡在温馨的环境中，那么溺爱小鸡，但是鸡永远也变不成凤凰，变不成鹰。

母鹰以坚强的意志力折断幼鹰翅膀，正是为了鹰能自由翱翔于广袤的天空中，鹰的翅膀骨骼再生能力极强，只要带着被折断的翅膀，强忍着激烈的痛楚飞翔，使翅膀充血，很快便能痊愈。重生的翅膀更加刚劲、强健有力，能够冲上云霄。没有折断翅膀的幼鹰，永远也飞不上高空，如果不这样，鹰将失去仅有的机会，永远与蓝天无缘。

老鹰是世界上寿命最长的鸟类，它可享七十岁的寿命。要活那么长的生命，它在四十岁时，务必作出困难而又重要的生死决定。当老鹰到达四十岁时，它的喙变得又长又弯，可抵胸膛，严重阻碍进食；爪子钙化得又长又脆，变得迟钝；羽毛又浓又厚，翅膀变得沉重垂暮，使飞翔很吃力。总之，它老了，无法准确有效地捕捉猎物。

它只有两种选择，要么等死，要么经过十分痛苦的更新过程，获得重生。面对生死，弱者选择的是胆怯、怕苦、懒惰或贪生怕死；强者选择的是勇敢、忍耐、拼搏和置之死地而后生。

它必须飞翔到一处高山上的陡峭悬崖，任何飞禽都无法抵达的地方，在那里待上约一百五十天，首先以其英雄断臂的决心，把它的喙向坚硬的岩石摔去，撞得鲜血淋漓，连皮带肉的喙脱落下来，然后静静等候新的喙长出来。又以新的喙当钳子，以坚强的意志力，强忍疼痛，把老化的趾甲一块一块带血地拔下来。等到新的趾甲生长出来之后，它又横下一条心，把钙化的羽毛一根一根扯下来。五个月过去了，新的羽毛长出来了，丰满了，老鹰获得了重生，它得以再活三十年的岁月。

鹰勇敢地冒着痛死、饿死、渴死的危险，与过去诀别，求得新生，这是一个艰难而又苦难的“脱胎换骨”过程，又是一个胆识过人的灵魂裂变历程。

这不禁使人们想起了“凤凰涅槃”的故事。凤凰是人世间吉祥的使者，每过五百年，即是在它大限到来之际，它要背负着积累于人世间的仇恨恩怨，奋不顾身，投身于用梧桐枝自焚的熊熊烈火之中，以生命的美丽终结，换取人间的吉祥幸福。在肉体经受巨大的痛苦轮回之后，生命在重生中得到升华，其羽更丰，其音更清，其神更活……这与鹰的重生有着异曲同工之处，它悄悄地告诉了人们刻骨铭心的人生哲理。

在古巴比伦王国和古罗马帝国曾将鹰作为王权的象征，生活在亚洲中部广大土地上的哈萨克族等世界上许多民族，都把鹰作为崇拜的图腾。草原人民把大英雄喻为草原雄鹰，应该说是当之无愧的。鹰一次比一次更艰难的磨难，都使灵魂受到一次次痛苦的洗礼，意志力变得越来越坚强。只有折断了沉重的翅膀，才会有直冲云霄的飞行高度；只有经历大灾大难的重生过程，才能深刻理解幸福的真谛。痛苦与幸福的因果循环，构成丰富完整的人生。

没有浴火重生的勇气，就不能置之死地而后生。只有勇于自我改革、自我更新、超越自我、解放自己，才能死而复生。像蚕破茧而出，才会变成美丽蝴蝶；蝉只有脱壳而出，才能生长翅膀飞翔。今天，我们享受现代文明之幸福，切不能忘记追求现代文明之痛苦。我们中华民族历史上也是一个多灾多难的民族，不经历各个时代求解放、求新生的种种阵痛，就没有今天的繁荣富强。在中国企业的发展史上，百年老厂，寥若晨星。历史潮流，浩浩荡荡。现代企业没有危机感，稍一打盹，就会被其他企业超越，被历史无情抛弃。只有拥有灵魂、拥有文化、拥有重生精神的企业，才能自强不息，立于不败之地。一个人也是如此……

知变则胜，守常必败。世界天天在改变，事物在不断运动、变化、发展，从量变到质变，鹰的重生就是一个质的飞跃过程，必须勇于自我否定。否定自己，诀别过去是为了新生和上升，这要经历种种阵痛，像母亲腹中的婴儿，不经历阵痛，不会呱呱坠地。“兵无常势，水无常形，能因变化而取胜者，谓之神。”像鹰一样，经历苦难的重生，将收获一个全新的自我，获得重上蓝天的机会。

作品发表于《西部散文选刊》2012年第2期、《散文百家》2011年第12期、《南方日报》2011年8月2日、《延安文学》2011年第6期，并入选百度文库散文集。

茶喻

皓月当空，月色穿过小树林点点斑斑洒落在草地上。明净的茶桌上，透明的月色飘忽不定、闪闪烁烁，乳白色的骨瓷功夫茶杯叮叮当当在手上转动作响，地面上小炭炉上的锅仔咕噜咕噜冒着一股白烟，约三五友坐在一起，喝茶聊天，这是人生一大快事。我突然想起茶道中“好茶，佳具，雅景”三要点，以茶论道，茶事与文化完美结合，茶中有道，以茶行道，茶道如月，人心如江，江月相映。品茶是一种修养，一种境界，一种愉悦，“三口为品”，通过对茶汤的“甘、香、滑、重”的鉴赏，融会贯通对天地万物的认知，慢慢细细地品味出人生的百般滋味。假如大碗喝茶，那只能称为牛饮，只是解渴的生理需求，品茶更重要的是要获得精神感受和思想的满足。

泡茶品茶是美的享受，通过选茶、辨水、选具、涤器、投茶、沏茶等技巧，泡出一壶上品的茶汤，红茶之汤色泽红艳明亮，香气馥郁，滋味浓醇甘甜；绿茶之汤，翠绿娇嫩，清澈见底，充满生命活力，望物生津，淡淡幽香；乌龙茶之汤，黄色光亮，晶莹剔透，沉香留齿，回味无穷。

中国的茶文化博大精深，“千里不同风，万里不同俗”，有白族的三道茶、北京的大碗茶、藏族的酥油茶、四川的盖碗茶……但我还是最爱潮州的功夫茶，其茶叶来自海拔一千四百多米的凤凰山。山上终年云雾缭绕，孕育着有天然神韵的凤凰茶，以宋代的遗株单枞茶为上品，曾作贡品，系皇帝老儿的杯中之物，由于成功繁殖，至今已是遍地开花结果。凤凰茶制作工艺古朴精细，各种香型独特，有杏仁香、姜花香、柚花香、黄枝香、桂花香、蜜兰香、橘花香……

品茗闻香是我一个嗜好，泡上一壶好茶，轻轻揭开壶盖，送于鼻子底下，闭上眼睛，闻其味道，其香气心中自知，妙不可言。品茗，静下心来，忘了世上宠辱得失、酸甜苦辣，头脑没有杂念，慢慢品尝，小口呷茶，各种微妙感觉，自然涌上心头，这是茶与心灵结合的一种感悟，使人返璞归真。此时此境真有种“放怀天地外，得意云水间”的感受。难怪唐代僧皎然《饮茶歌诮崔石使君》诗曰：“一饮涤昏寐，情来朗爽满天地；再饮清我神，忽如飞雨洒轻尘；三饮便得道，何须苦心破烦恼……”

品茶如品人，茶品如人品，仔细想来，以茶喻人很是恰切。

以茶论友：一种凤凰茶，泡好了，刚呷一口，香气四溢，甚是舒心，再饮，喉咙淡然无味，如同喝白开水，大脑留下一片空白。细辨起来，那不是原汤原汁的凤凰茶，是加香的茶叶泡出来的。有的朋友，刚一认识，甚是热情，为了巴结你，拍马溜须，达到目的之后，时过境迁，过桥拆板，没有情义，那种姿态是装出来的。另有一种凤凰茶，一喝进口，感觉有些苦味，但再品，苦中带甘，再回味，喉咙甘洌无比，牙缝留香，甘中带着一丝丝甜味，回甘力很强，耐人寻味。有的朋友，开始接触，觉得性格古怪、满腹牢骚，再认识，感觉很有个性和思想，再交往，看到他很多长处，人品高尚，可以成为推心置腹的好朋友。以茶思索人、理解人，很有情趣。

再以茶喻女人：绿茶中的“青山绿水”，像纯洁的少女，单纯可爱，冰清玉洁，透明无瑕；凤凰茶中的蜜兰香，似热恋中的女孩，如痴如醉，甜甜蜜蜜，兰香扑鼻；丹枫般的红茶，如成熟的少妇，薄施粉黛，红装素裹，惹人喜爱，又是那样可望而不可即；乌龙茶中的观音王更像中年妇女，几分庄重，几分妖娆，风韵犹存；陈年的普洱茶可比是老年妇女，年代越久越宝贵，儿孙满堂，价值更高。

历来佳茗如佳人，滚汤中，美人在壶中沉浮、跳跃、呻吟、翻滚、喘息、升腾……而后倒出一杯杯香茗，戒去心中浮躁，静静品尝，各色香气袭人，唇齿留香，没有了世俗美人的胭脂味，心中倒是留下几分超凡脱俗的奇香。

以茶谈谈做官之道：红茶中以大红袍为极品，“红袍加身”，封建社会都以当官为殊荣，光宗耀祖，读书人更是以当官为人生奋斗目标。升官发财，发了财再求当更大的官，那是官场的潜规则。清官难当，不是受排挤打击，就是郁郁不得志，最多也只能是“达则兼济天下，穷则独善其身”。既然有大红袍，就有小红袍，纵观历史，小官多如牛毛，小官唯唯诺诺，奉承上司，巴结同僚，体抚下属，求生存，图发展。

亦以茶说说穷人：茶不是富人的专利品，是百姓家中寻常物。苦丁茶似穷人，打工仔漂泊异乡，沐风栉雨，在工地、厂矿给老板干活，挣点辛苦钱，养家糊口不容易；山区的农民，一年四季面向黄土背朝天，风霜雨雪泡在泥巴里，甚是艰辛，就像苦丁茶，喝一口，从头苦到脚，再啖啖，苦甘相伴。苦丁茶还有清热降火之特殊功效，艳阳六月天，是农民驱暑良方，且是一味好中药。在穷人的世界里苦中有甘，甘中有乐，他们企盼随着历史的前进，敲响希望之钟，让贫穷逃亡，走向富裕。

唐代陆羽所著的《茶经》“五之煮”载：“其味甘，槚也；不甘而苦，荈也；啜苦咽甘，茶也。”这为中国茶文化写上重彩的一笔，而今天的社会有着永远也写不完的茶道。不论是在细雨绵绵的春天，还是在烈日炎炎的仲夏，或是在月色如织的秋夜，还是在寒风飕飕的冬晨，让我们喊一声，喝茶去，去体验茶道，探索生活的真谛，拥抱明天。

作品发表于《作品》2008年7月号下半月刊、《散文百家》2008年第9期、《羊城晚报》花地版2009年2月12日、香港《大公报》文学版2009年3月8日。

竹 海

我爱竹、喜竹、敬竹，于是乎，我走进了蜀南竹海。

时逢初冬，天公不作美，下起了蒙蒙细雨，薄雾飘漫，在一片如梦如幻、忽隐忽现的氤氲中，眼前呈现了一个绿色的世界。茂密的竹林，盘根错节，一根根竹竿向天高高耸立，虽然地上飘落零星的叶子，一节节竹子却是青翠欲滴，绿叶婆娑。登上过山吊车，往下眺望，方圆一百二十多平方公里，上百座山头，汇成了竹的海洋，一望无际。随着山风的卷起，形成万顷碧涛，激荡澎湃，时而凛然，时而激越。竹海近看绿荫成片，竹林中夹着几棵桉树，呈现了金灿灿的叶子，与竹子的绿色互相映衬，更显色彩斑斓；远看轻烟环绕，竹影朦胧，神秘飘逸，恰似戴着头纱的舞娘翩翩起舞，蔚为壮观。

漫步于竹海中，犹如进入一座竹文化的大观园。除了随处可见的乌竹、黄竹、紫竹、楠竹、花竹、方竹外，还可见到似人非人的人面竹，使人容易联想起“人面不知何处去，桃花依旧笑春风”的名句。挺着大肚子的佛肚竹，仿佛一尊笑眯眯的弥勒佛浮在眼前：“大肚能容容天下难容之事，开口一笑笑天下可笑之人。”修长苗条的湘妃竹，不知怎的，使我想起敦煌壁画上的“飞天”，活脱脱飘逸俊秀的大美女映入眼帘。还有形象慈善的观音竹……这些品种世上罕见，十分珍贵，使整座竹海变得生动，妙趣横生。在竹海里还偶然发现，在石头夹缝中生长的竹子挣扎着、纵然伸起，坚韧挺拔，石破天惊，其生命力令人赞叹。

于竹海里，我们不时可见到几株粗壮的竹子旁边冒出尖尖褐色的冬笋，然而春笋更是喜人。在春天的气息里长出漫山遍野鲜嫩的竹笋，或高或矮，或肥或瘦，或疏或密，或青色或赤色，发出“哔哔叽叽”急促而又生脆的声音，破土而出，像一首春歌，给人带来几分喜悦、几分感动。这彰显着天地六合、造物主的神力。

铺天盖地的绿色掩盖了竹海里初冬的萧条，然竹海的四季也是变化莫测：春——春雨绵绵，翠竹临风，细腻的尖尖新叶才上枝头，生机盎然，竹子绿得醉人、诱人、喜人；夏——竹子遮天蔽日，瀑布带来的高山流水，一片清凉世界，炎阳无炎，狂风不狂；秋——凉风飕飕，竹子由浅绿变为深绿，充满着沉稳的期待，更显老练成熟；冬——仲冬之雪压上竹子枝头，像盖上一团厚厚的棉絮，绿白相间，更显多层秀色。

水清竹更绿，竹因水更翠，竹海集瀑布、溶洞、湖泊于一身。眼前一条百余米宽的淙淙溪流横贯竹海中，倒光映影，流淌着的溪水像一条碧玉般腰带长长地缠绕着竹海。如果撑一只小舟，泛海其中，顺其漂流，观赏两岸一排排竹林景色，来一壶美酒，吟诗作画，那将比陶渊明进入桃花源时“不知有汉，何论魏晋”的境界更加忘情，仙境不外如此乎。

在竹海里静心听涛，也更加有趣。随着冬季阵风的大小，袅娜多姿的竹子，时而轰鸣作响，高歌一曲；时而“沙沙”而鸣，浅吟低唱；时而发出“呜呜——”声音，好似笛子在吹奏一首深沉的民乐；时而不闻其声，幽深莫测。我偶然想起郑板桥“衙斋卧听萧萧竹，疑是民间疾苦声。些小吾曹州县吏，一枝一叶总关情”的诗句，他把爱民如子的情愫融于竹声里，言真意切，对今天吾辈也是一种教诲。

在遮天蔽日的竹林中，使人追忆起魏晋时期的“竹林七贤”，嵇康、阮籍、山涛、向秀、刘伶、王戎及阮咸七人常聚于山阳竹林之下，肆意酣畅，吟诗作画，弹琴作曲，针砭时弊，表达思想感情。最令人难忘的是嵇康，其文学、玄学、音乐无不博通，尤其精于音律。他创作的乐曲《广陵散》，如高山流水，用乐声，悄悄诉说了作者心中的悲愤，使人气荡回肠。由于他对当权的司马昭采取不合作态度，被小人陷害，处以极刑，三千太学子请求赦免，愿以嵇康为师，哀泣之声感天动地。司马昭不许，临刑，嵇神色自若，谈笑风生，奏《广陵散》一曲，而后慷慨赴死。《广陵散》的金玉优美之音仿佛还回荡在竹林之中。

走在竹林的小道上，清清爽爽的氧气弥漫其间，我们贪婪地吮吸着带着竹香的新鲜空气，绿色仿佛轻吻着你的肌肤、你的脸庞，心里痒痒的，舒畅极了。绿色养眼，会使你的眼睛变得更加明亮。走着走着，我们发现路边竖着一块“幽而忘忧”的牌子，是的，在幽深的竹林里，会忘却世上的一切烦恼忧愁，心里得到彻底放松。

此时此景，我倒记起“宁可食无肉，不可居无竹”的名句。人们爱竹，文人墨客更喜竹，我感觉竹有德，品位高尚。竹笔直凌霄，宁折不弯——彰显了正直的人格；竹有节，节节挺拔——表现了重气节的优秀人品；竹外直中空——显示了人生虚怀若谷，大气有度；竹顶天立地，潇洒脱俗——道出了贤人志士的清高志向。

谁说竹子不开花？竹子也是开花的呀。竹子的高贵品质还在于对生命的奉献，彰显着生命的力度。竹子十几年或几十年，甚至上百年才开一次花，结出果实竹米，拼尽一生的能量繁衍后代，生生不息，开花意味着完成生命的最后璀璨。这种立于天地间的大无畏精神令人敬仰。

竹为“梅兰菊竹”岁寒四君子之一，梅有傲骨，兰有君子之风，菊怀清雅之气，而竹子凌霜傲雪，昭示其刚直不阿的禀性，为历代历朝文人志士所钟情。

我们走出竹海之时，已近黄昏，风声竹影更浓，雾水蒸气更重，已是冬寒萧萧。外面彻骨之冷驱不散心中的一团热气，因为我深深地将竹子高尚的品质萦记于心。相约友人，明年春来时，竹海再相聚。

作品发表于《人民日报》海外版2010年3月15日、《南方日报》海风版2010年2月16日、《粤海散文》2009年第6期，并入选大学生阅读《散文精品赏析》。

我与梅花是故人

正值天寒地冻、北风凛冽之时，位于南京紫金山南麓之梅花山的梅花却是开得异常兴奋，三万多株梅树亭亭玉立、蓬蓬勃勃、云蒸霞蔚、繁花满山、暗香飘荡、竞相开放。开得密密层层、挨挨挤挤、热热闹闹的花朵，从树枝到树梢，不留一点儿空隙，竟是这样饱满，这般豪放和烂漫，带着狂野和自信，一副无所顾忌的样子，连苍白乏力的早春阳光都难以插足。空气中弥漫着点点凌寒香气，这新鲜的奇香，不像玉兰花那样浓馥，倒像水仙花渗透出的幽淡香气。

梅花把一个冬天所蕴藏的精、气、神都尽情地散发出来。在这个“梅花世界”里，有红梅、白梅、绿萼梅、宫粉梅、黄梅、墨梅等二百多个品种，五彩纷呈，令人目不暇接。梅树风姿卓雅，铁骨虬枝。细细条条的花蕊似抽穗，像刀刻，挺拔向上；每一片花瓣色润透明，鲜艳得如蜡染，晶莹剔透，出落得薄如蝉翼，生怕被人们轻轻碰坏。片片白梅胜似白雪，香气洋溢；瓣瓣绿梅如蜻蜓之翼，羽羽立于枝头；朵朵红梅像爆竹炸开报春绽放；还有胭脂点珠的朱砂梅、红颜淡妆的宫粉梅、浓艳如墨的墨梅、木蕊发红的骨里红、宛若探身弄影的照水梅……这架势犹如一大群风姿绰约、多姿多彩的少女把梅花山装点得如此丰富灿烂、清新高雅。难怪金陵这座六朝古都，人们每年都依时前来探梅、寻梅，赏梅者人山人海，络绎不绝。

梅开百花之先，独天下而春。它不仅以清雅俊逸的风度倾倒了多少古今墨客、画家，更以冰清玉洁、不惧严寒、傲雪凌霜、独立开放的风格被世人所敬重，甚而被民间广泛作为传春报喜的吉祥象征。

金陵梅花山赏梅一幕已过去了好多年，可是我却与梅花神交已久，留在我心中的香气总是挥之不去。每当乍暖还寒的早春时节，总是勾起我丝丝缕缕的记忆，我真想再飞往金陵，到梅花山再次一饱眼福，呼吸淡淡清新香气，荡涤心中的浊气，甚至恨不得自己就做一个金陵人。可是，由于工作繁忙，人事纷扰，总是未能成行。家乡的梅花由于气候和土壤的关系，总是三三两两开放，品种单调，形单影只，让人看了很不过瘾，心中有些失落。这样子，使我更加思念金陵的那片梅林。

在一次画展上，我不经意间欣赏到韩山师院的郭教授所作的一幅画，名曰《我与梅花是故人》，我顿时眼睛一亮。一幅梅花图，神韵备至。远处层层叠叠的梅林，眼前一棵高大斑驳的百年梅树上长满华茂梅花，几片花瓣从空中飘荡而下，陆游身着简朴的宋装，站在树下，抬起高傲的头，仰视梅树，深邃的眼睛似是在深切赏梅，又像在与梅花窃窃私语，倾诉风情。那眼神里总让人觉得与梅花是多年老友，感情笃深，难舍难分。“闻道梅花坼晓风，雪堆遍满四山中。何方可化身千亿，一树梅花一放翁。”陆放翁这首诗已把自己融进了高洁的梅花之中，他的一生不正是梅花品格的化身吗？陆放翁喜梅爱梅之情可见一斑，让我在心灵深处产生了震撼与共鸣。此画价格不昂，我将其购下，装裱于书房，时常观赏，以满足思梅之心，望梅止渴。

梅花恰似冰美人，早春的使者，带来了百花的盛开、缱绻的春天。于是历朝历代文人墨客按捺不住寂寞，唐宋便有了关不住的春色，而后历代也有了春意的鼓噪和喧闹。宋人陈亮《梅花》：“一朵忽先变，百花皆后香”，写出梅花不畏严寒，敢为天下先的品质，既是咏梅，也在咏志。王安石《梅花》：“遥知不是雪，为有暗香来”，梅花如同冷美人，步履蹒跚而来，奉献给冰清玉洁的香气，表现其坚贞气节和高贵品格。元人王冕《墨梅》：“不要人夸颜色好，只留清气满乾坤”，表现了梅花独立的人格魅力、不愿同流合污的个性，言简意深。陆游的著名词作《咏梅》：“零落成泥碾作尘，只有香如故”，借梅花暗喻自己坎坷生涯。陆游为官，曾因“嘲咏风月”被罢官归故里，爱情更是沉郁悲凉，一曲《钗头凤·红酥手》道出了陆游与唐婉的爱情悲剧。而在不幸遭遇之际，表现出不屈不挠的高尚情操。

毛泽东以史话一般的诗篇，赋予梅花凛然高洁的气质：“俏也不争春，只把春来报，待到山花烂漫时，她在丛中笑。”读之神清气爽，满目释然。

曹公笔下《红楼梦》的梅诗更是表现得淋漓尽致，“桃未芳菲杏未红，冲寒先已笑东风”、“看来岂是寻常色，浓淡由他冰雪中”、“幽梦冷随红袖笛，游仙香泛绛河槎”。梅花前身定是瑶台神种，青帝令其下凡，如同少女飘然而至，身姿绰约，风情妖娆，放眼望去，像被点了精魂的金陵十二钗，朵朵相思，瓣瓣离愁。

南北朝时的大文学家、诗人庾信薄衣踏雪，诗意满怀，“当年腊月半，已觉梅花阑。不信今春晚，俱来雪里看。树动悬冰落，枝高出手寒。早知觅不见，真悔著衣单”，只怪性子急，来得太早，衣着单薄，寻梅不着，怕是只好挨冻了。

爱梅爱得如痴如醉、最苦的是北宋诗人林和靖，隐居杭州孤山，终身不娶不仕，爱梅种梅，以梅为妻，以鹤为子，别号“梅妻鹤子”，与梅花朝夕相伴相依，不离不弃，终身偕老。凭借“一味清新无我爱，十分孤静与伊愁”的名句，把天真、闲旷、清新、孤寂、幽静的境界赋予了梅花。“疏影横斜水清浅，暗香浮动月黄昏”，诗人摇头晃脑，吟哦千古绝唱之时，花如人，人同花，仿佛人花合二为一。

男子对梅情有独钟，女子亦爱梅，以梅为美。相传寿阳公主梅花妆是宋代美女们尤为青睐的妆容。宋武帝的女儿寿阳公主，有一天卧于含章殿檐下，有五瓣梅花落其额上，拂之不去，显得更加娇柔妩媚。众人称奇，皇后命留之，经三日洗之乃落，宫中女子诧其异，羡其美，竞相效仿，遂成千古传奇的深宫梅妆。

情悠悠，爱悠悠，上千年来上至显达，下至布衣，都对梅花深爱有加，文学艺术史上，梅诗、梅画数量之多，足以令任何一种花卉望尘莫及。湖北黄梅县有一株一千六百岁的晋梅，迄今还岁岁开花，梅花斗雪吐艳、凌寒留香、铁骨冰心、高风亮节的形象，鼓舞人们自强不息、坚忍不拔去迎接春天的到来。这样的气节，这样的品格，不正是中华民族伟大精神和高尚品格的真实写照吗？

作品发表于《人民日报》2015年3月18日、《海外文摘》2015年第4期/文学。

厚重的原始森林

西双版纳的秋天是美丽的，湛蓝湛蓝的天空，不时飘荡着几丝白云，阳光比毒辣的夏天柔和多了，洒在肌肤上还有几分刺痒，偶尔掠过一阵凉风，心里舒畅极了。

我一踏进原始森林，眼前一派郁郁葱葱、遮天蔽日，阳光挣扎着穿过树林的间隙，留着一小块、一狭缝的光亮，整个身心阴凉阴凉的。踩着地上松软厚积的枯叶，一高兴跳一跳，身体顿时变得富有弹性，一股特有的植腐味夹杂着青草味扑鼻而来，发出幽香幽香的味道，沁人心脾。

向着森林的深处走去，步伐矫健、轻松，参天的阔叶林大树，树皮斑驳苍老，长满青苔，暴突的树根像爪子似的到处乱窜，路上不时横着几根青藤，一条狭长的淙淙流水从树叶上轻轻漫过。地上铺满的树叶有深红、淡黄、墨绿、浅棕、紫黑，色彩斑斓，高耸的大树为争阳光冲天而起，都在比着长高。自然界也遵循着“物竞天择，适者生存”的法则，生态竞争不亚于人类，谁先争得阳光谁就生机勃发。

走着走着，突然发现一根像大铁锁似的青藤从下而上一圈圈紧紧绕着一棵两人合抱的粗棕榈树，感觉大树已经喘不过气。当地的向导姑娘说：“这棵树早晚要被缠死的，这种青藤叫食树藤。”怎么就不能相生相伴，和谐相处？我带着疑问往前走，果不然，走出几十步后就看见，一根蟒蛇似的大青藤紧紧缠着一棵古老的、已经枯死的红杉树。我放松了的心一阵紧缩，生出了几分惆怅、黯然。

再往前走着，抬头一看，一棵几百年的樟树老得已经挺不起身干，弯下了腰，树叶稀疏，树干上的青苔变得枯黄，粗糙的树皮开始脱落了，但绕在它身边耸立着两棵英姿勃发的小樟树直往上蹿，鲜亮的树干和青翠欲滴的树叶，显得惹人怜爱。眼前这景象，我禁不住对向导姑娘说："这是生命的延续吧。"她答："这叫母子树。"是啊，母树把养分和新生让给了子树，生命在这里新陈代谢，代代相传，生生不息，大自然的循环就是如此壮丽。

被原始生态包围着的森林，是一个天然大氧吧，到处弥漫着甜甜的空气，人的精神显得特别爽利，一切都是绿的世界，生命在这里变得青春，几声清脆的鸟鸣声绕于耳边，远处一只小猕猴，睁着泛蓝的眼睛与你对视着，眼前大树上寄生着不知名的簇簇黄色小花，地上一洼清澈见底的山泉水，几只小蛙在玩耍着……离开了喧嚣的城市、人群、尘埃，一切显得那样清纯，一尘不染，与世隔绝；那样静谧，抛开荣辱得失，思想遁入空门；又是那样美好的，一切都是鲜活的、亮堂的、现实的。

原始森林积累了上百年的古藤、上千年的老树、不知过了多少年浑厚的落叶。这里的一切又都是古朴的，极富沧桑感，承载着厚重的历史，这些使我浮想联翩，君不见雄伟的泰山下岱庙的古柏——汉武帝的手植树；也曾否看过山西晋祠历经三千年风雨盘剥的古松，老态龙钟，树杈又发新枝；也许你还曾见过沉睡地下上亿年的木化石……历史的车轮承载着万物，轰鸣飞过，时光隧道是那样漫长而通透，百折不挠，勇往直前。五千年文明古国在历史上也只留下斑斑足迹。人的生命啊，在大自然神力面前，显得尤为渺小，几十年的人世，只不过是匆匆过客，稍纵即逝。但是，历史也是由几十代、上百代、上千代人奋发的足迹连成的啊。

在即将走出原始森林的时候，一阵凉风吹落摇曳的绿叶，飘飘洒洒落在头上，很是惬意。我感谢这片土地，给我带来“原汁原味”的享受，更要感谢上苍，保留着一片完整原始的领地。在现代社会，人啊，怎样学会与自然和谐相处，该有个满意的答复，这也是厚重原始森林的亲切嘱托。

作品发表于《南方日报》海风版2005年12月25日、《番禺日报》2006年6月3日、《潮州日报》2005年11月29日、《潮州文艺》2006年第1期、《韩江》2006年期刊。

放生台与钓鱼台

秋日，江面风和日丽，青山簇拥着一江绿水，奔流不息。远处白帆点点，近处在耀眼的阳光照耀下，千点浮金，闪闪烁烁，有些令人眼花缭乱。江边人头攒动，一座放生台在市民褒贬不一声中终于落成了。放生台长上千米，宽几十米，由浅入深分三级，由水泥结构建成，竖在深水处的黄蜡石上刻着“放生台”三字，既圆润又显眼，据说是出自知名大法师的手笔。

随着一阵刺耳急促的喇叭声临近，从货车上卸下几十桶、上千斤的黄鳝、鲤鱼、甲鱼……接着被一群善男信女抬上江边的放生台，片刻，随着“咚咚——”清脆洪亮的钟声敲响，发聩震耳，人们的神经末梢被挑动兴奋而又发紧。接着只见两位穿着黄色袈裟的大法师，面向江水，虔诚合手，朗诵《大悲咒》，经声佛号像在唤醒芸芸众生，又在警示我们这些凡夫俗子，迷途之人。约过了半个时辰，一大群衣着光鲜的善男信女，卷起裤腿和袖子，一张张的脸被兴奋鼓荡得略显微红，一条条的鱼从他们手上放进了映衬着太阳光的江里，很快就被江水卷走了，唯有甲鱼在江水上半浮半沉，转了几个圈，不一会儿也不见了。

此时此景，我心里感触良多，同时也很矛盾。放生，对于出家人和持长斋的居士来说，他（她）有着对佛的无限信仰，受佛理的教诲和启迪，自然无可厚非。像不久前，我到印度这个释迦牟尼修行成佛的国度，在孟买就见到百分之六十的居民持斋食素，各种鱼肉类与他们一生无缘。但是在这群放生的男女中，我倒认识其中几位小老板，他们三天两头进宾馆、吃大餐，他们也是吃腥吃荤，酒肉穿肠过，就算佛祖心中留，放生对他们又有何益？于是，不久后，我见到寺院一位大法师，我们有以下一段难忘的对话。

我双手合掌，虔诚地问："法师，放生，对我们这些凡夫俗子有何教益?"

大师脸上泛着红光答道："放生，就是救命，让无数垂危的生命获得自由，重拾生机。救人一命胜造七级浮屠，每一条生命都同样弥珍贵重。放生就是积最大的善福，对于众人来说，就是还债，出钱出力救赎众生生命，以偿还我们平生积欠无数的杀业，既消灾避祸，又功德无量。"

我又问："法师，如果每天我们都吃鱼吃肉，放生对于凡人是不是毫无意义?"

大师答："阿弥陀佛，放生，就是觉悟众生平等，众生皆有贪生怕死，趋吉避凶的本性，皆有与我相同的喜怒哀乐，众生皆具备真如佛性，一旦业尽情空，皆能成佛，救一命如救一佛子，等于救未来佛。放生以慈悲为怀，佛心就是大慈悲心。通过放生，可以滋养和生长我们的慈悲心，与佛心更相契。一旦拥有慈悲心，你们吃鱼吃肉就会愈来愈少，甚至斋戒。"

我再问："法师，佛祖最初因看到人间的生老病死的苦业，为普度一切苦厄，才出家修行成佛。如果人生病，到了生命垂危又亟须鱼肉补充营养之时，捕鱼吃肉，这是否也算救赎生命?"

大师再答："施主，你心未明也。善因得善果，恶因得恶果，一切因果皆有报应。苦难和疾病，都源于杀业而来，应遭受报应。我们在放生的过程中，积福行善，诚心忏悔，消除宿业，偿还业报，病苦自然好转，人的命运完全可以改变。放生延长无数众生的寿命，同时也延长了自己的寿命。"

问到这里，我心领了，只能合掌说声："阿弥陀佛，谢谢法师，一切随缘吧！"

无独有偶，在距离放生台三公里的江面下游，水闸附近，市钓鱼协会筑起了一座钓鱼台，设施虽简陋些，但却经常聚集了一大班钓鱼高手。

礼拜天的清晨，微风轻拂，东边泛红，我漫步于江边。见垂钓者一边放竿，呼吸着江面的新鲜空气，一边抽烟闲聊，海阔天空，轻松自在，优哉游哉，其乐融融。

我国垂钓活动已有两千多年历史，垂钓文化悠久厚重。古代就有姜太公钓鱼台、庄子钓鱼台、屈原钓鱼台、韩信钓鱼台等十大古钓鱼台。且有诗为证，李白在《路难行》中有"闲来垂钓碧溪上，忽复乘舟白日边"的佳句。柳宗元在《江雪》中写下脍炙人口的诗句："千山鸟飞绝，万径人踪灭。孤舟蓑笠翁，独钓寒江雪。"郑板桥在《道情》里盛颂钓鱼翁的闲适生活："老渔翁一钓竿，靠青崖，傍水湾，扁舟来往无牵绊"，充满诗情画意。

我走进了垂钓的人群中，选择与身边一位年约四十来岁，身宽体胖，脸色白净，戴着一副眼镜的先生聊起来。

我一边递给他一根香烟，一边问："先生，近来收获如何？"

胖先生答："钓鱼这玩意，愿者上钩，不愿顺水流。生于兹，食于兹。垂钓者是与大自然谈判的代表，像我钓到小鱼都会放回江里，我想钓的是十多斤、二十来斤的青鱼、松鱼、鲤鱼……当然靠运气。"

我感觉此人有点文化修养，是个健谈的人，值得一聊。我单刀直入地问："上游有放生台，下游有钓鱼台，一边是放生，一边是钓鱼，这是不是很矛盾？"

胖先生可能觉得我的话唐突些，沉思片刻答："道不同，放生图的是精神享受和心理满足，钓鱼图的是物质享受和一饱口福。出家人有'五戒'的清规戒律，我们都是凡人，有'七情六欲’，是食人间烟火的。我们这群垂钓者当中，我是寝食无忧之人，但生活层次不一样，有些人还是失业者，还得照顾家里的柴米油盐，两个字为了‘生活’。”

说到这里，江面上出现了不少水花、鱼星（气泡），浮椎在水面上半浮半沉漂动起来，鱼开始咬钩了。胖先生顿时来了精神头，屏住呼吸，沉住气，一会儿，提竿拉线，一条二斤多重的鲮鱼活蹦乱跳地给钓了上来。那动作干净利索，一看就知道是个钓鱼的行家里手。他把鱼扔给了附近一个瘦老头的桶里，瘦老头轻轻说声：“谢谢。”

等他重新捏好鱼饵下竿后，我们再次聊开了。

我又问：“佛门弟子说，放生是行善积德。那么钓鱼吃鱼是否属不善良的行为?”

他笑了笑，狡黠地反问我：“上至国家总理，下至庶民，除吃斋者外，哪有人不吃鱼？全国全市那么多的家庭、宾馆餐厅吃什么？那么多的渔民又在干什么？行善不仅仅是放生，渠道太多了。如果是作孽深重的人，放生也无济于事。人们的善良在于心。”

他的一席话，说得亮堂堂的。本来谈到这里就可以打住了，我不甘心地最后再问：“像你这样生活富裕的人，钓鱼也是为了物质需要吗?”

他不假思索地答：“不是！我钓鱼是钓个心境，一种精神放松，在物欲横流的社会，人们的贪欲无止境，太累了。我通过钓鱼磨炼恒心，戒去浮躁，图个心静。”

这不就是一个垂钓者的文化修养吗？甚至是一种精神升华。

老子在《道德经》里曰：“上善若水，水善利万物而不争。”做善事的最高境界像水一样，有利于万物的生存、生长、发育，而不善于表现，不争功邀宠。善良是埋藏于人的骨子里，心灵深处，贯穿于一生的行为和实践。善举无处不在，哪怕是给人一个微笑，拾起路上的一块香蕉皮，给饥渴者一口水喝……都是善行。不论大善或小善都应默默无闻，而不是沽名钓誉的伪善，这才是人的善良本质。放生也好，垂钓也罢，这仅是人的行为表象，要透过现象看本质，见仁见智，我们的心里似乎都应有一个答案。

作品发表于《散文》2010年第12期、《西部散文选刊》2011年第1期、《羊城晚报》花地版2010年4月13日。

秋天的伊春

仲秋，作为一个南方人，当你第一脚踏进祖国最北端的边陲小城——伊春，放眼金秋的景色时，就会像喝了一杯北方浓香的老酒，微微醺醉。当南方秋天的群山还是一片郁郁葱葱，环山抱绿之时，伊春境内小兴安岭的森林已变得五颜六色，风情万种，色彩斑斓。辽阔高远的天空澄蓝澄蓝，蓝得像染了色似的，明净得出奇，连太阳光都显得几分白炽。无论你走在什么地方，跟偶尔飘过的几片明净低垂的白云对话，刹那间，你会感觉心灵被净化了。空气中散发出带着松香的清新气味。耳边不时传来一阵阵大片树叶的沙沙响声，那是在不时提醒你，这里是林都——伊春的秋天。

一叶知秋，每年的九月中旬开始，群山由翠绿变得色彩丰富。那是小兴安岭最得意之时，万山红遍，层林尽染，各色秋叶漫山遍野，尽展秋色。在一个来月里，森林的颜色每天都在发生变化。落叶松由初秋的浅黄色变得金黄金黄，一片闪亮，像一条条鲜艳的黄丝绢，飘荡在十月的艳阳下；枫树叶由开始的嫩红变得鲜红鲜红，一团团、一簇簇像火焰在燃烧，又像片片红霞飘落在山顶、山坡、山间小道上；红松、鱼鳞松、樟子松冲天而起，依然头戴绿冠在风中摇曳着；白桦树挺着笔直的身子在阳光下闪烁银光；柞树带着黄褐色的叶子在飞舞……

登高望远，眼前连绵的群山于天地间簇拥着一个个的大花篮，异彩纷呈，光彩夺目。如果把祖国比喻成一个大花园，那么北方就是园中的腊梅，秋天伊春的森林就是花中的蕊，那花香，那美景，震撼心灵。随着山风的吹动，成片成片的森林像无数的彩旗飘动，又似舞娘，长袖善舞，有红的、黄的、绿的、白的，各种色彩在夕阳的照耀下飘动，波浪起伏，整个小兴安岭展示着一幅美不胜收的巨大画卷，摄人心魄。这里是任何丹青手和摄影家梦幻之境。大美哉，伊春的秋天。

这里的森林是粗犷的，一切都是原始的。密密层层的枝叶把森林封得严严实实，挡住了人们的视线，挡住了蓝蓝的天空。太阳出来了，千万缕金光像利剑一样，穿过树梢，照射在腐叶层上。秋天的原始森林里植被十分丰富，地面沉积层变得松软浑厚，散发出植物香味，林海里是那么肃穆与静寂，似乎可以听到心跳的声音。偶尔，一阵秋风吹过，片片落叶像蝴蝶飞舞，令人眼花缭乱，秋带着落叶的声音来了。这里坐落着天赐湖，湖边处处绽开五颜六色的小花朵。偶尔可看到几只野生小梅花鹿到湖边饮水的身影。眺望过去，湖边的小山上长着南方罕见的白桦林，银白色的树干，戴着金黄色的树冠，一排排，一连连，成百上千棵白桦树像威风凛凛的士兵列队伫立着，气势恢宏壮观，影子倒映在镜子似的天赐湖一泓秋水的湖面上，是多么富有情调的意境。白桦树是俄罗斯的国树，让人触景生情，忆起俄罗斯民歌《白桦林》，“为什么俄罗斯的白桦林如此喧闹，为什么白色树干的它们什么都明白……”那首充满淡淡忧伤和美丽情调的优美旋律，从心上缓缓流淌，引发了无限遐思。这里的国土已经与俄罗斯毗邻，难怪有着异国风情的别样感觉。

深秋的森林景色更加迷人。这里是松花江支流汤旺河的源头，汤旺河是伊春的母亲河，这里以红松为主的针阔叶混交树是亚洲的最完整、最具代表性的原始红松林的生长地，素有红松故乡的美誉。红松林属原生态野生树，是植物界的“活化石”。这里也是目前国内发现唯一一处造型最丰富、特征最典型的印支期花岗岩地质遗迹。这里随处可见的还有云松、冷松、白桦、紫椴、水曲等上百种珍贵树种。一棵棵古老的红松树拔地而起，高高耸立，撑起一片片大小华盖，小的有几米宽，大的有十几米宽，树上结着一个个松塔，随着一阵山风吹起，呼呼地在诉说东北红树林的历史，还有许许多多的野生动物，是一座天然博物馆。秋天的大森林里依然是古木参天，遮天蔽日。树在石上，石在林中，林海奇石，千姿百态。淙淙小河清澈见底，穿越林石，迂回九曲，时而激越，时而舒缓，富有节奏感。深秋的森林变得渐渐寒冷，在草地上，树林旁，小河边发现一堆堆尚没融化的残雪，更添了一道景色，也使人在内心添了几分沧桑感。再过一个月，这里将是一片白茫茫冰雪世界，又是另一个景象、另一番滋味。眼前的优美景色真使人抛弃烦恼，忘却忧愁，“乐不思蜀”，进入返璞归真、天人合一的境界。

春华秋实，秋天的红松林里，到处都可闻到红松果散发出一股淡淡的清香，一群群的小松鼠，可爱的小精灵，睁着圆圆溜溜的眼睛到处乱窜，它们在寻找树上或掉在地下的红松果，边吃边搬运到树洞里贮藏，准备度过一个漫长的冬天。偶尔发现几只珍贵的林蛙在地上的腐叶层中奔跳，一闪就不见了。森林里长满酸甜可口的野果，又香又脆的榛子。蓝莓散发出一团团的紫气，外面像涂上一层薄薄的霜，让人垂涎欲滴，秋霜打过后，口感更是酸中带甜，美味不可多得，不时发现森林里还长着野生蘑菇、木耳……这里还保存着经历几百年沧桑历史的红松树，伊春境内有一棵红松王，树高三十八米，树龄七百八十年，树干粗壮硕大，差不多要三四个人围上才能合抱上，树皮斑驳苍老，华盖繁茂深翠，参天笔直。这粗犷、率直倒像北方男子汉的性格，阳刚耿直，粗犷豪放，侠心热肠，不屈不挠，勇往直前。

秋天的伊春是美丽的，真是宛如画中的世界，正所谓此景只应天上有，人间难得几回闻。漫天彩色，遍野成熟，硕果累累，令人痴迷眷恋。但最终还是叶落归根，其根植于东北肥沃的黑土地。黑土地经历漫长的冬天，又再孕育新的生命。

秋天本是凋零落寂的，但眼前的生命却是如此之生动和繁华，难怪刘禹锡感叹：“自古逢秋悲寂寞，我言秋日胜春朝。”不过任何植物最繁荣、最辉煌的时候，往往也将是最后的壮丽。日本人欣赏赞美樱花，饮酒对歌，就是感叹樱花生命的短暂，在凋谢前的最后的四五天里释放出自己的美丽。人生也是如此，人的一生有如白驹过隙，稍纵即逝，也应在有限的生命里，发出自己的光和热，绽放出无限的美丽。

作品发表于《南方日报》海风版2011年12月5日、《韩江》2011年期刊、《散文选刊》2015年第1期。

海风吹过红树林

在热带与亚热带地区，海岸潮间带、滩涂上生长的木本群落称为红树林。

血性的伟岸身躯

红树林犹如一大群倔强的汉子，生长于火一样燃烧的热带、亚热带，伫立于不能立锥的海边滩涂上，不管是十二级强台风的横扫暴卷，还是咸味海风的轻轻吹拂；不管是暴雨的无情摧残，还是春雨细绵润物无声，它永远是一片青青的绿洲，为大自然遮风挡雨的一张张绿伞。

它们是血性的汉子，火红的骄阳锻造了它红色的肌肉，也染红它的躯干、枝条、花朵……尽管披着绿色的外衣，戴着绿冠，叶子绿得像翡翠，但剥开它的皮，却是长着滴血的一颗颗“红心”。

红树林的家族鼎盛繁茂，是常绿灌木或乔木组成的群落，木榄的叶子厚重得油亮发光，秋茄树潇潇洒洒，海莲树粗壮结实，角果木光鲜娇媚……它们安贫乐道，坚守自己的湿地家园，日夜听着海涛拍岸惊天动地的倾诉，海风掠过轻轻的抚慰，每天迎接第一缕阳光的升起，它们给人们带来一道亮丽的海上风景线。

摧不垮的守卫军团

红树林吸日月之精华，经风雨之洗礼，贫瘠的海滩湿地却是豪华的温床。它们凭着枝繁叶茂，盘根错节，古木苍茎，嶙峋如蛟，一连连、一排排，结成摧不垮的团队，风流在海与岸之间，潇洒在水与天空间，化狂风为情侣的窃窃私语，变惊涛为诗人的吟哦，拨响海内的弦音，饱尝海水咸涩的滋味，苦苦死守贫寒的湿地，酿造福荫人类的生态环境。

任凭太阳被乌云吞没，大地变脸，天黑如墨，风云翻滚，狂风暴雨，白浪滔天，海妖肆虐，它们不畏强暴，打不败，冲不散，坚韧不拔，赤胆忠心，手挽手，根连根，心相印，严防死守，联结成绿色的大网，与海浪搏斗，与龙王较量，舍生取义，忠诚捍卫着海堤的每寸土地，以血肉之躯，将华美而深沉的史诗写在长长的海岸线上。它们是人间妈祖、自然界的天上圣母。

彰显特殊的生命力

有谁见过胎生的植物，红树林像万物之灵——人一样，属于稀有的胎生繁殖植物。红树的种子在母树的果实内怀孕、发育、萌芽，几经咸涩海水的浸泡和风雨的吹打，长成小苗后随着“啪啪”的响声，同果实一起从树上掉下来，一个新的生命诞生了。退潮时，它插入黝黑的海泥滩上，只需两三个钟头，就可以长成新株。涨潮时，它随着海水漂流，任凭波浪起伏，四方飘荡，数月不死，见泥生根。漂泊的生命是浪漫而又艰辛的，它们随遇而安，就像打不垮、捶不烂、烧不死，响当当的铜豌豆，彰显着特殊生命的力度。

红树林，它们不需肥沃的黑土地，更不需要温室里的营养杯，无须悉心呵护，对大自然毫无所求，默默地把根扎进瘠薄不毛的海滩上，依靠发达的根系吸取海土、海风、海浪的营养而茁壮成长。红树林就像沙漠里的黄柳一样，与恶劣的环境搏斗，顽强地生育、生产、生存、生长着，只有奉献，没有索取，把毕生贡献给绿色大地。

野性生命的摇篮

“落霞与千鸟齐飞，海水与长天一色。”远处是碧波荡漾的大海，岸边是一片绿油油茂盛的红树林，栖息着白琴鹭、琵琶鹭、灰鹭、黑嘴鸥、小青脚鹬……它们扑腾着翅膀，自由自在地飞翔，悠然自得地寻觅着食物。红树林是候鸟的越冬场所和中转站，也是海鸟生产繁殖的栖息地。

红树林深处，各种海生动物妙趣横生。滩涂鱼可以长时间离开水，甚至爬到树上休息，属两栖水生物。它弹跳自如，猛然一跃，可以跳过自身长三倍以上的距离，故又称跳跳鱼。滩涂鱼求偶的方式也很独特，雄性滩涂鱼会摆出各种姿势跳“求偶舞”，吸引雌性滩涂鱼进入自己的洞穴，步入“洞房”。

当你走进红树林，总会发现很多洞穴，绝大部分是蟹洞。

和尚蟹整个身体就像光秃秃的和尚头，关公蟹背面像关公的脸，梭子蟹在红树林外水域生活，褶痕相手蟹则栖树生活，最耐人寻味的是生活在红树林里的招潮蟹。雄性招潮蟹的双螯一大一小，其中一螯很大，约占体重的一半，另一螯则很小，雌蟹两螯均小。有着大螯的雄性招潮蟹很像一位拉小提琴的人，西方人称其为琴蟹或提琴手蟹。涨潮时，雄性招潮蟹常用力挥舞大螯，似在召唤潮水，因而称为招潮蟹。当雄性招潮蟹建好洞穴后，会站在洞边，向路过的异性挥舞大螯，招呼雌蟹进行同房。

更有趣的是“背着房子旅行”的贝类。蜗牛、玉螺、滨螺、蟹守螺等腹足类主要在红树林的地表、树干和树叶上缓慢爬行。文蛤、泥蚶、西施舌、红树蚬等双壳类主要潜居于泥底中……

世上每一个苟活的生命都不容易，每一种动物，哪怕是幼小的动物都有其维持生存的本领，环境造就生命，生命因环境而生存。

红树林蕴藏着无限生机，包含和孕育了许多生命的成长，是新生命的摇篮。

文章发表于《散文百家》2012年第9期、《南方日报》海风版2012年4月5日、《韩江》2012年期刊。

心 灯

那夜，正月十五，我在秦淮河畔。华灯初上，传统龙灯鳞次栉比，龙翔狮舞，斑驳的墙壁上贴着灯谜，一队队的高跷，从眼前晃过。各式太阳灯、斜灯、艺术灯辉映交错，闪闪烁烁，人头攒动，喧声一片，热闹异常，使人眼花缭乱，好一个太平盛世，置身其中，真有点“眩晕”。我挤出人群，盯着古老的秦淮河，面向老家出神。

岂料，心身一下子踏实了很多，不知怎的，忽然忆起家乡的元宵节，点亮了心底深处的灯。

那是1976年的元宵节，一个半饥半饿的年代，家乡农谚素有“云盖中秋月，雨打元宵灯”之说，去年的中秋节看不到半丝月亮，乌云密布，今年元宵节应了农谚，特别寒冷，迎着细细的雨沫。晌午，全家人刚吃过木薯粉包甜地瓜的汤圆，刚十岁出头的我和弟弟喊着向大人要花灯，这下子愁坏了奶奶和父母，大街小巷到处在大破“封、资、修”，谁敢卖花灯？再说，糊花灯的纸都拿去写大字报，一时间“洛阳纸贵”。还是奶奶有办法，花了一毛钱在“黑市”上抱回了一个大萝卜，洗干净后，一刀一刀地雕，一匙一匙地挖，把萝卜掏空，在空心萝卜中放上红蜡烛，再用红绳子扎起来，变成一盏漂亮的萝卜灯。

天渐渐地黑下来，吃过晚饭，我和弟弟兴高采烈地轮流提着萝卜灯在小巷子里与小朋友赛灯。突然发现，整个巷子里的小伙伴手里提着的花灯千奇百怪，五花八门，我们惊呆了。除萝卜灯外，有黄土糊的泥灯、红背心改成的布灯、报喜大字报糊的纸灯、冬瓜雕成的瓜灯、树枝树叶织成的绿灯，还有竹子编起的竹灯……三十多个小家伙，排成长龙，又蹦又跳，在深深的巷子里“示威游行”，虽然天上还下着蒙蒙小雨，家家户户的男人女人、老人小孩蜂拥而出，嬉笑声、喊闹声、口哨声响成一片，热闹非凡，真是世上少有的赛灯会，那是那个年代大人们用心在点燃小孩子手中的灯啊！

我的思绪在飞驰，记得1971年的仲夏，空气热得像要炸开似的，深巷子里的居民像蚂蚱一样，都跳到巷子口纳凉，因为停电，整个巷子从天上扔下一半月光，一半黑黛色。忽然，居民小组长吹着响亮的哨声，大家都要集中到我家院子里开“批斗会”。一盏昏黄色的汽灯挂在屋檐下，“漏网地主分子”吴雪，一个三十来岁，尚有几分姿色的女子，汗流浃背地站在汽灯下，男人女人、老人小孩挤满一院子，传出股股汗臭味，“打倒”、“愤怒声讨”、“再踏上一脚、让她永世不得翻身”的口号声此起彼伏，阶级斗争使原本善良的人性变成“狼性”，变得疯狂。我还记得，“漏网地主分子”的妩媚的脸老是带着微笑，这下子更激怒了几个积极分子，一个女人上去，往下揪住她的头发，要她“低头认罪”，一个男人脱下脚下的拖鞋冲上去，左右开弓打她的脸，顿时她眼冒金星、鼻青脸肿，血一滴一滴从鼻子里掉在石板上……大约折腾了一个钟头后，大家悻悻离去，作鸟兽散。刚才站在汽灯下的她孤独地坐在地上，放声大哭，两个肩膀无助地抽颤着……我憨厚的母亲是一位大字不识的家庭妇女，是一个从不跟邻居脸红、最会忍声吞气的善良的人，她一边打扫院子，一边叹气。扫完地后，她端来一盆水给她洗脸，拿出一碗半热的稀饭，放上两片咸鱼，送给她喝。接着，我妈搬来一张凳子，要我站上去摘下汽灯，她提着汽灯要送她回家。我见“地主婆”泪痕满面，饱含着感激的眼光，向我妈连连鞠躬，推托不让送，意思是怕连累我们。我妈说："小巷道路崎岖，我帮你照着，好走。"最后我妈提着汽灯，牵着她的手，我见她的手在发抖，边走边带着哭腔对我妈说："刚解放时我才十二岁……"

那夜的汽灯一闪一闪的，永远雕刻在我心上，抹也抹不去，多少年来，那盏昏黄色的灯光，老是不时映现在我的脑海里，教会我做人处事，照亮我人生之路。

长大之后，每逢闲适的夜晚，我喜欢坐在韩江边，吹着爽爽凉风，心旷神怡，听着扑通扑通的江水拍岸之声，盯着熙熙来往的船只，看着江心上摇摇晃晃的航标灯，它既毫无怨言，又无声无息，为匆匆而过的船只做向导。有时候，我觉得它很渺小，也很伟大。人生在世，如能像航标灯一样，为他人做点好事，于人于己，都是乐事。尤其是能帮人解开心结，治人治心，点拨心病，导明航向，更是高尚。

我的旧邻有一个愚顽的男孩，他的父亲早逝，母亲含辛茹苦把他养大，但他很不争气，高中毕业之后就辍学在家，跟社会上一些不三不四的人喝酒、打架、赌博，常常到深夜醉酒才归家，回家后时常摔东西吵闹，让四邻不得安宁。他母亲为此伤透了心，眼睛哭得几乎失明，但每当深夜大家都看到他家门口仍然亮着一盏红灯笼，不管多晚，他母亲都坐在家里等他回家，不知过了多少年，风雨无阻。她期望红灯笼能照亮儿子的心，慈母之爱使邻居们的心都受到震撼，大家纷纷教育她的儿子，还帮他安置了工作，这个男孩终于浪子回头，过上了安稳的日子。这是高尚的母爱感染了人们的心，也把儿子心里已经熄灭的希望之灯重新点燃。

去年，我痛失双亲，在母亲患重病去世三个多月后，父亲经受不住精神上的重创，也骑鹤西去，一双善良的父母转眼间不幸相继病逝。我揪心地痛，泪水纵横，本来朝夕相处，我敬孝有加，受此精神打击，那段时间，身心极为疲惫，父母生我养我，恩重如山。他们去世后，我梦牵魂绕，工作之余，常常怀念先慈先严的点点滴滴恩情，许多生活细节记忆犹新。夜间偶尔在梦中醒来，心神恍惚，没有开灯，点燃一支香烟之后，在忽悠忽暗的烟火中，许多已淡忘的记忆，从心海里飘上来：我母亲穷了半辈子，没有戴过一件金首饰，后来生活渐渐好了，我惦记着此事，十年前我到香港出差，特地为母亲选购了一副金耳环。回家后她很高兴地接过金耳环，看了又看，摸了又摸，戴了一阵子，后来，再也没有戴过，她悄悄地告诉过我父亲，说是要留作日后娶孙媳妇时作见面礼。家里有一台老彩电，弟弟做生意赚了钱，要给家里置换一个液晶大电视，我父亲坚决不肯，说："过去穷怕了，现在有些钱，要惜福，省着花。"现在，生活变得越来越滋润，"子欲养，而亲不在"，我们越舍不得父母这么快就走了，我的心境十分沮丧，悲伤到极点。

一个月色如水的夜晚，为了驱散心中的郁结，不知怎的，我驱车前往坐落在郊区偏僻山上的别峰寺，寺内的住持释宏愿是我儿时的同学。法师对我深夜到访顿感诧异，我将心里的痛楚如实相告，他带我到一棵合抱粗的丁香树下，点上一盏青灯，泡上一壶茶，慢慢把杯对聊。我问："生命宝贵，心痛何时能解？"宏愿答："人的生命是无常的，有如红红的丁香叶，在雨中无声无息地凋落着。那是一种无著、自在的心态；那是一道禅关。"我又说："面对死亡，落叶是对秋天的无奈，如一首伤心的乐曲，令人悲哀、惆怅。"宏愿曰："生者必死，聚者必散，积者必竭，立者必倒，高者必堕。凡人对生死无法排遣，乃是我们忽视天地变化的真相，如果你热爱生命，就应该珍惜生命的过程，你将不用悲伤，归于平静是人生的最终结局……"一个多钟头的聊天，使我茅塞顿开，无明之心豁然开朗，减轻了心中的许多痛楚，对人生的真谛有了更深层的了解。我望着飘忽的青灯，有如一阵阵的经声佛号在心里荡漾，拨亮我的心，对生命的理解如梦初醒。

生活中，其实每个人的心中都有一盏灯，我们应该不断地为它添油，让它变得更加透彻明亮。

作品发表于《散文》2008年第12期、《羊城晚报》花地版2008年10月16日。

风雨草原

那年仲夏，我在呼和浩特开会，结束时包租了一辆的士，飞奔了一百多公里的崎岖之路，进入希拉穆仁大草原，去圆我这个海滨人的草原之梦。

茫茫草原，一望无际的绿野，带着辽阔粗犷的长风向我扑来，铺天盖地的嫩草，在疾风吹动下，像海上的波浪翻滚、跳动着，在眼皮底下一次又一次地移动、延伸着，连成了绿色的汪洋。空阔高远的天穹蓝得出奇，烈日将其阳刚之气泼撒草原，几个红嘴山鸦掠过长空，远处梦幻般的地平线，更显得草原的高深莫测和神秘，我被草原的恢弘、博大、深沉给震撼了。

我把行李留在的士上，小心地把钱往身上藏好，再三叮嘱的士司机在原地等我，并记下了车号码。我跨上租来的一匹黑色骏马，和牧马人在草原上奔跑起来，深吸着芳草味，望着远处乳白色的羊群在风吹的草地上或隐或现，整个身心爽爽朗朗。

跑了一段很长的草地后，我们来到河边饮马，真没想到草原深处还流淌着这么清澈的淙淙小河，河边长满奶黄色芦苇，在晌午阳光辉映下，构成一幅美不胜收的油画，我瞪大眼睛，怕它转瞬即逝。就在此时，天空传来了一阵呜呜的叫声，我抬头一看，十几只乌鸦在头上飞过，心里顿生几分不快，牧马人也望着天空喃喃自语：“恐怕天要下雨了。”饮完马后，我望着炎炎烈日，哪来雨意？心里责怪牧马人瞎咋唬，跨上马，并催促他一道继续向草原深处挺进。

大约半个时辰后，正当我“乐不思蜀”时，天边的乌云由远及近席卷而来，草地上尖叫着刮起一阵阵烈风。伴随着轰轰的雷声，草原霎时变得天昏地暗，绿草变成黑色在风中东倒西斜，羊群发出咩咩哀鸣，马向长空嘶叫，暴风挟着豆大的雨点像鞭子般猛向人身上横抽，肌肤上真有几分疼痛，身上顿时冷得生起阵阵鸡皮疙瘩，我跟牧马人顷刻间都变成了“落汤鸡”。我们掉转马头，返回原路，落荒而逃。

尽管牧马人拿出一领披肩戴在我身上，但跑不了多长时间，我的牙齿冷得上下打架，嘴唇乌紫，直哆嗦，连打喷嚏，眼睛被雨水冲刷得模糊起来。心里百感交集，悔不听牧马人的劝告，领教了草原广袤无垠、变幻无穷，它的一面是天使，另一面是魔鬼，印证了大草原风雨之无情……

我们怎么跑，也跑不出前面一片白茫茫的风雨之海，正深感孤独无助时，我发现朦胧风雨中，远处白蒙蒙的一点红，慢慢向我们靠拢，我好像在伸手不见五指的黑夜中见到一点丁星光，心里充满希冀。随着横雨中的红点越来越迫近，灰蒙中我看清是一辆红色的的士，是我包租的那辆车正在凹凸不平的原野上，摇摇摆摆向我们开来。一股强大的暖流传遍了我全身，又如茫茫大海上的落水者找到了救命之舟，也似迷茫人登上佛光普照的彼岸。司机冒着风雨冲向马头，紧紧抓住缰绳，把我从马上扶下来，我和牧马人钻入了车里。我问牧马人，马匹怎么办？他答：“老马识途，会返回原地。”

不知是寒冷还是感动，我用颤抖的手接过司机递给我的保温瓶，终于喝上了一口热乎乎的开水，心里滚烫烫的。这时我才看清了司机——一张典型蒙古族清瘦的脸庞，棱角分明，高凸的颧骨，深凹的眼睛炯炯有神的小伙子。感恩之情涌上心头，我暗暗责怪自己，开始对司机还有几分不信任。坐在车上听着外头风雨扑打玻璃窗的噗噗的声音，方知什么叫冷暖。头脑竟然胡思乱想起来，不知怎的，现在旅游城市的一些的士司机软磨硬泡缠着你不放，变着法子“宰人”，里应外合吃回扣，把人变成赚钱机器，真是人心不古……

想着想着，的士已开到出发地的蒙古包前，这时我才发现车底部的横梁碰撞得坑坑洼洼。为了表达感激之情，我在蒙古包里，请司机和牧马人吃了一顿手抓羊肉，喝了香甜的马奶子酒，那一餐我喝得醉意朦胧。

等到风停雨歇的时候，苍穹又恢复了湛蓝的灵气，地平线上的夕阳像一块烧红的铁饼，映红水气氤氲的绿草，暮归的牛哞羊咩，均融入霞光，草原的黄昏竟是如此壮观，别有一番滋味。

当的士回到呼市火车站时，已是晚上九点多钟，临别前，我望着的士司机，眼眶里有点湿润，付清了包车费，我又塞给司机几百块钱，算是对他修车的一点补偿，没想到他再三推辞，几个来回硬是不接受。低着头，偌大的小伙子竟然腼腆地说：“大哥，今后再来呼市时，让我去接你。”我紧紧握着他的双手，语塞了。我隐隐约约感到这片清纯的热土培育了质朴的铮铮汉子。他们的情愫像牛奶般纯净、洁白。无数的草原人就像一株株的劲草，汇成了草原的风格和品质。

最终，我想了个乖办法，悄悄把钱塞在司机座上。

多少年过去了，他清瘦的身影，一直在我的脑海里就是抹不去，脉脉的真情牵动着我的心。也不知从什么时候开始，社会变得如此世故，躁动不安，物欲横流，有的人为一点蝇头小利绞尽脑汁，费尽心机，甚至互相伤害……伟大的人性与低级动物性正在进行一场较量、搏斗、抗争。但愿“人之初，性本善”回归社会，善良、理智、宽容的美德普照大地，闪烁着人性的光芒。

作品发表于《番禺日报》2006年6月30日、《潮州日报》2006年2月13日、《韩江》2006年期刊。

走进女儿国

我们一行乘坐的汽车盘旋在大峡谷九曲十八弯的崇山峻岭之间，脚底下是浊浪翻滚、奔腾不息的金沙江，从高处往下看，就是没有恐高症的人都会感到眩晕，宽大湍急的金沙江变成像长蛇般细细的沟渠。一路上人烟稀少，只见过几个村民背着药篓在山路上匆匆而过。我们一行心中都藏着一个谜团，生活在泸沽湖畔的女儿国到底是什么样子？不知不觉中好像车轮飞得更快。

经过六个多小时的颠簸，汽车在转了一个大弯之后，在近黄昏的时候，我们终于抵达泸沽湖。一面辽阔、巨大无比的镜子亮晃晃地映入眼帘，一泓黛色的湖水波光潋潋在夕阳照射下闪动着，浮光跃金，一座座的小岛在湖中亭亭玉立，被青翠欲滴葱茏的林木包围着，染上了色彩，远处看去像一块块巨大的翡翠浮动在湛蓝色的水面上。几只摇橹的猪槽船在水面上漂荡着，像几条游动的大鱼，就怕它倏地一闪不见了。时而清脆而浑厚的摩梭民歌缓缓地飘过湖面，随风轻轻传入耳朵。湖的对面屹立着抬起高高的头，雄伟壮丽的格姆山——摩梭人十分崇拜的格姆女神。一抹夕阳由浅黄、鹅黄、橙黄变成淡红、鲜红、火红的颜色挂在天边，照着清澈的湖面和格姆山，托出了泸沽湖的原始、古朴、神圣和宁静。这个远离都市凡尘世俗、毫无污染的泸沽湖就像一幅巨大古老的国画，埋藏在深山老林里。站在湖边，时间好像倒流到几个世纪之前，蒙上了一层神秘的面纱。

湖畔，阡陌纵横，田园万顷，木檩房舍，炊烟袅袅。居住在这里的摩梭人，日出而作，日落而息，亘古不变，遵循着天人合一的自然规律和生存法则。

晚饭后，天空晴朗，皓月当空，月色如水。在向导的指引下，我们走进了摩梭人居住的典型四合院式房屋，包括母屋、经堂、楞屋及畜厩四个独立单元，房屋的四壁用光滑的褐色圆木垒成，屋顶叠盖着石块压牢木板，俗称木楞房。其中母屋是最重要的房子，是摩梭人生、老、病、死以及“成年礼”所在地，也是家庭饮食、待客、议事、祭祀的地方。

我们走进母屋，见用砖块砌成的火塘里，烧红的木炭把深秋的母屋烤得暖烘烘的。母屋火塘，是摩梭文化的一个聚焦点，屋里的老祖母最为尊贵，坐在火塘的右上方，老舅舅坐于左上方，以示两性和谐共处，其他人男左女右依照辈分坐于两旁。一进屋，扎着摩梭人头巾的老祖母桑娜阿斯和老舅舅乌扎实，分别站起来迎接我们，并给客人让座，我们也恭敬地谦让不肯，最后坐成一行位于老舅舅下方。他们在席地上摆上了猪膘肉、酥油茶、饵块和糌粑，盛情款待我们。一番寒暄之后，我们自然地把话题引向摩梭人的走婚风俗。在向导的翻译下，老祖母脸上的皱纹渐渐地舒展开来，毫无忌讳地娓娓道来，老舅舅不时地插话补充，我们也老实不客气地加以提问，开始觉得比较隐私的事情，变成了公开热闹的一场研讨会。我们俨然像老中医似的，顺着脉络，终于了解到走婚方式的来龙去脉。

世世代代生活在泸沽湖畔的摩梭人是一个无父无夫的国度，一个母系氏族社会，一个女儿国。一个生活在现代文明、主流社会中的人，走进摩梭人的生活，就是走进了一个陌生世界，一个走婚氏族社会，整个大脑思维仿佛要进行一番调整，才能苏醒。

走婚的方式就是男不娶，女不嫁，男女终身都生活在自己的母系家庭里。走婚关系的男女双方都称为“阿肖”。阿肖不受法律的约束，也无世俗的门第观念，金钱和地位在这里无法赢得姑娘的芳心。像当地的情歌唱道："好阿哥（妹）哟，人心更比金子贵，只要情谊深如海，黄鸭就会成双对。"男女在劳动和社会活动中产生爱慕之情，只要情投意合就能自主决定，建立阿肖关系，阿肖在摩梭人居住的村庄间互动走婚。

视女为贵，以女为"根"的母系社会，女方的情意尤为重要，和一切高级动物的天性都一样，雌性选择雄性往往以高大威猛、俊美和智慧为标准，以便遗传更优秀的后代。阿肖的走婚并非混乱，也不是群婚制，姨表、叔伯、兄弟姐妹等凡有血缘关系之间严禁结成阿肖，男女双方一般都不同时交结多个阿肖。

互换信物，男女都会把自己随身的首饰、手镯、戒指、亲手制作的麻布腰带，男子则加一条围巾悄悄地送给对方，一旦交换了礼物，双方便成了情侣。

夜访阿肖，摩梭女到了结交阿肖年龄，都会在花楼上布置一间属于自己的花房，里面淡雅素装，成了谈情说爱和走婚的小天地。

不论是皓月当空或是细雨绵绵的深夜，男子到女方的花楼下，以吹笛弹弦、马铃声或以烟斗敲门对上暗号，女子闻声开门，悄悄将男阿肖引上花房卧室。一番缠绵之后，至次日拂晓，鸡鸣三遍，男子便悄悄离去，返回自己家中。

当瓜熟蒂落，有了孩子之后，孩子随母而居，随母而姓，男方不承担责任，由女方家庭负责抚养。姐妹之间成了大妈妈、小妈妈，舅舅也承担着家庭生活的重要责任。祖母在家庭中享有至高无上的地位，是母系家族的主心骨。

在小孩呱呱坠地的第二天，女方家中要为小孩举行取名仪式，并带上"巴舍巴哈"（供奉祖先的食物）以及甜酒到男阿肖家中道喜，男方则派一女子带上丰盛的食物去看望女阿肖。孩子满月前夕，男方家中要杀猪宰羊，举办丰盛的满月酒，招待女方的乡亲及亲戚朋友，以表祝贺。摩梭人从来不过生日，认为生日是母亲的受难日，不值得庆祝。孩子到十三岁举行“成年礼”时，要到生父家中拜节，生父要给予重要礼物，作为终生留念。由于父子长期没有生活在一起，感情自然十分疏淡。

走婚男女阿肖的关系，由于不受婚姻束缚，因情而异，随波逐流，长短不一，短则几天、几个月，长则几年、十几年，甚至终身。像水面上的两棵浮萍，有缘则合，无缘则散。经济上谁也不靠谁，没有依附关系。你不属于我，我不属于你，双方均不能强迫和独占对方，至于亲密的爱情和所发生的“爱爱”，是你请我喝一杯酒，我还敬您一杯酒，谁也不欠谁的。这样，失去爱情，解除阿肖关系就像失去磁力的磁铁一样，自然地分开。

我们跟桑娜阿斯一家聊至天空中的月亮西移，夜深人静时，才起身一一道别，并留下小礼物。她一家送至大门口，我们方离开，但是一种新鲜、奇特、迷惘的感觉像潮水般撞击着我的心怀，我的大脑不停地梳理着。

泸沽湖畔是女儿国，又是歌舞的王国。在泸沽湖的下落水村寨，第二天傍晚，我们参加了篝火晚会，摩梭姑娘穿着鲜艳的民族服装，踏着节拍，跳着流行的“甲搓舞”（美好时辰的舞蹈），望着一簇簇由红色变成蓝色火焰的蹿起，映红了姑娘们白皙、俊朗、充满青春活力的漂亮脸庞，我的脑海发呆了，走出了炽热的人群，找了一片草地坐下来，堕入了沉思。摩梭人神秘的走婚风俗，对我们这些拥有现代文明主流社会的人又有哪些启迪呢?

走婚风俗跨越了“一夫一妻”和“从一而终”的制度。为什么一定要结婚呢？摩梭文化不认可男女一生一世相厮守就是美好，与多人亲密交往就是滥交，甚至是淫乱。他们讲究“随缘”，爱情变味了，则随风飘去。为什么要一辈子只爱一个人呢？生命应该不断成长，充满张力和互动，在不同阶段和不同的人擦出火花，究竟为何不妥？爱情不应强求，感情疏远了，更不应该永久占有，就是男女双方分手，也觉得轻松，不会怀恨于心。

女子不是男人的附属品，千百年来，主流社会的男人把女子的处女看得过于珍贵，男人娶不到处女就觉得吃亏，背上像蜗牛一样过于沉重。摩梭人的男阿肖则认为：“若男人都挑处女，那不是处女的谁要？双方都有经验，才真正享受。女子对你好就行，她以前跟谁在一起，是她自己的事。”

泸沽湖水哺育了世世代代的摩梭人，他们生活在山水草木的大自然中，思维行云流水，顺性而行，对性事基本上是自然而然，随遇而安，没有性压抑与性否定。摩梭温泉自古皆男女赤裸同浴，返璞归真，从没有发生强奸和性侵的事。男女邂逅调情后，一起离开，那肯定是你情我愿，顺乎自然，不必害羞。

摩梭妇女终生与母亲、兄弟姐妹及自己的孩子同住，孩子不属于父亲或父系家族，故根本不存在“私生子”、“未婚妈妈”这个妇女的梦魇。走婚风俗使“寡妇”、“鳏夫”、“第三者”彻底消亡。

带着母系社会深深烙印的摩梭人，母系家庭非常和谐，不存在婆媳、妯娌、亲子的家庭烦恼与矛盾纠纷，也不存在离婚的痛楚与纠葛，没有财产争执，没有子女归属的纠纷，更没有诉讼。

男女在社会地位和感情空间之尊卑均等，不存在男尊女卑和经济上的依附关系，这种对母系独特的文化设计和家庭结构，是摩梭文化的核心。

摩梭文化对老弱病残，尤其是老人，特别关照，把对老人的不敬重视为十恶不赦，解除了主流社会对衰老和孤独的焦虑……

在思考人生时，我的大脑突然浮现了黑格尔的一句名言：“存在就是合理。”但合理的事物不一定存在，合理不代表合法。走婚风俗虽然有别于五千多年前母系社会的群婚制，但是还保留着非常落后生产力所产生的母系社会的烙印，也带来不能融入现代主流社会的许多弊端。

我们一行在告别美丽的泸沽湖和生活在湖畔的摩梭人时，望着姆格女神山脚漫山遍野的山花，我只能说，多层次、多颜色、变化多样、斑斓丰富的花朵总比单调的颜色绚丽。异想天开，试想在将来的某个时候，主流社会设计出科学合理、严谨合法的多个婚姻竞争制度，任由大家选择，到那时社会又会怎样呢？现实些吧，摩梭人的走婚风俗还是留给社会学家去探索和思考。

作品发表于《作品》2013年第4期。

上清溪溪流幽长

一条长长的山涧，一汪清清的碧水，一缕暖暖的阳光，一张小小的竹筏，迂回于曲折中，任意漂流。小溪静得出奇，水在竹排下缓缓流淌，只有艄公拨动船艄的几声水响。两边陡峭的山崖，芳草萋萋，绿荫遮蔽。我斜躺在竹排的椅子上，双眼微闭，大口大口贪婪地吸着原生态的新鲜空气，空气中弥漫着青草特有的鲜味和花的淡淡幽香，浸入肺里，一洗浊气，高负离子的氧气使人享受极了。在喧嚣的城市里生活久了，有如鱼缸里的鱼游久了，需要浮上水面呼吸一样。

地处泰宁市的上清溪藏于深山幽谷之间，是经六千五百万年的地质运动形成的峡谷，丹霞地貌与丰饶植被聚于一身，以山为骨，以水为魂，丹崖红艳，古木披荫，藤萝缠绕，更显独特。

美是自然的，自然就是美。竹排随水漂流，眼睛瞬间变幻着两岸不同景色，目不暇接。峭立的山坡上，有几处开着簇簇黄色的金针菜，微风吹过，尖尖的黄花瓣上颤抖着几滴晶莹的露珠；山菊花撒泼似的盛开着，它虽然没有花市里的菊花那样艳丽，但卷曲的花朵却多了几分野性。山坡上，还生长着绿的、黄的、褐色的鸡骨草、淡竹叶、远志、防风、前胡、龙胆等知名和不知名的中草药……

澄蓝的天空流动着几片白云，我们眺望着远处的山坡，竟然发现耸立着两棵苍劲的红豆杉，酱紫色的外皮包裹着红树肉，树桠纵横交错，风中飘动的树叶已由绿色泛黄。我爱红豆杉，它是中国特有的树种，雌雄异株，是爱情的象征；我珍重红豆杉，因为红豆杉可提炼抗癌良药，比黄金贵重，它属于国家重点保护植物。

潮湿温润的山林中，还蕴藏着山猪、山羊、野兔、过山峰毒蛇、大蟒蛇……猛兽昼伏夜出，危机四起。

静悄悄的山谷却不闻鸟啼声，如果有几声小鸟的啁啾，会平添几分声色，郁郁葱葱的山林会变得生动。我正在纳闷着，“你们看，山上面有老鹰洞。”随着艄公的指点，我抬头一看，高高的山头上方，赤褚色的岩石上露出一个深邃的老鹰窝，几根枯槁的树枝伸出窝外。我们沿途见到了五六处大同小异的老鹰洞，苍鹰是要到黄昏才归巢，因而我们无缘目睹它的雄姿。凭着想象，我恍惚看到了雄鹰眼睛闪亮，扑腾着扇状的翅膀，低空盘旋，钩状锋利的爪子捕抓着猛兽，弯钩的嘴叼起小鸟，它是动物界的强者，搏击长风，傲视一切，然，弱肉强食也是动物界永恒不变的规律。

几千万年前这里还是一片汪洋大海，眼前峡谷的石头都是红赭色的，不时可见奇岩跋扈，保留着被海浪咬出的一个个坑坑洼洼的痕迹，还挟着海贝壳化石，自然界变幻莫测，更增添了沧桑之感。

夏风爽爽，流水淙淙，溪涧千流百转，清澈见底，水流比较平缓，没有激流跌宕的飞越，是别有一番滋味的舒心。两个多钟的漂流，时而浅滩不够大腿深，时而漂下深潭，水深二十多米，竹筏随波逐浪，人在水面嬉戏，鱼在水底翔游。

竹排在转入峡谷中，突然一阵客家山歌飞起：“妹是阿哥心头肉，阿哥思妹到天明。”浑浊雄厚的艄公歌声刚落，清脆甜润的艄婆的歌声又嘣出：“阿妹想哥饭不进，三更不眠寻阿哥。”峡谷回响着略显粗俗而又悠长的山歌，沸沸扬扬，回肠荡气。

在物欲横流的社会里，心与大自然交融，是世上最好的休憩，人与植物交汇在一起，使心身放松，忘情于山水之间，是沉重思维的释放。世上一切杂念抛之脑后，升华为“不以物喜，不以物悲”，时间概念也荡然无存。

我喜欢这种原始的美，美得不矫揉造作，美得那样坦荡、裸露、自然；

我也欣赏这种野性的美，美得狂野泼撒，不受限制，张弛自如；

我赞颂自然界的美，这种美的力量弘大广阔，悠长深刻，摄人心魄。

上清溪的名字自然与道教相联，自西汉末年南昌尉梅福弃官来到上清溪畔的栖真岩炼丹隐居以来，入山求道者络绎不绝，上清溪于是成为荟萃灵异事迹和神仙传说的道教圣地。“道可道，非常道”，置身于上清溪中，回归大自然，使人心态变得空灵，洒洒脱脱，感受“山中方一日，世上已千年”的无限灵慰，或真的进入了缥缈虚无的道家“仙境”。

作品发表于《韩江》2010年第1期。

乡 井

乡愁是一杯子浓得化不开的酒，让人醺醉，乡思是一口深不见底的井，随风飘荡。城镇的现代建设像洪水漫堤，汹涌澎湃，把山野变成大道，寂静变得喧嚣，青瓦红砖的平房变为林立高楼，古典质朴成了新潮时髦……使许多已是两鬓霜飞，带着浓浓乡情的寻根者一脸茫然、惆怅。沧海桑田，乡音无改，孩童不相识，热辣辣滚烫的心，有些麻麻刺痛。幸得我的故乡，一座千年古城，老天有眼，新区建设虽热烈火爆，但保护老区还算镇定冷静，保留了古牌坊街、古巷、古民居、古庙、古井，难得的一片天地。不论是乘“红头船”漂泊南洋的白发苍苍的老华侨，还是二世祖、三世祖，游子们追宗认祖，有了归宿感。梦乡的思绪有了栖息地。

水是生命之源，古城人对水井怀着极其浓郁的眷恋之情。已经忘却何时何地见的那种古井了，大块青砖垒砌成六角形的井栏，圆形的井口，披一身青苔，色调幽暗，深深浅浅地驻停着长年岁月中见风剥雨蚀的容颜。那情境使人念及一位饱经风霜的老妇独坐于村头巷口，沐浴晨光暮阳、春暖冬寒。

我的少年时代，整座古城，几乎每座大厝，包括了“四点金”式的建筑，前落后院，外埕大厅，大多在后院落拥有一口古井，街头巷尾的古井也随处可见。所有居民的起居饮食全靠井水。所有古井背靠滚滚韩江，其清泉涓涓流出，自然过滤，清澈见底，甘洌清甜，是冲泡待客功夫茶的上品之水，饮者连连称妙。

我家巷口古井边，长着一棵树身斑驳、苍老的石榴树，六月石榴花开时，张着樱桃小口的艳红迎着晨光，太阳一照射，簇簇灼耀，似一串串爆竹，直能点燃人心。井水如铜镜，倒映石榴的绿叶红花。儿时，几个小伙伴，背着书包，放学时，带着神秘的轻恐伏身于井栏，欲一探井中玄黑，几张稚气的小脸伴着石榴花朵倒映在井水中晃动，“喂，说话呀，嗡嗡嗡……”井中的自己当真说话了，一种深沉古怪的妖魔回声，这声音摇漾许多游子多少年思乡之心。那些挑水的小媳妇、大姑娘借打水之机，把自己的脸微微向井口靠近，都想照出自己俊俏模样，那羞涩之情也历历在目。

很难忘的是戏耍“龙湫水”。每年从端午节开始，南方的故乡骄阳似火，开始进入夏季，而在端午节当天，大家洗井水，传统称为“龙湫水”，不知多少代人的传说，当天洗了“龙湫水”，全年身上不长疮、不长痱。从早晨到晚上，家家户户穿着短裤的男人和光着屁股的小孩，都轮流在井边冲水，“嘣嘣嚓嚓”的往井里打水的铁桶声不绝于耳。一桶水从头往下倒，凉入筋骨，沁人心脾，有时鼻孔进水一阵辣辣的感觉，直蹿头顶，“老牛喝水”了，不知谁咋呼一声，大家欢快闹腾，借此戏耍一番，小孩子冷不防往大人的身上打一水枪，大人往小孩身上倒一桶水……整个井边笼罩着一阵阵打闹声。女人自然是挑着井水回自家冲凉了，有顽皮的小孩，突然也往姑娘的身上泼一桶水，身穿单薄白衬衣的姑娘，湿漉漉胸口上两颗滚圆的肉色乳房凸突出来，隐约可见，羞得姑娘满脸通红，用手护住前胸，狼狈逃窜……被身后一团团哈哈大笑声追赶着。

男人用吊桶打水，女人在井边洗衣，双手就着洗衣板搓出一大堆肥皂泡沫，东家长，西家短，唠叨个没完……

十五的月亮十六圆，记得一个皓月当空的晚上，飘落了一地银光，井里边也摇晃着碎银。一位脸容姣好的姑娘，高挑苗条的身材，身后跳跃着长辫子，肩上挑着一担水，远看倩影婆娑，婀娜多姿，一根扁担摇摇的；近看脸色泛红，香汗涔涔，娇喘滴滴；粗看，肩上的两桶水在月光的倾泻下，尽是花白碎银；细看，挑着的前后桶里装着两个月亮。美女挑月亮，何等的诗情画意，美哉！

井水似乎通晓人意，夏凉东暖。艳阳三伏天，井水清凉消暑；寒冬数九天，井水暖人心房。上世纪七十年代初，街上有一“挑水哥”，年过三十，尚未娶妻，每天给人家挑水，每挑一担，卖得二分钱，虽半饥半饱，尚可度日。深巷中有一跛足孤寡老太婆，一笑起来，满脸就像花生壳，尽是皱褶，日子过得异常艰难。挑水哥每天都为老人挑水，把水缸灌得满满的，分文不取，从不间断，老人感动得抹把泪水，见人就夸，并认他作义子，相依为命。直至改革开放后的八十年代初，突然有一天，老人的儿子从台湾归来，他已是富商巨贾，长跪在老人面前，一把鼻涕，一把眼泪，哭得感天动地，哀戚过后，老人自此过上了富足生活。虽说善不望报，但飞来的幸福使年过不惑的挑水哥，一跃成了一家大商场的老板，并娶了城中一位美女做了老婆，成了古城一段佳话。

古城的深处遍布各种古井、老井，有义井、宋井、二目井、三目井、四目井、金山井、莲花井、永龙泉、子母泉等。从宋代至明清老百姓挖凿出一口口的古井，许多古井上的石板因时长日久被提水吊桶的绳索碰碰撞撞，磨出条条凹陷的深坑，作为几百年来“滴水穿石”的见证。

义井是古城里妇孺皆知的井，它应了风水学上“天圆地方”之说，井面上呈八角形，井内椭圆。每到韩江桃花水涨之时，这里的水位会突然升高，有时离井面只有三尺高。相传南宋末年，元兵入侵，宋室南走，宋帝昺于景炎三年得陆秀夫、张世杰等拥立于石间洲，改国号祥兴，次年，元兵进犯，宋帝昺出走，逃进古城。跑到大街时，大家喉咙干渴，都想喝水。忽见路旁一口井，宋帝昺走上前探头一看，井水清澈透底，一股凉气扑面而来，馋得他直咂舌头，可惜水位低，伸手够不到。他忙命侍从赶快去找小桶。时兵荒马乱，店铺关门，行人绝迹，到哪里去找小桶呢？无法喝到水，君臣只好望井兴叹，宋帝昺舍不得走开，把头伸到井口说："井呀井，朕命你把水涨起来。"话音刚落，骤然间井水滚滚向上猛涨，直冒上井台，群臣见状也挤过来，纷纷伸手捧水喝，大家都觉得水格外清凉、甘美。宋帝昺喝够之后，说："井也知君臣之义，朕就封你为'义井'吧！"义井这名字一直沿用至今。

一个人的生命只有短暂的几十年，而古井都经历了几百年，乃至上千年的沧桑，人世变故，战火纷扰，天灾人祸，悲欢离合。于是乎，勾起了我内心深处不堪回首孩童时的一桩记忆，撕开已经平复的一道伤痕。那是"文化大革命"期间，国家主席都被打成叛徒、内奸、奸贼，何况小小的平民百姓，多少人被戴上地、富、反、坏，右五类分子的高帽，背负沉重的十字架。批斗会一场接一场，在高压下，上吊、跳江、服毒、投井自杀者已是屡见不鲜。1969年我正读小学，仲夏的一个下午，我背着小书包放学回家，人没走到家门口，就听见"有人投井了"一声带着惊恐声嘶力竭的呼叫，紧接着，许多大人慌乱跑进我邻居的家里，我跟着跑进去。在后院，一口黯黑又窄的井，在井边往里探望，人是倒吊着，一双脚浮在水面挣扎着、晃动着。井口只有鼎盖大，四周长满青苔，滑溜溜，谁也无法下去抢救。只听见她的儿子、儿媳呼天叫地，放声大哭……一个平时温和善良的老太婆，仅仅因为家庭出身问题，被迫跳了井，了结一生。虽然，此事虽已远去，变得模糊了，历史也已拨正，多少年了，就是难以忘却。

乡井最相思，从古至今，外出漂泊的人都是是“背井离乡”和“离乡别井”，可见井在游子心中的地位。水井，是故乡深处一只饱含泪水的眸子，只要岁月的风轻轻一吹，它鼻头一酸，就要流出泪来，使人浮想联翩。小时候，故乡的人喜欢穿木屐，街头巷尾都有钉屐铺。据史书记载，在我国古代穿木屐还是高雅的风尚，是显贵士族的时尚，还有高跟木屐，跟今天时髦女子穿高跟鞋一样，感觉良好。上世纪五十年代至六十年代末，全城男女老少，许多人都爱穿木屐，尤其是到井边打水的人，大多喜穿木屐，方便透气，不怕湿水。每当夜深人静时，听窗外深巷，木屐声由远及近，“嗒嗒嗒嗒”，轻轻清清，煞是好听，至于各位芳邻，不见其人，而闻其屐声，从其轻重缓急中，脚步能辨别出是谁在走动。远去了的木屐声声，至今仍不时在耳边响起，那是故乡的一道风景，成了牵动乡人怀念故土的一根线，老忍不住用一种固执的热情去思念它。

如今，故乡家家户户早就用上了自来水，井水早就不用了，疏远了，甚至忘却了，许多水井也早已荒废了。唯有远去了，不再拥有的东西才显得珍贵，最能勾起人们的相思和怀念。乡井是游子心中永远的梦，甜甜的井水，点点滴滴清澈在心头。

作品发表于《西部散文》2014年6月总第536期、《散文百家》2014年2期。

年 味

一

南方古城的冬雨是湿冷湿冷的，一滴、二滴，“嘀嘀嗒嗒”的雨珠夹着寒风，雨点打在潮州古城老屋的青瓦上，像撒黄豆似的，不但热闹，且富有节奏感，使人轻松愉悦。老屋檐上黛色的瓦挂着几滴晶莹的雨珠，滴个不停，雨打到地上，“哒哒哒……”的响声，更添了冬日的静寂。冷雨浸湿了一块块青石板和纵横交错的古巷，浸润了长长马路，湿漉漉了古朴的牌坊街。

老街上一扇掉了漆的朱门缝隙里，一条棕黄色的老狗伸着长长的舌头在张望着，突然“呼”地一蹿，消失在长街的雨幕里。两个撑着红伞的窈窕少女在街上悠哉悠哉地迈着碎步，彰显着凹凸曲线的倩影吸引了不少行人的眼睛。自古潮州美女是出了名的，小瓜子脸既白皙且肤色丰润细腻，五官端正精巧，身材既丰满又多修长。既知书达理，又是贤惠淑女，侍奉公婆，勤劳持家，对丈夫多轻声细语，体贴入微。多少带着古城的传统遗风，难怪很多人找对象喜欢找潮州女郎。

纵横阡陌的上百条古巷、老街、一片片古屋的青瓦，蜿蜒苍老，像老鹰的羽毛，展翅欲飞。细雨蒙蒙，座座古寺庙，铁索紧锁雄踞韩江之上的古湘子桥，气势恢弘的韩文公祠，屹立在韩江子畔的龙湫宝塔，北堤上的祭鳄鱼台，一切都浸润在烟雨的迷蒙之中。古城区没有了繁华喧闹，倒亦显得安逸淡然。多少风雨带着潮州这座历史文化名城，步履匆匆地走过了一千六百多年的历程。

一到临近春节，整个古城打破了往日的平静，像一锅开水煮到了九十多度，发出“嗡嗡——”的响声，开始沸腾了。众多企业家、商家都在做着过节的准备。人们不论贫富、男女老少脸上都添了不少喜气和笑颜，拿到了年终“利是”，买新衫、添年货、选春花、购香烛、买爆竹、剪发洗脸，忙得不亦乐乎。购买盆景春花，又以大橘最为热门，家家户户都要摆大橘，象征新年大吉大利；每户都要摆上青橄榄，象征新年吉祥如意；家家都要做“发米果”，象征兴旺发达。整座古城每条街上，人群一波接着一波，挨挨挤挤。嬉笑声、叫卖声、招呼声、打情骂俏声响成一片，到处热闹异常。每年春节前夕，大批的海内外潮人及华侨都赶回家过年。这种气氛最难得，一股温温的人情味和浓烈的年味扑面而来，不论是潮州人还是外地人，都从心理感受到跳跃的、愉悦的、欣喜的情愫，浓浓的乡情，悠悠的情结。

除夕的下午最隆重的莫大于祭祖，祠堂的祭祖最为隆重，浓浓的香烟弥漫，点亮红红的蜡烛，把一年最丰盛最好的食物奉献给祖先，男女老少依辈序祭拜，以答谢祖先保佑一年四季祥和平安之恩。各家各户也纷纷虔诚祭拜先人，一串串红鞭炮，连绵不断炸雷般的响声，把祭祖活动推向神圣。追念先祖，是对根的寻求，是一种孝道、一种对传统文化的传承光大。

除夕夜的团年饭，潮州人属称“围炉”，是一年之中最重要的一餐饭，桌上除海鲜、鱼肉等佳肴外，必摆一盘蚶、蚌，象征来年能赚大钱，还要摆上一盘猪肠猪血炒蒜，象征长命、发财和会算，取其近音吉祥之意，总之是新春的好兆头。

二

古城的正月，从正月初一至二月初三，连绵不断的“游神”民俗活动最具特色。不分昼夜，城区和每个村庄都举行各显风采，不同特色，眼花缭乱的“游神”活动，人们把藏在心灵深处的神圣祈祷和美好祝福，对新年的希冀、期盼、向往融汇于淳朴民风民俗和纯厚的地方文化之中。近乎“宗教”式的“游神”活动源远流长，是千百年来民间传承下来的。人们点亮了千万盏灯，光彩照人，充满了诗情画意，同时也点亮了心里的灯，填满了期待和幸福。就现实而言，发掘出不可多得的旅游资源，让大家一起感受太平盛世，共同享受欢乐的氛围。

青龙古庙正月庙会盛况空前，蔚为壮观，全城万人空巷，倾城而出，乡村赶集似的人们挤向城里，鼓乐喧天，花灯美景，爆竹震耳，游人如鲫，全城如痴如醉，纷纷赶往屹立在南堤韩江边的青龙庙。潮城青龙庙的安济圣王，祀蜀汉永昌太守王伉，守土爱民，为后人所崇奉。据乾隆《潮州府志》载：“前明滇人有宦于潮者，奉神像至此，号安济灵王，立庙镇水患，遂获安澜。”历来有灵异的传说，所以香火很盛。城乡的住民，大都震闻威名，每逢吉日良辰，庙里拜神的人物很拥挤，即在平时，亦有陆续不断的拜神的善男信女，香烛燃烧，礼品供奉。

据史料记载，安济圣王出游是最为热闹的场景，狂欢的盛会。元旦后三日掷骰取吉，确定出游日期，一般会定在正月下旬头。安济圣王巡游分为“头夜灯”、“二夜灯”和祭祀正日共三个昼夜。神游风光，头夜灯在城南，二夜灯在城中，正日即三夜灯在城北。接连三夜，人山人海，街路的游人，熙熙攘攘。街上展出的花灯达百屏之多，有董卓凤仪亭、莺莺在听琴、张飞战马超、陈三五娘、牛郎织女、摘印潘仁美、水漫金山寺等等，不胜枚举。马路旁搭建若干戏台，表演各出潮剧，锣鼓喧天，弦声悠扬，热闹异常。马路两边和各住户搭建各个迎神祭台，摆满青果、三牲、纸钱等各类祭品，香火旺盛，灯光四射，如同白昼。

正月青龙庙前的香林烛会，香飘天界，全城民众踊跃参与。入夜，在庙前的空旷地，五六百根合抱粗、三米多高的贡香被点燃，拔地而起，形成一大片壮观的香林天烛，袅袅香烟，蔚成团团烟云，明明暗暗、红红蓝蓝、闪闪烁烁照亮了整座青龙庙和热闹人群的脸庞，映红了韩江江面，在水中倒光映影，相映成趣，一大片江面似乎被燃烧了。良辰吉日，进庙参拜人群挨挨挤挤，排成长龙，依依次次，鱼贯而入，虽十分拥挤，倒也有序。庙中安济圣王、大夫人、二夫人的神像被香火熏陶，平时庄严肃穆的神像，此刻变得朦胧。善男信女求平安的、求添丁的、求谋事的、求发财的、求姻缘的，都寄托着心中的良好愿望。

入夜，灯亮烛红，随着“嘭、嘭、嘭”三声震耳欲聋的大爆竹声，安济圣王的（偶像）神驾出游了，安济圣王乘坐的大轿子由十六名青年男子抬起，大夫人、二夫人的轿子各由八名男子抬起，抬轿壮丁争上前，能够参加抬轿是引以为荣。人们前呼后拥，平添热闹。圣驾从南门开始入城巡游，所到之处鼓乐喧天，鞭炮齐鸣，人山人海，争相观赏。神游过纵横阡陌各个路口、街巷，各街道摆上“迎接圣驾”的锦绣横幅，备好各种香案，隆重迎驾。圣驾神游至谁的店门口，谁就点燃炸响一串串像红辣椒的大爆竹，声声震耳的爆竹声，催得人们心里发紧，精神兴奋，欢快愉悦。爆竹散发出来的浓浓硫磺味弥漫在夜空中，朦朦胧胧，使人身影绰绰。热闹的气氛一波未平一波又起，把人群波浪式地向前推进。正如辛弃疾所描写的“东风夜放花千树，更吹落，星如雨。宝马雕车香满路，凤箫声动，玉壶光转，一夜鱼龙舞……”通宵达旦，直闹至第二天拂晓时分，圣驾回銮，人们方才渐渐散去。

我们的未知世界太大了，而已知世界太小了。人们祭神，对神明的祈祷，不要简单说成是迷信，里面包含了人们的某种精神寄托、慰藉、满足和信仰，也包含了对未知世界的追求祈盼、希冀。受某种心理暗示，比如祈祷向往世界和平、保境安民、吉祥如意、风调雨顺、财丁兴旺、安康长寿，这些是人们善良的愿望，顺应了民心民意，有什么不好呢?

三

正月，古城郊外乡村的游神更是别有一番滋味，游行的神像为“三山国王、福德老爷、元天上帝、天后圣母、太子爷、伯公爷”等等，一般分为抬神出游、设坛迎神、燃放烟花爆竹和演出潮剧助兴等。游乡中的壮年男子，充当轿夫，疾走狂奔，呐喊追逐。但因争先夺前，抬着各种神像在乡里巡游，各家各户以姓氏宗族划分，设置各个迎神祭坛（神前），虔诚祭拜，并燃放满天烟火，点燃声声爆竹，在热烈的气氛中游神赛会活动高潮迭起。

游神活动各具特色，意味深长。磷溪正月十六“钻蔗巷”的游神色彩浓郁。正月十六夜，一轮明月高挂，天上繁星点点，随着震耳欲聋的阵阵“嘣、嘣、嘣”的响声，一门门烟花横空而起，把整个天空、田野、村落映照得如同白昼，平时寂静的村庄沸腾了。溪口村路的两旁，人群拥拥挤挤，站满了穿戴花俏而婀娜多姿的少女、女妇，一个个体魄强健的小伙子，手里提着小碗口粗的褐色甘蔗，甘蔗的末端扎着鱼灯、龙灯、虾灯、蟹灯，圆形、长方形、扁形的灯笼，两边的甘蔗斜向相依，形成三角形的一条长达十里的甘蔗巷、花灯巷，蔚为壮观。新鲜的甘蔗弥漫着泥土的芬芳，夹杂着点点的甜味，末端的蔗叶遮挡着夜空，使人影在花灯照射下，显得绰绰约约。欢呼声、吆喝声、笑声连成一片，由近千名村民组成的游巡队伍抬着一排排的神像从蔗巷穿越而过，安民保境的“圣驾”的到来。迎神的队伍，锣鼓喧天，乐曲飞扬，好一曲太平盛世的欢歌。钻蔗巷游神活动是溪口村从清朝流传至今已跨越一百七十多年历史的民俗文化活动。磷溪又是一个盛产甘蔗的地方，其活动寓意人民的生活像甘蔗一样，节节高，越吃越甜，事业像灯笼一样红红火火。

彩塘乡村的“赛大猪”是富有乡土气息的文化习俗，所谓“赛大猪”，顾名思义，就是各家各户比赛谁家养的猪长得最肥最大，作为一种民间庆丰收的仪式，更是农民祈求来年风调雨顺、五谷丰登、六畜兴旺的形式，祈福活动热烈隆重，场面之壮观实是罕见，成为远近闻名的一大盛事。

在上百亩的晒谷埕上面，搭起庞大的竹棚，上千头已经煺毛、清洗得白净净的大猪，一排排一行行整齐地摆开。每头猪的头上都扎着丝绸大红花，猪嘴里含着一个金黄大橘，身上贴上数个大红喜字。许多猪的背上还骑上一头羊。而上千个大红灯笼高高挂，周围彩旗飞扬。好一个“悟能”的世界，好一个灯笼的海洋，红白相间，辉映成趣。熙熙攘攘的人群穿梭其间，汇成热闹辉煌的盛会。

呈现在人们面前的每一头大猪，都寄托每一个农户的希望，属于每一个农户的欣喜。在“极左”的计划经济年代，农民一年的辛勤劳作，换来一把辛酸泪，肚子里没有油水，饿得咕咕响，都把欢乐寄托在宰年猪身上。一个村庄几百户人家，所养的猪大部分上调，到过年时，一个村庄能宰上几头猪，每户能分上几斤猪肉，容易满足的农人已是三呼万岁，欣喜若狂。而今彩塘的乡村已创办了几百家企业，多数人富得流油，谁能料到能有今天火红的日子，这样盛大的场景？当然盛会里面，香火旺盛，香烟缭绕，虔诚地祭拜神明，祈求新年更加风调雨顺，兴旺发达，幸福安康。

古城正月舞龙别具一格，正月初四，饶平新丰荣西村在典型的客家围楼——五全楼举行隆重的游龙闹春活动。在中国古建筑奇观的客家圆形的围楼内，盘旋一条长达二百三十八米长的大龙，由几十名壮汉，把龙盘成三圈，欢快舞动，中间点缀几十名装扮花哨的姑娘举着各种彩旗，跟着有序转动。从高处往下看，天方地圆，龙盘古寨，似卧龙蛰身于圆盘中，飞腾旋转，龙气冲天，又恰似腾云驾雾，龙腾虎跃，加上姑娘的倩影，飘扬的彩旗更令人眼花缭乱，拍手叫绝。

龙湖古寨正月十六乡庆的舞龙活动，更是达到高峰。是夜，人山人海，点燃了龙之焰火，一时间，无数条蛟龙腾飞，金光闪闪，爆竹声声，舞龙队要经过古寨各家各门前，为千家万户送去祥龙瑞气，使整个龙之湖都欢腾起来了，恰似李商隐诗中所载："月色灯光满帝都，香车宝辇隘通衢。身闲不睹中兴盛，羞逐乡人赛紫苏。"

适逢今年是甲午之年，"玉鞍金络过丹墀，骨相峥嵘毛亦奇"，千年前，古人如此赞美骏马，而今马年再次大踏步而来。"龙马精神"、"快马加鞭"、"马到功成"，声声句句带来诚挚的祝福。饶平霞西是布马舞之乡，红马、黄马、赤马、青马、白马各色的布马装点一新。大年初一，村头，穿着古色古香的姑娘们骑上上百匹布马，踩着鼓点，在"咚、咚、咚"的锣鼓声中，挥动马鞭，飞舞起来，翻滚旋转，阵容整齐，跳跃刚健，有板有眼。几百年来新春跳布马舞的传统得以发扬光大。看这情景，我眼前时而仿佛出现远古的战马嘶鸣，戍疆保国的战马"嗒、嗒、嗒"飞奔而来，古战场吼声四起，阵阵厮杀之声不绝于耳，胜利的欢呼声伴着马蹄声而远去……时而似"千里马"踏着铿锵的步伐而来，挥洒汗津，为城乡建设带来飞奔发展的新气象、一日千里的好运气。眼前又像浮现伯乐相马的一幅图画，为家乡梦、中国梦，许多拔尖人才脱颖而出，再定眼一看，定神一听，震耳发聩的锣鼓声声，马步碎碎，姑娘们花枝招展，布马舞的表演已推向新高潮……

民俗文化是依附人民的生活习惯，情感与信仰而产生的文化活动，同时，千百年来传承下来的浓浓年味已散发出欢乐、祥和、达观的气氛，也喷发着亲情、友情、人情的芬芳。这种民俗文化和脉脉人情的融合，汇成冬天里的一股淙淙温泉，浸润着潮州人的心田，也呼唤着生机勃发、万紫千红春天的到来。

作品发表于《西部散文》2014年6月总第536期、《散文选刊》2015年第1期。

我心中流淌的江

韩江本不姓韩，古称恶溪，因韩愈上书皇帝老儿“谏迎佛骨”，龙颜大怒，一气之下把韩愈从京城贬到潮州，“夕贬潮阳路八千，雪拥蓝关马不前”。韩愈任潮州刺史八月，兴乡学，重教化，开民智；筑韩堤，襄农事，兴水利；赶鳄鱼，更有《祭鳄鱼文》赢得身前身后名。因功勋卓著，百姓感念其恩德，便把山水改姓韩。

从儿时开始，我就与家乡的韩江结下不解之缘，日夜奔腾不息。一泻千里的韩江怎禁得从春流到冬，悠悠诉说潮州一千六百年的沧桑，两岸人民的酸甜苦辣。我目睹了韩江的变化万千，也领略到韩江“变色龙”般的多张脸孔。

秋冬的韩江，像少妇般的风情万种，江面上涓涓流水如少妇的长发飘逸俊秀，水清如许，微风轻拂，碧波荡漾，波浪轻轻地叩击岸边的码头石，发出阵阵唰唰响声，生怕惊醒清晨还在沉睡的船夫。远处江心不时驶过几只风帆船，天蓝得可爱，仿佛一汪水似的，空中掠过几只白鹭，岸边大片的沙滩上蹲着垂钓的渔夫，悠然自乐。浅绿色的江水，那漾漾的柔波是这样的恬静、委婉，在对岸深黛色笔架山的映衬下，形成山水共一色的美景。韩江的水清洌甘甜，偶尔有赶路的人，口渴了，捧一把，喝一口，如饮雨露甘霖。

横跨在江面的湘子桥，始建于宋乾道年间，廿四座桥墩，历史上中间十八只梭船用大铁索连接而成，随着潮涨潮落，形成可闭可合的浮桥，颇为精致。桥面上，廿四座楼台廿四样，商贩云集，各种叫卖声还余音袅袅在我耳际。潮州民谣世代流传："潮州湘桥好风流，十八梭船廿四洲，廿四楼台廿四样，两只𫓧牛一只溜。"屹立于桥墩上两只𫓧牛，一只是否被洪水冲走或得道成仙，成了潮人心中的千古之谜。

春夏的韩江，时而面目突然变得狰狞，三月桃花水刚来，加上几场暴雨，从上游梅州"三河"汇集的洪水挟带着泥沙奔涌而下，撕开温柔的面纱，像脱缰的野马，狂泻狂奔，洪水猛涨，冲撞着湘子桥墩，发出怒吼，浪卷轰雷，白练飞扬，状如釜里怒沸的滚水，形成一个个大漩涡，急绕几个大圈子向下游奔泻而去。

汹涌的洪水涨过了桥墩，漫过了桥面两端，远处看，浸泡在水里的𫓧牛只露出两只尖尖的角、眼睛和鼻子，甚是可爱。下游的龙湫宝塔耸立在韩江之滨，抬起高傲的头，观看多少潮起潮落，见证韩江的迂回曲折。

一江春水涨过五百多米宽的江面，对古城虎视眈眈，超过十三点五米洪水警戒线，古城的东门、上水门、下水门、竹木门四大拱门的闸门开始关闭，头戴竹笠，身披水布一个个壮汉抬着一块块厚重大木板，根据汛情，在拱圆形的门上逐级加高，把古城内包围得像铁桶一样严实。汛水刚到，城外地势低洼的居民住着较破旧的沙灰屋，有的已露出深褐色的墙砖，他们忙于把家什往楼上或高处搬迁，有的索性锁上门寄住在城里亲戚家，几天后洪水退时，再冲除污泥浊水，忙得团团转，很是艰辛。

"关城门啦，洪水来了——"一声吆喝，从城南传到城北、城西，古城里的居民冒雨打伞或头戴竹笠，争相携儿带女上古城楼、大堤上观看洪水，与防洪的队伍交杂在一起，观水人们的心里说不清是为了安全防患还是为了观景，但是眼前潮州八景之一"湘桥春涨"却映入眼帘。雨中的"三山一水"笔架山、葫芦山、金山簇拥着一衣带水——韩江，一幅美不胜收的古城图尽收眼底。灰蒙蒙的天空，飘着凉凉的雨点，洒落到江面上，便成了朵朵雨花，与江水融汇在一起，便倏地变得无痕无踪。气势磅礴，从天际奔涌而下的洪水像一幅大绸缎覆盖整个江面，犹似大梳子平整梳理着流动的江面。水在桥上过，桥在水中走，远看像一条拱形大杉木横架江水中，煞是好看，激越的江水，向着几十公里外大海的怀抱奔涌而去，极为壮观。

我曾站在黄鹤楼上，观赏龟蛇两山锁大江的壮丽奇观，又曾在滕王阁上看长江的委婉丰姿，也曾在岳阳楼上瞭望洞庭湖的无限风光，还曾见过钱塘江的潮起潮落……目睹今天的大江大河是那样的恢弘壮阔，摄人心魄。但是，充满古朴韵律的韩江，更是潮州历史底蕴深厚的象征，又有谁见过洪峰来时“兵来将挡，水来土掩”，关闭城门，御洪水于城外的奇景。

岁月匆匆，山移水改，迄今，韩江枢纽工程飞架东西两岸，集饮水、防洪、发电功能于一身。韩江又像魔镜一样，更是变幻无穷。

深秋季节的一个晚上，借着清丽的月色，我在韩江边漫步。昔日涓涓细流和大片的沙滩不见了，被满满的一江清澈秋水所淹没，月色横空，江波静寂，在一楞楞山峰的倒映下，如一面大明镜。悠悠游水，吞吐蟾光，波光粼粼，一闪一闪的，几只游船在悠闲地漂荡着，一幅高山平湖的国画呈现眼前，鬼斧神工，真是美极了，再添几笔，又怕太浓，减少几笔又怕太淡。如果有二胡在手，我真想拉一曲《二泉映月》；有瑶琴在手，我真想弹一曲《高山平湖》，烫上一壶酒，到江心泛舟，发古人之幽思。

江滨上，昔日城外饱受水患之苦的破旧老屋不见了，几经修缮的古城墙齐刷刷地耸立着，在一片片芳草成茵的绿地衬托下，显得尤为古朴典雅。几座城楼，修复一新，红瓦绿栋金柱，灯火辉煌，屹立在古城上，各种射灯交织映衬，把古城点缀得十分俏丽，江边大道笔直，花圃里的鲜花簇簇绽开，木棉树花红芽嫩，也为江滨增色，车水马龙，粤东三市民众竞相赏景，络绎不绝，好一派太平盛世风光。

韩江上，新的北桥正在建设，湘子古桥按原貌正在修复，加上繁忙的南桥，不久，三条彩虹飞架江面，“天堑变通途”。

滔滔的韩江水，像母亲的乳汁哺育了多少代潮汕人，凝结了古城的深沉和雄浑。天变地变人变，多少代潮汕人的梦想已逐渐变成现实。

韩江，你日夜奔流、勇往直前的秉性，顺应潮流、奋发拼搏的精神，那就是潮州人的灵魂。韩江——永不忘怀的母亲河，在我心中静静地流淌。

作品发表于《散文百家》2006年第8期、《羊城晚报》花地版2006年7月27日。

心 祭

小时候，古城里一条地上铺着一块块带着裂纹青砖的深深巷子，好像现在仍然走不完似的，总勾起我未泯童心点点滴滴的回忆：绵延十多里的古城墙、一座座古牌坊、一个个古寺庙、街上一口口的古井、一落落的古宅子，巷口两只生了青苔褐黑色的石狮子张牙舞爪……整座古城到处都听到耳熟能详的潮音，沉浸着古朴的民风、不尚更改的民俗，甚至是古怪的传统。千百年来潮州人用难以改变的信念，倾注了对古城的一切神圣而深厚的笃爱。

农历六月初六的夜晚，天上星光点点，一钩弯弯的新月，总是将淡淡的月光倾泻于整座古城，大街小巷车马稀少，平时夜间街上热闹熙攘的人群变得消停，甚为清冷。老人总是劝告小孩不要外出或早点归家。日头一落山，家家户户早早关闭大门，把白天早已准备好，带着嫩绿叶子的桃枝和丝丝垂柳插在门环或门把子上，或是悬挂在门上，驱祭鬼神，共祈吉祥。

每年六月初六之夜是潮汕的“鬼节”，已去世一周年的亲人在这一天夜里要过“奈何桥”，超度至西方极乐世界，而在这一夜家人或亲人都要上香祭拜先人，祭品有结着红绳子的两头竹筐或一对竹箕、一根扁担、一个深绿色中带黄的大西瓜，还有其他各种祭品，喻示着故人一头挑着西瓜、一头挑着其他祭品，祈祷新逝者能顺顺当当过了“奈何桥”，上西天报告去了。古人把西瓜与西天联系在一起，因而西瓜成为主祭品，还点上一对白蜡烛，风一吹忽明忽暗，一家人围在一起烧化着一大堆银纸（纸钱），随着一阵夜风吹起，一张张银纸飘向天空，向老天祷告：愿故人一路走好，归神成仙；保佑家人及亲戚平安康泰。潮汕人就是一代又一代演绎着这种习俗，传承一种不改的信条。

“六月初六鬼挑西瓜”，这是古城老幼妇孺尽知的俗语，由于当地有此惯例，潮州人一般到别人家里做客，捎上手信，都不买整个西瓜，以避嫌。传说中更有邪乎的是：六月初六夜里有人在熟睡中梦见被熟悉已去世的人召去帮助挑西瓜过桥，第二天早上醒来顿觉腰酸腿痛，用手一摸口袋里还装着银纸灰（脚步钱）呢。当然，这仅限于民间流传，谁也不想有此亲身经历，更不应当真。

那年，我七十九岁慈祥的奶奶辞世，整个古巷子里都震动了，男女老少一百多人排成长队为她送行。我看见许多人都在唏嘘着悄悄掉眼泪，甚至有十多个小孩子都放声嚎哭。奶奶是个不起眼的小百姓，没有做什么惊天动地的大事，而是一生做了数也数不清的小善事，譬如看见地上有一块香蕉皮，她会马上捡起来，生怕人家滑倒，看见路上有玻璃碎片，她都会细心地拾起来，恐怕划破别人脚底；哪家夫妻吵架、小孩子们打架，她都会跑去相劝；在经济拮据的年代，哪户人家穷得揭不开锅，她会悄悄用报纸包上几斤米送过去；谁家的孩子头上生疮，她会用“裤头方”，熬制做好膏药送上去……古巷的居民们对奶奶情深义重，依依不舍，心里默默褒扬老人广发善心的精神，寄托着绵绵哀思。

奶奶天生一副菩萨心肠，对儿孙倾注了她一生深深的疼爱。我儿时的记忆是那样刻骨铭心，小时候，跟奶奶睡在一起，寒冬腊月，被子又薄又是老棉絮，盖不暖，下半夜冻得直哆嗦，双脚冰冷，奶奶就把我的双脚紧紧抱在她的怀里取暖……冬天不论哪个孙子放学回家晚了，她都会用破棉袄把饭钵包起来保温，让孙子回家能吃上热饭。那个年代，一两粮票一毛钱，可以吃上一碗汤粉。奶奶挑担上街做小生意，饿极了就吃一碗汤粉。粉汤上漂动着几点葱花和两粒潮州牛肉丸，她舍不得吃，用竹签把两粒牛肉丸串起来，拿回家给孙子吃，为的是能给孙子多丁点的营养，可是奶奶不是我们的亲奶奶，我母亲在三岁的时候被丢弃慈善堂，奶奶抱养了她……天大恩情，怎敢忘怀?

奶奶下葬的那天，天上下起潮汕地区十分罕见的一场冰雹。风水先生说，那是吉祥的征兆。

奶奶走了的第二年，农历六月初六傍晚，我们依照例俗，全家人聚在一起，正准备举行祭事，忽然间整个天空乌云密布。霎时，一道电光石火划破长空，滚滚而来的阵阵雷声轰隆隆发出巨响，铜钱大的雨点随风从天空中瓢泼而下，大埕上的小石榴树被风雨打得东倒西斜，我整个身子冷得起一层鸡皮疙瘩，心底涌起一阵莫名的哀伤。

过了半个时辰，我们开始在屋里点起三炷檀香，一上完香，说来也怪，老天不一会儿就放晴了，天空呈出黑蓝色，屋子里飘进缕缕清风，夹着檀香味沁人心脾，让人精神清新爽烁。家里几位老人都在嘀咕，老人有灵气呀，是呀。老天是否也有情，悲悯平凡善良的老人?古人云：“勿以恶小而为之，勿以善小而不为，唯贤惟德，可以服人。”老人家生前尽个人能力施以小善，不但能让内心越来越光明，积累功德，也能利益他人。人只要起一个善念，说一句好话，给人一个笑脸，做一件善事，就可能和睦社会，送人阳光，积小因而成大果。

潮汕农历的六月初六夜里，既是祭奠，也是追思怀念先人的夜晚，但愿天空永远晴朗美妙。

作品发表于《韩江》2009年第1期。

生死地

夜深了，寒风夹着小雨洋洋洒洒，飘落在大街小巷，我在充满淡淡来苏水味的A医院洁净走廊里，慢慢地来回踱着步。一家人在静静地等候新的家庭成员的诞生，一个新生的生命即将来到这个世界。儿媳妇临盆在产房里头，儿子、爱人和我在产房外头，一种既喜悦又忐忑不安的复杂心理纠结一起。爱人和儿子显得比我更紧张，我似乎听到了儿子急促的呼吸声，儿子就要当爸爸了，心情完全可以理解。二十六年前的一个夜晚，我当爸爸时，跟儿子现在的心情差不多。记得儿子在五岁的时候，有一天不知何故，他仰着一张稚气的脸，拉着我的手问："爸爸，你长好多胡子，是不是要当爷爷呀？"我愣了一下回答："等你长大结婚生出我的孙子的时候，不过，你将来总有一天也要当爷爷的。"儿子懵懵懂懂地笑着跑开了。时间过得飞快，今天我终于要升格当爷爷了，对人生的体味更深一层。人啊，总是痴情地把希望寄托在下一代，天伦之乐，也包含了代代相传，生生不息。

走廊的病房里，不时传来一阵阵待产中妇女痛苦的呻吟声，那是临盆前喜悦和痛苦交加的喊声，也是生命的协奏曲、期盼新生的颂歌。每个人的一生，都离不开伟大母爱的怀抱，十月怀胎的艰辛，一朝分娩的痛苦，还有产后对儿女孜孜的哺乳，对儿女艰辛而又漫长的养育，从幼儿园开始到大学毕业，一道道的关口，牵动了母亲的一颗心，多少泪水和欢笑，多少个牵挂的日日夜夜……儿女长大成家立业，下一代诞生了，新一轮的牵挂开始了，人啊人，上帝派你到人间，就是要让你把酸甜苦辣尝个够！

随着产房里一阵阵细细生脆的“呱呱”叫声，我知道我的孙儿（女）顺产出生了。一个时辰后，一名年轻的女护士抱着一个严严实实的襁褓，包裹着一个胖嘟嘟、粉红色的婴儿出来了，小家伙睁着滴溜溜的黑眼珠，陌生地看着世界，一个龙年出生的小龙女来到了人间，一家人欣喜若狂。

医院里的白衣使者，像天使般每天都从上帝手里接过几十个，乃至上百个鲜活、宝贵的新生生命。对生命的崇敬和对新生命的希冀，真叫人欢喜，我们为新生而欢呼，为每个家庭增添新成员而欢乐，为世上增添新的生命而欢歌。

产前，儿子和儿媳商量好，要在市里最大的A医院生孩子，理由是配套设施先进，万一出现难产什么的，能及时处理。本来我是不同意，另选其他医院，我是想避开令人伤心的A医院，但生孩子毕竟是他们年轻人的事呀。

天刚蒙蒙亮，白色的薄雾还未散去，医院的另一头，传来撕心裂胆、嚎啕的啼哭声，让人揪心地痛，难受得慌。我顺着哭声寻去，在ICU门口围着许多人，一位女青年的头上包着一层层厚厚的棉纱，鲜血从里头咕噜咕噜地往外冒，人已重度昏迷，脸色苍白得像张纸，气若游丝，静静地躺在一张不锈钢的推车上。下半夜刚刚发生了一起车祸，一对恋人乘坐的摩托车，撞上了一辆蓝色的汽车。男青年到了医院，因伤势过重，已经断气，送到了太平间。这位女青年能否抢救过来，还说不定，双方的家属乱成一团，悲恸的哭喊声惊天动地……

这一幕，勾起了我的伤心往事，牵动了心里头触摸不得的痛。那是一个炎热仲夏的晚上，我刚从北京出差回来，三弟也刚从西藏参加完订货会回家。三弟是一个既忠厚善良，又不失幽默风趣的人，是企业的业务骨干。兄弟俩在老家的瓜棚下，边喝功夫茶，边兴致勃勃天南地北地聊起来……一直谈至深夜，天边吹来了一丝丝凉风，各自回家睡觉。没想到一次“家常便饭”式的见面，竟成了诀别。第二天，等我得知他突发脑溢血在市里A医院抢救时，我火急火燎地赶过去，就在这个ICU病房里，我见了他最后一面，正值中年的他永远地走了。三弟啊，你成了我心里永远抹不去的痛啊！

生命其实脆弱得像只玻璃杯，轻轻碰破了，再也找不回来；生命轻得像一缕青烟，吹散了，什么也见不到了；生命短暂得像火花一样，一闪就没了。人们呀，要尊重每一条活着的生命，珍惜我们活着的每一天、每一秒。

每座医院都是生死地，医院像一根线，一头连着生，一头连着死，悲喜交加。生的欢呼、生的喜悦、生的庆贺；死的悲恸、死的惨痛、死的哀悼。生死之间，隔着薄薄的一堵墙、通透的一层纸，就是这么短的距离，生生死死，死死生生，总归宿命，周而复始。生与死，红与白，荣与辱，兴与衰，阳与阴，对立统一，此乃自然法则也。

人生在世，生也哭，死也哭。婴儿来到人间第一声啼哭，是生命的礼赞，是对父母的亲切问候，也是对人间疾苦的抗议，对生命本质的拷问。世人为死者而哭，那是寄托哀思的代言词，也是爱惜生存，爱恋人世，珍惜生命的吼声！

人的生死都充满无数个偶然，旦夕祸福，什么时候死，用什么方式死，我们不知道，但我们能够把握住生，过好自己人生的每一天吧。

人生只是一种偶然的存在，每一条新生生命的诞生，纯属偶然巧合，如果在那个晚上，他（她）们的父母干别的事去了，就没有这个生命或由其他（她）生命所代替，上溯到他（她）们的父母，甚至三祖六代，照此类推，皆是如此。每个生命实属不易，父精母血，十月怀胎，诞生了我们，儿女是父母生命的延续。父母栉风沐雨，含辛茹苦的养育，使我们茁壮成长，我们应该怀着虔诚之心，感谢父母生养之恩、上天赏赐之恩、大自然造福之恩。

与生的偶然相比，死则是一种必然。人生下来，就注定迟早要死，生老病死是自然现象，世上万物都有生有灭，有始有终。

佛家认为，人们往往恐惧死亡，贪恋尘世，是由“贪、嗔、痴”所迷惑。佛曰：“照见五蕴皆空，度一切苦厄。”五蕴是色（物质）、受（感觉）、想（思想）、行（活动）、识（意识）五种储藏，使人们感受了生死轮回之痛，如“五蕴”全部看空抛弃，痛苦就不复存在。认清百态之世原是苦海，看破红尘方能上岸，“此身不向今生度，更向何生度此身”。耶和华说：“人啊，你本来是尘土，死后还要归于尘土。”生与死只是隔着神秘的十字架。无论是哲学，还是宗教，都把生死置之度外。

我受宗教的影响，于是有了对生命本质的思考。人是从无到有，又从有到无，最终是要回“老家”去的，人的生命无异就是一个过程，赤条条来去无踪迹。许多年以前，我参观香港铜锣湾虎豹别墅，听说发明“万金油”的大富豪、大慈善家胡文虎的理念是“以大众之财，还诸大众”。家人按他老人家的临终嘱托，死后在他的棺木上挖两个孔，让他的双手从棺木里伸出，证明其两手空空来，两手空空去。大地馈赠你什么，上天让你受多少苦，又享受体验人间多少欢乐幸福，最终统统要交“回去”。

上帝对谁都是公平的，在生死上，不论高贵与贫贱、领袖与百姓、富翁与乞丐、名人与凡人，最终来去方式都一样，殊途同归。面对芸芸众生，上帝拿着点名簿，点到谁的名字，谁就出列，先走一步。

世界上每天都有无数的人出生，无数的人死去，生与死是为了达到人口的平衡，生态的平衡，生存空间的平衡，善与恶的平衡，青春与衰老的平衡等。生死犹如日落日出，人们必须遵循自然规律，随缘顺缘，抱朴归真。

“轻轻地我走了，正如我轻轻地来。”当我们活着的时候，死亡还存在，当死亡到来时，我们已经不复存在，死与死者已经毫无关系。“死是生者的痛苦，不是死者的痛苦。”生是权利，死也是权利，生是责任，死也是责任。生未必可喜，死未必可悲。泰戈尔说：“生如夏花之灿烂，死如秋叶之静美。”生死之夕，生于苟，死于义。在物欲横流的社会，人性与兽性搏斗，天使与魔鬼同在。理智告诉我们，尽量不被或少被“贪、嗔、痴”所诱惑，对生死的本质有所顿悟。人生在世，端正德行，杜绝邪恶，多行善事，多积福报。不图闻达于天下，但求无过于心间。活而心安理得，死则无憾已矣！

鲁迅说：“死者倘不埋在活人心中，那就真的死掉了。”人死了，其精神不死，那活着的时候，这个人一定是伟人；人死了，能唤起人们对他深刻的怀念，那活着的时候，这个人一定是个高尚的人；人死了，人们一旦提起他就感到惋惜，那活着的时候，这个人一定是个好人。

“死生亦大矣！”

作品发表于《西部散文》2014年6月总第536期、《南方日报》2013年1月17日。

饥饿的滋味

我参与扶贫大山里的村庄，白天人烟稀少，晚上灯火阑珊，家家户户大多都剩下老人与孩子，大部分青壮年不是在外面打工，就是在外面读书，大量的农田，包括以前开发的梯田，都丢荒了，疯狂生长着高低错落的野草，满目疮痍。我们怀着对土地深厚眷恋，既心痛惋惜，又无能为力。我们利用了许多资源，帮助山村造桥修路，建起了垃圾站、图书室、电脑室；扶植各家各户养鱼种茶；进入贫困户家中送油送粮送钱等，最终达到了上级要求的脱贫的指标。山村的面貌改变了许多，除了大年大节青壮年人回乡感受一次外，大山还是大山，老人孩子还是老人孩子。

民以食为天，粮食比天大。大山里种粮不如买粮，粮贱伤农，山里的粮食依靠从外头购买进山。我们青少年时期是饿怕的一代，对粮食的神经特别敏感，有着敬畏粮食的特殊深情。

我们和孩子们都是在“谁知盘中餐，粒粒皆辛苦”的朗诵声中成长的。今天当人们杯盘狼藉时，哪个会想到老农“锄禾日当午，汗滴禾下土”的情景。饱汉不知饿汉饥，改革开放，吃了一万多天的饱饭，有的人便忘了饥饿的滋味。人是一种欲望很强的动物，有饭吃，便嫌没菜吃；有素菜吃，便嫌没荤菜吃；有荤菜吃，便要吃山珍海味，欲壑难填啊！

我追忆起年轻时难忘的事。

在计划经济年代，那时我刚十八岁，女朋友小刘十七岁，我们偷偷地开始了恋爱。

我相信，很多人都有难忘的初恋记忆。其实，初恋的感觉真好，男女之间见到心仪的对方，心都快跳到嗓子，双方都躲躲闪闪，脸红耳赤，与双方的眼光撞到一起的时候，羞涩之情洒落一地。我人生第一次这么近距离地接触到女孩子，闻到她身上淡淡的香水味，听到她的呼吸声，心里既然兴奋又甜蜜，充满了幸福感。湖边，微风轻拂，月色泻满湖面，碎银点点，我们窃窃私语，轻轻地牵着她的手，有一种触电的感觉，麻麻的，温温的，欣欣然有些微醉。我总感觉她是世界上最漂亮的女孩子，那双会说话的眼睛天天出现在我的眼前，心里时时流动着幸福的音符。那个年代早恋一定会遭到家里的反对和社会的谴责，更会遭到同学们的嘲笑。那晚，我们相约星期天，躲开熟人，偷偷去毗邻市旅行。

冒着初冬的寒风，我胡乱地喝了两碗白粥，骗父母说学校组织去旅游，推着从姨母那里借来的崭新的凤凰牌单车去到约定地点，拉着她，像做贼似的避开熟人，载上她我用力踩车，逃也似的一溜烟偷偷跑出了市区。在沙土公路上她坐我的单车后架上，愉悦地哼着歌，一股热气悄悄钻进我的耳朵，我愉快极了。我也跟着她的嗓音哼着，弯着腰踩着单车速度变得更快。时间很快过去了二个多钟头，在临近汕头市时下起了丝丝细雨，对我们来说，更是增加了浪漫情调。到了汕头，我们游览了西湖，已接近晌午，我们身上有点湿湿的，又冷又饿，望着北方饭店热气腾腾的煎包子，使我俩的眼光发亮，饥肠辘辘，使我们迅速加入老长的排队行列中去。

那年代，有两件事记忆最深刻，计划经济，什么都靠计划来生活。很多东西都要凭票供应，粮票、肉票、煤票、布票、烟票、酒票、糖票、火柴票、煤油票、手表票、单车票、缝纫机票……千万别丢了票，各种票证是维系着每一个家庭吃、穿、住、行，各类票证就是基本生存的救世主。

另一个是排队，由于物资的匮乏、紧张，求大于供，购买什么东西都要排队。逢年过节买肉要从深夜开始排队，到第二天早上才能买到。购粮、买鱼、买菜、买点心……通通要排队，有时在街上走，看见人家都在跑，赶到门店前排队，你千万别要赶快跟着跑，排完队，再看供应什么东西，总能捞到一点什么好处。一次，一个年轻的小伙子，看见一群人都在跑，当然女人居多，跑去排队，他也跟着跑，跑了半天，大汗淋漓，站了半天队，才看清原来是在供应女人每月一次“好朋友”来的卫生纸，羞得他满脸通红。

排队轮到我俩购买煎包的时候，只掏出身上五块钱人民币，翻遍身上所有的口袋，就是找不到昨天晚上放在内衣口袋里的二斤广东省粮票。我很着急，一个人到卫生间把全身的衣服都脱个精光，仔细寻找，确认二斤粮票被我粗心大意给丢了。我跟初恋情人只好悻悻地离开包子店，望着她鲜嫩不高兴的脸，我大男子主义的气概受到了打击，心里有些愧疚。

那个时候不要说吃饭，只要与粮票沾边的食品，全部要粮票，没有粮票，人在他乡注定要挨饿。我听说虹桥桥底下有人偷卖粮票，我带着小恋人走到桥底下，看见在桥底下闲逛的一男一女，我马上问：“有粮票卖吗?”那个男的抢着答：“没粮票，有地瓜。”我觉得肚子好饿，有地瓜充饥也行，立刻答应了他。我们两人被一男一女引到离大桥不远的一间昏暗的小房子里，女人从一张破旧桌子的抽屉里，拿出了几张粮票，“一斤五毛钱，不讨价。”她呆板地说。我问：“刚才你们不是说卖地瓜吗?”“傻蛋，地瓜是粮票的代号，卖粮票是要被二叔抓走的。”（那时，解放军称大叔，警察称二叔）那男的抢答着。我赶快掏出一块钱，向他买了两斤粮票。我的两斤全国粮票刚刚装进口袋，人还没抬腿，就听着昏暗小屋的门被人强力撞开，有人大声吆喝：“不许动！”又有人大喊：“抱头蹲下！”两个穿着洁白警服的警察气势汹汹地窜了进来，吓得我的女朋友小刘紧紧攥着我手，我们蹲在地下，哪里见过这阵势，小刘浑身发抖，吓得直哭。警察翻箱倒柜，闹腾了一阵子，应该是所有的粮票都被没收了。两个粮票贩子，男的蹲在地上唉声叹气，自叹倒霉，女的老是在哀求：“苏同志，你就放了我们吧，我们再也不敢了……”警察懒得回答，看来，票贩跟警察并不生疏，或许不知被抓了多少回了。我表面镇静，心里充满惶恐，惴惴不安。

我们四个人被带到了派出所，我们蹲在地下，警察把我搁置在了一旁。他们坐在办公桌旁端起了饭盆，开始虎吞狼咽地吃饭，望着他们热气腾腾的饭菜，偶尔飘来几缕香味，我年轻饥饿的胃开始反抗，又冷又饿肚子咕咕叫得更响，不时地咽着口水，偷偷用眼瞟着他们一张一合的嘴，那种诱惑力太厉害了，心里明白什么叫馋涎欲滴。

吃饱饭，警察把我们两对男女分别带进了两间简陋的审讯室。我和小恋人如实地交代了情况，我极不情愿地交出了两斤全国粮票，他们做了讯问笔录，在讯问笔录上盖上我俩人的手指印。而后，由一个警察带着浓重的鼻音，高声朗读处理意见，那抑扬顿挫的声音，极像我读初中时的语文老师，我想笑又不敢笑。饥饿使我没听清楚那么多，只听清楚几个关键词，“投机倒把、拒不执行国家统购粮政策、挖社会主义墙脚”，最后是：“鉴于初犯，由担保人领回，进行教育反省……”想到要找担保人，我的头就大了。一方面怕我“早恋”的事暴露，另一方面又怕遭到亲戚的责怪，毕竟不是给人家脸上添光的事。在派出所向外打电话，每打一次电话费五分钱，我把电话打到一家国营无线电厂，找我当副厂长的堂叔，刚好堂叔出差去上海，我脑海里搜索枯肠寻找在汕头的亲戚，小刘已经把电话接通到她一位在汕头教育局任科长的伯父。半个小时后，她伯父来到了派出所，听清楚事情的来龙去脉，拿出工作证，签了名，把我俩领走了。小刘的伯父是一位和蔼可亲的老头，他没有过多的责备我们，领着我们，每人风卷残云吃了一大碗热腾腾、香喷喷的沙茶粉条，然后再把我们送走。

那时候，潮汕地区人多地少，人均只有三分地，尽管像绣花似的精耕细作，但粮食还是不够吃。城市居民有单位的每人月供给二十八斤粮食，没单位的每人月供给二十三斤粮食，每人月工资也仅有三四十块钱，每天三餐多数时候只能喝稀饭，挨饿是常事。每当在学校上完体育课回家，最盼望的就是锅里能有点剩粥剩饭热了吃。一天中午，我在学校打完乒乓球，带着一身臭汗回家，肚子实在饿得不行，看见热气腾腾的锅里正在煮着稀饭，我拿起碗，不管三七二十一，就捞了一碗七成干的饭，掺上点酱油，狼吞虎咽起来。刚吃了一半，头上被攥紧拳头的两根手指头狠狠地敲打了两下，真痛呀。我回头一看，是妈妈打我，她嗔怒地说："你捞干的，你爸、你哥、你弟怎么吃?"在我的记忆中妈妈第一次这么生气地打我，是呀，我捞干的，他们就得喝稀的，我爸我哥都在干体力活，他们也饿呀！我看见妈妈的眼圈红了，盈满了泪水，我的眼泪扑簌簌地掉了下来，我太自私了，我向妈妈认错了。

那个年代的一天，我的邻居来了一位香港亲戚，吹起了香港的生活，我们听着都直流口水。当时他说他每餐只吃半碗干饭，这个事我当时一直想不通，他也是人，为什么只吃半碗饭就能吃饱？那时，我很年轻，正在长身体，每天不管稀饭干饭，吃三碗才能吃饱。难道他们是神仙不成，天方夜谭，心里打了无数个问号。一直到改革开放以后，生活渐渐好起来后，我才解开这个谜团。那时，缺乏鱼肉菜，没有多少油水吃，我们的肚里都"生锈"了，只有经历过饥饿滋味的人，就不难理解了。

听说部队每天有馒头、干饭吃，说实在，很简单，当兵吃粮，当时没有考虑多少远大理想，就是为了能吃饱饭，我报名参军了。入伍戴上大红花的当天，女孩子没有来送我，那段懵懂的初恋就糊涂地结束了。时间已经匆匆过去了多少年，票证的事也早已飘远了，但是难忘的粮食故事一直萦绕在我心里的深处。

作品发表于《人民日报》2015年3月18日、《海外文摘》2015年第4期/文学。

天堂门前的离别

白色的医院，白色的病房，白色的病床，一切都笼罩在冰冷的氛围中。母亲已经住院卧床三个多月了。入住初期，经过X光透视，拍片，反反复复的检查，医生会诊，做增强CT，我通过关系，也把省城的知名医生请到当地进一步会诊，每一次会诊都使我紧张不安的心里，绷紧的神经，有了喘息的机会。会不会是误诊，会不会出现新的奇迹，总的往好处想，自我安慰，深深地埋藏着侥幸的念想。甚至弟妹要跑去当地最古老，也是最灵验的开元寺求神拜佛，祈求神灵的保佑，我都催促他们快去，人在绝望之时，总爱把希望寄托于空灵之中，当然因为母亲也是信佛的。只要存在一丝希望，我默默地心里祈祷着，但愿妈妈逃过此劫。最后，医生无情的“判决书”下来了，妈妈确实得了不治之症，已经到了晚期，手术只能增加痛苦，且危险性极大，回天无力，最多也只能活四个月。

我背着家人，跑去一个僻静的小公园，幽静的环境安抚不了我颤抖的心，任凭眼泪“哗哗”地直淌。母亲是个很善良、脾气很好的女人，默默地辛苦了大半辈子，现在生活好了，她没享几天清福，母恩未报却要离开我们走了，这是很残忍的事。

我和家人与主治医生商量，尽管回天无力，还是尽量用药物减轻母亲的痛苦。做化疗很痛苦，又会脱落头发。母亲七十多岁，还是满头乌黑的头发，她很爱干净漂亮，尽量少做化疗，采用保守疗法，减轻她身体和精神上的痛苦。

我们全家人统一口径，对妈妈只是说她身体长了个“良性小肿瘤”，每天在她面前说说笑笑，小弟最爱讲些不咸不淡的笑话，装作若无其事。我们用录音机给她播放她爱听的潮剧和佛经。

医生再三吩咐，母亲想吃什么就给买什么。潮州菜在全国、全世界都很出名，而潮菜做得最好就是燕、翅、鲍。母亲一生很节俭，就是儿女们多给钱，她也绝对不会去吃这些菜。她住院期间，我在菜馆给她买过两回燕窝，她平生第一次吃燕窝，吃得津津有味，第二次，她只吃一半，说是不好吃，便不吃了，其实她心里怕我多花钱，舍不得吃。我们每天都炖些灵芝汤给她喝，开始也喝了一些，后来她说：“喝这些既浪费钱，也乏味，没用。”她人卧在床上，心里想的是不要给儿女们增加负担、添麻烦。我们心里也知道“真病”无药医，但是就是应尽孝道，求得心里的几分慰藉而已。

母亲患病住院之后，我们兄妹几个每天的工作都很忙，想雇用个护工来护理母亲，但又怕不贴心，不周到，所以兄妹、儿媳妇都请假轮流护理。轮不到我“值班”的时候，除了工作时间，我其余全部的时间都在母亲身边，每天中午、傍晚，当安静的病房外走廊上传来我“嗒嗒嗒”的脚步声时，妈妈都会说：“老二来了。”每个儿孙、媳妇的轻巧脚步声母亲都能真切地辨别出来。这是一个母亲对儿女舐犊深情与天性。

母亲的慈爱，用任何语言表达都是苍白的。在我读小学的时候，脚指头长疮化脓，痛得走不了路，母亲用她孱弱的身体每天背着我上学，遇到冬季下雨天，我在她的背上撑起小伞，雨水顺着小伞滴进她的脖子，冰凉刺骨，我不忍心，喊着要妈妈放我下来。她抖了抖脖子说：“老二，这点雨算什么，你是男子汉，人生还要经历更大的风雨。”走到距离学校还有一百米的地方，由于古城的青石板路上长着青苔，不小心一滑，母亲摔倒了，我也从母亲背上摔出了一米多远，母亲这一摔，摔掉了两颗门牙，膝盖骨也摔裂了，她顾不上疼痛，拼命地爬了几步，抱起了我，“孩子，伤着没有?”其实，我是垫着妈妈的背上滑出去的，一点事也没有。后来，我们在路人的帮助下，进了附近的诊所医治。直到现在，每逢下雨天，尤其是风雨交加的晚上，我总会想起妈妈那句话，“孩子，摔伤了没有?”想起她的两颗假门牙，泪水总会不自觉奔涌而出。

南方冬天没有暖气，我的家乡最冷的天气也只有零下二三度，但是总带着潮湿的空气，下起了冬雨，整个大地都盈满了湿冷的空气，比起北方的干冷天气还难受，直叫人很难安寝。小时候，晚上睡着时，在被窝里，母亲总是把我冰冷的小脚焐在她的胸前，把她仅有的热能传递给我，我总是在她的温暖下酣甜入睡。冬天，家里的煤总是不够烧，她就是把做好在陶瓷锅里的热粥用两个破棉袄，一层层地包起来保温，等我们放学了，总能吃上热气腾腾的大米粥。

上个世纪六十年代初，那时候我很小，家里的粮食不够吃，总是想些办法来填饱肚子。有一天，我不懂事，吃了太多青涩的番石榴（也称木仔），番石榴籽把肠胃都塞坏了，消化不良，拉不出大便。吃了点药也不管用，到医院灌肠要花一笔钱，家里穷，付不起。母亲就用手从我的肛门一点一点地把粪便抠出来，几次之后，排泄终于顺畅了……

母亲养育护犊之情，大恩大德未报，她就要匆然离开我们，怎不叫人心如刀割，痛不欲生呀。

母亲不停地输液，医生每天给母亲开六大瓶，手上都是密密麻麻的针孔，针头扎完右手扎左手，两只手有些浮肿，我们只能用热纱布轻轻地给她敷贴消肿。

痛苦的是，母亲的肺里有大量的积液，积液到一定程度，母亲都会不停喘息，整夜咳嗽，整夜失眠。需要抽出积液。当老的积液抽出之后，新的积液又会再次慢慢产生，循环往复。每次抽液都要定好位置，从视屏里可以看到，一根长长的针管从母亲的后背穿刺进去，直达肺部，只有局部麻醉，而母亲的大脑是清醒的。每次看到她苍白的脸，忍受着极大的痛苦，紧闭着双眼，咬紧嘴唇，一声不吭，医生在旁边安慰着她，老是说："很快就好了，快好了！"当我和弟弟看到这一幕，眼里都噙满泪水，都恨不得这针就扎在我身上，能代替母亲受这个苦，心都快跳出来。

母亲的身体从一百零六斤，瘦得只剩下七十多斤，消瘦得皮包骨，每次坐上轮椅去抽液或者去做检查，尽管轮椅垫上褥子，骨头碰上坚硬的椅子还是觉得痛，很不舒服。我干脆抱上母亲就直接去治疗室或者透视室，减轻她的许多痛楚。

当我第一次深情地抱起母亲的时候，我突然发现母亲的眼睛里，开始放出几分欣喜的光芒，闪着泪花，自从母亲入院以来，第一次发现。我的心头一震，这是母亲生我来到这个世界，五十年来我第一次抱起了母亲，而且算是有点社会地位，她引以自豪的儿子第一次抱起了她，她感到欣慰。

当我抱起母亲的时候，我不敢正视她的眼睛，强忍着鼻子酸涩，泪不往下掉，我们小的时候，不知妈妈抱过我们成千上万回，幼年时母亲的多少慈爱，少年时母亲多少呵护，青年时母亲的多少牵挂……我们还得好好回报呢。鸦雀尚且懂得反哺，羊羔尚能跪母，作为最有灵性最懂感情，智商最高的万物之灵——人类又如何呢？霎时又涌出几滴泪水。我仅仅在她病危时，一生才抱她第一回，她就这么高兴，我扪心有愧呀！我心里明白，母亲剩下的日子已经不多，我抱一次就少一次，不知在哪一瞬间，她就突然离开我们，阴阳相隔，天上人间两茫茫，想到这，我手上抱起母亲分量重如千斤，压在心头像一座大山，母爱恩重如山呀！我肝肠寸断。

虽说忠孝不能两全，不管我的工作多忙，时间多紧，总能挤出来，每次都是由我抱着母亲去做检查和治疗，母亲疲倦的眼睛里总会有一丝丝喜悦和慰藉。

当母亲安详离开我们时，距离我人生第一次抱起她的时间才整整七天。母亲，这是人类最伟大的称呼，母子是血缘上最深沉的亲情，生离死别时，那种万箭穿心的痛苦是谁也不敢忘，谁也忘不了的啊！

作品发表于《人民日报》2015年3月18日、《海外文摘》2015年第4期/文学。

黎明　你好

一

黄昏，西边的太阳像一块烧红了的铁饼，徐徐地浸入远方的江水之中。天渐渐变得黝黑迷蒙，一钩新月弯钩似的，魔幻般地悬挂在天上，几点星星也不甘寂寞地跑到天上溜达。许多年前初夏的那个晚上，我们几个老战友和退休老首长，久别重逢在微风缓缓吹来的韩江边，就着几盘江鲜，喝着五十多度的“酒鬼”酒，推杯换盏。当激越的豪情渐渐平复之后，大家涨着血红的脸向老首长谈起转业退伍后的生活际遇，二十多年弹指一挥间，老战友们都生活在各自的生活轨道上，有的人命运多舛，坎坷得像丘陵，有的人生活得像高山平湖，微澜不惊。大家都感叹时光的飞逝，生命的卑微短暂，“人生只似风前絮，欢也零星，悲也零星，都做连江点点萍”。那晚，我与老首长谈起过几天要与一家企业去美国，洽谈引进设备项目。不经意的一说，勾起老首长对往事的追忆，他深思良久地说：“世界上没有永远的朋友，也没有永远的敌人，只有利益，为国家利益而战是军人永远的天职。”他点燃了一支香烟，吞云吐雾，烟火忽明忽暗，又说：“世界上的军人，美国军人也一个样，本质都是厌恶战争，热爱和平的。打！要狠狠地打，打他个天昏地暗，血流成河，打是为了和，为了制止战争。”酒的力量涌上心头，多年的军人生涯所养成的性格使然，他说得很激动，头上的每根银发都在轻轻地飘动起来，他的心思像韩江水缓缓流动，岁月沧桑，往事如烟，用缓慢的语调，给我们讲述了抗美援朝难忘的往事。

二

时光倒回到1953年7月27日这个难忘的日子，这天，朝鲜战争宣告结束，以美国为首十五个国家的联合国军被迫在板门店的谈判桌上正式签订朝鲜停战协议。当天22时正式生效，双方停止一切敌对行为，以双方实际接触线为军事分界线，双方由此线后撤两公里，以建立非军事区。

当时，我在志愿军140师某营当连长。停战当天上午，营长向我们传达了此命令，并且命令任何人不能擅自离开坑道，严阵以待，随时准备痛击敢于来犯之敌。当时的心情既兴奋又难受得要命，心口堵得慌，酸甜苦辣各种滋味霎时涌上我们的心头，真想抱头大哭一场，但是谁也不敢，你看看我，我看看你，一个个军衣褴褛，上衣的扣子没剩几个，裤子被磨破得成了星条旗，一个个蓬头垢脸，胡子拉碴长得老长，眼窝深陷，脸显得又黑又瘦，全身脏得像叫花子。加上大热天，汗流浃背，不知多少天都憋在罐头般的坑道里，每个人身上都发出一股难闻的气味。当时，我们最想的是能饱睡一觉，当然头脑幻觉能吃上一餐热饭，再洗个澡，让身上的该死的热疮泡一泡，止止痒，那该是神仙的日子，但是谁也不敢违抗命令，谁也不敢奢望。

停战那天，我们阵地上的白天是宁静的，偶尔可以听到坑道外山风刮过的轻轻响声，坑道里面伤员痛苦的呻吟声。我们连剩下十六名伤员都躺在坑道里，多数伤口都发炎发烂，烂肉散发出一股股腥臊臭味。轻伤员只能靠卫生员的绷带，碘酒和涂抹少量的药膏维持着，重伤员在坑道里最多的能熬过一到两天，有的只有几个小时就牺牲了，尸体只能在战斗间隙里抬出去埋了。伤员只能依靠自身的体质和精神力量在支撑着。在伤员最痛苦的时候，我指挥坑道里的战友们，用沙哑低沉的声音，唱起志愿军军歌和中国人民解放军进行曲，以歌声掩没了痛苦的呻吟声，用信仰和精神意志战胜饥饿、毒热和伤痛。

经过三年的艰苦卓绝的鏖战，人在临近胜利时的心情是十分复杂的，一会儿像怀里揣着一只小兔老是在跳，为了新的明天，为了新一轮的太阳，而兴奋；一会儿又十分怀念昔日悲壮死去的战友，感到惋惜。坐在坑道里，不堪回首，挥之不去的长津湖战役的一幕幕场景映现在眼前。

许多身经百战，铁打的老将军在回忆起长津湖战役时，一个个老泪纵横。其艰苦程度超过了长征。

长津湖是朝鲜北部最大的湖泊，由发源于黄草岭的长津江，向北在柳潭里和下碣隅里之间形成了长津湖，最后注入鸭绿江。长津湖处于高寒地带的高原北部。此时，朝鲜遭遇了五十年最寒冷的冬天，长津湖气温降到零下三十多度，天寒地冻，西北风卷起棉球般的雪花，吹得人睁不开眼。我们部队的战士都没有冬装、手套、帽子以及棉鞋，而战士们多来自年平均气温在二十二摄氏度的华东地区，每人只有一床薄被子，晚上睡觉大家只能互相抱在一起，用年轻生命的体温相互取暖，让相互热血的涌动、流通来抵御严寒。

在长津湖的一次战役中，我们的大部队把美军的部队切成五小块，用数倍于敌人的兵力打“人海战术”，把美军一小块一小块“吃掉”，称为零敲“牛皮糖”。我们的连队埋伏在敌人逃跑的唯一一条公路上面的小山丘上，连队呈战斗队形卧倒在雪地上，寒风凛冽刺骨，雪地阴森冰冷，天上雪花飞舞，大雪下个不停，我们戴着大盖帽，脚上穿着胶鞋，身上穿着南方单薄的棉衣，耳朵都快冻掉了，就用毛巾捂起来，手千万不能碰在钢铁的枪管，那会要命地粘在一起。美军凭借空中优势专横跋扈，美军的侦察机不时“嗡嗡”地低空盘旋。一会儿，战士们已被冻成雪人，大家一动不动，紧紧地贴在白皑皑的雪地上，敌机侦察不出破绽。在野外零下三十多度的气候下，人就像放进了冻库，身体又累又饿，得不到点丁热能的补充，不到半个时辰，大家的手脚变得麻木，不听使唤，一个时辰后，血液好像开始凝固，人变得昏昏欲睡，如果这时候睡过去，恐怕永远也醒不过来了。我和指导员、连队几个干部悄悄爬到战士身后，摇动每一位战士，有的还可以动一动，有的根本动不了啦。最后，我自己的眼睛开始变得迷糊，我反复警告自己，你是连长，手里掌握一百三十多条人命，不能倒下。我在口袋里找到一颗辣椒，咬在嘴巴里，并用它擦鼻孔和耳朵，强刺激自己不能昏过去。三个多时辰过去后，追击敌人的枪炮声临近了，美军跑到了公路上，我立刻下达开火的命令，此时，能扣动扳机向敌人射击的战士，全连剩下不到四十人，有一半的战士被活活冻死，其余都被严重冻伤。我推了推几个战士，泪水奔涌而出，嚎啕大哭。很多战士的尸体已经变得僵硬了……

一名美国老兵在回忆长津湖战役时，被志愿军顽强的战斗精神所深深感动，多年后仍然无法释怀，难以忘记那个惊人的场景：“在照明弹下，中国士兵一群一群地从树林里冲出来，他们在树林里不知躲藏了多长时间，树林那边有条小河，十多米宽，河水不深，河上的冰已经被我们的炮火炸碎了，河水冒着水蒸气在缓缓地流淌。中国士兵正在蹚过河，上岸后，他们的两条腿很快被冻住了，严寒零下三十度蹚过冰河，这双腿算是彻底的废了，他们跑得很慢，因为他们的腿被冻住了不能弯曲。我们的火力很猛，他们的火力很弱，而且没有炮火掩护，枪好像也被冻住了，他们像僵硬的原木在移动。”最终，这个美国联队被消灭了，只有这个老兵和其他几个美国人侥幸逃脱。更确切地说，美国兵是被志愿军的精神、信仰和意志所打垮，所摧毁的。

柳潭里地区是高寒地带，白天大概在零下三十多度，夜间达到零下四十度，望不到边的林海雪原，一脚踩下去就到小腿肚深，战斗中大批的志愿军战士突然倒地而死，他们饥寒交迫的身体已经无法忍耐这种超极限的生存环境了。但是我们的战士仍然不屈不挠，把生命运用到了极限。我们师有一个炮兵班长，奉命带一门92步兵炮去摧毁敌人的一个强火力点。平时要打炮，要挖个坑，把两条炮腿扎在地下，可当时都是冻土，铁锹刨下去，地上只是一个白点，根本无法开挖，多争取一点时间，就少牺牲一些战士。他没办法，只好用一个铁锹把一条炮腿捆住，再把一个铁锹压到自己的肚子下面，另一条炮腿用肩膀扛起来。他命令战士开炮，他们的地方离敌人的火力点不到三十米，在炮弹的火力圈之内，战士不敢开炮，因为一炮开出去，班长就会牺牲，可他大吼一声，战士含泪开炮了，一炮把敌人的火力点炸毁了，美军三十多人都被炸死了，可是他被这个炮的后坐力弹出了五六米远，又有一块弹片打在他肚子上，肠子都流出来了，当场壮烈牺牲。

兵马未动，粮食草先行。战争中的后勤补给是重中之重，但是，由于美军掌握了制空权，美国的飞机有恃无恐，横冲直撞，不断炸毁我们的补给线和运输车辆，后勤给养供不上。在长津湖战役前，我们每人背上的五六斤高粱米早已吃完了，美军的后方供给充足，饼干、罐头、饮料等等，和我们有着天渊之别。我们连队的战士，已经有二十八天没有喝到一口热水。开始，后勤还供给干饼，后来断顿了，饿了就抓把雪吃，不断在消耗着身体内的热能，战士们有气无力，没法打仗。据说狼在极度饥饿时，绿色的眼睛会放出蓝光，人也是动物，只不过是高级动物，在非常饥饿下，眼神会游移不定，内心焦躁不安，也会放出一道道看不见的蓝光。后勤部长急着想办法筹粮，有一天，他带领几个兵在山沟里找到一所农民的房子，房子主人早就跑了。他们在房子里找到了两袋土豆，欣喜若狂。可上面有规定要保护好朝鲜老百姓的一草一木，可我们出国又没带钱，首长只好留下身上的棉大衣，还有围巾，把土豆带走。但是有了土豆怎么吃呢？又不敢生火，白天不能冒烟，晚上不能见火，因为敌机一发现目标，马上就会轰炸，最后没办法，只好冒着生命危险，把土豆背回老百姓家里，煮熟了。他们深一脚浅一脚把土豆背回，因为路途远，又是冰天雪地，土豆早就冻成冰疙瘩。战士们饿呀，只好把土豆焐在胸前、腋下，化一点啃一点，生硬地把土豆吃下去。

还有一个办法就是“虎口夺食”，取之于敌人。一次，我们连的通讯员脱下阵亡美军的一个背囊，发现里面有饼干、罐头、香肠等，什么都有。我马上告诉战士们，见包就拿，后来打死的美军越多，食品供给就越多了。

1950年12月24日，在亚洲时间的“平安夜”，美军从南兴港撤离战场，次日志愿军占领南兴，长津湖战役终于落下帷幕。

战争的残酷、狡诈和无情，战争自然环境的严酷、恶劣对于敌我双方而言基本是一样的；双方的力量对比，武器装备，后勤保障的悬殊对战争的胜负又起到巨大作用；而战斗意志、精神信仰又决定了双方的胜负。

战后，美军陆战一师师长史密斯曾对战史学家谈道：“长津湖地区根本不适应军事行动，就算是成吉思汗也不会想去征服它。”战争中，一位美军记者问一个正在用利刃从冻硬的罐头里挖蚕豆吃的美军士兵：如果上帝现在能够满足你的一个要求，你最需要什么？那个士兵连头都不抬地回答：“给我明天吧！”人类的本性谁会喜欢战争杀戮？且看不到明天，看不到希望的战争更使人坠入无边的黑暗中，没有原动力的战争注定是要失败的！

三

停战当天的夜晚是美好的，天上月亮特别皎洁，大山的影子朗朗地映在战壕上，阵阵山野的凉风沁人心脾，真是太爽了。晚饭时，每个战士都领到一个猪肉罐头、一根腊肠、一包爆米花，还有半壶水。再过几个小时就要胜利了，和平的曙光仿佛已经照进了坑道里。司务长把照顾伤病员的食物都拿出来让战士们分享。连里的干部战士都轻松哼起了歌，许多战士都想跑出坑道外，我按照上级的命令，及时予以制止。我指挥大家集合，唱起在太行山上："红日照遍了东方，自由之神在纵情歌唱……"疲倦沙哑又夹杂着兴奋的歌声伴随着坑道的"嗡嗡"回音，飞遍了全连每个坑道。歌声过后，除了警戒人员严密监视外，战士们逐渐进入了梦乡，敌我双方的阵地万籁俱寂，好像世界的一切都不复存在，静得出奇，连闹钟嗒嗒的声音都可以听出来。

当时针走到21点时候，阵地上的宁静突然被美军猛烈的炮火所打破。上百门美军的大炮轰隆隆射向我军的阵地，山摇地动，烟雾滚滚，震耳欲聋，轻重机枪同时猛烈开火，各种照明弹飞向天空，加上枪炮弹的火光，把敌我双方的阵地都照得如同白昼。

战士们在梦中被惊醒，纷纷拿起武器，严阵以待。幸好我们保持高度警惕，都躲在坑道里，要不然，大多数人都会被炸死的。不要在最后的一场战役里，被最后的一颗子弹所打中，那太邪门了。停战前的最后一小时，美军为何如此疯狂，还要狠狠咬我们一口？有的说，美国兵在丢包袱，把炮弹、子弹打光了，好轻松回家；有的说是在向志愿军示威，打仗他们有的是钢铁，心里不服气；有的说美军是"对着镜子作揖"，自己放炮欢送自己。战士们七嘴八舌议论着，究竟是何种目的，只有侵略者自己知道。猛烈的炮火虽然摧毁了我方的一些工事，但我军人员的伤亡极少。

美军的炮火狂轰滥炸到21时45分时戛然而止，阵地上出现了片刻的宁静。这时，我军接到上级的命令，坚决予以反击。连队冲出坑道，我们的炮兵手里日本的、美国的、苏联的各种火炮、火箭炮一齐开火，万炮齐鸣。步兵手里的各种轻重武器、手榴弹，全部向美军阵地倾泻。美军以为胜利已经到来，正手舞足蹈在他们的阵地上喝着黑啤酒狂欢，没想到在剩下的十四分钟里，炸得美国兵鬼哭狼嚎。许多美国兵死在了停战前的最后一分钟。我军的枪炮声在21时59分钟时，立刻停止。

当时针指向22时整，双方都遵守停战协定，终止了一切军事攻击行动。

第二天黎明，天刚蒙蒙亮，东方逐渐泛出一片鱼肚白，当第一缕阳光从地平线上升起时，出乎人们的预料之外，出现了惊人的一幕：志愿军和美军双方的阵地顿时热闹起来，一片欢腾之声，双方的官兵跳出战壕，吹口哨，抛帽子。中国士兵把脸盆当成锣来敲，美国士兵向中国士兵扔出罐头。许多美军士兵都赤膊上阵，中国士兵都是衣衫褴褛，双方的官兵都一身臭汗味。黄种人和白种人的手紧紧握在一起，流出了激动的泪水。双方的官兵都叽里呱啦喊个不停，美国兵说英语，中国兵讲汉语，尽管语言不通，但心里都明白，停战了，逃脱了战争死亡的威胁，活下来了，生命得以延续，一起共庆和平。当两个国家不同肤色的官兵，多少双蓝眼睛和黄眼睛的眼光交汇碰撞在一起的时候，双方的官兵坚信，三年艰苦卓绝的朝鲜战争终于结束了，迎来了和平的曙光。

美国兵把香烟、打火机送到我军战士们手上，还赠送美国风光图片；中国兵把一枚枚和平鸽的徽章别在美国兵的胸前，许多美国兵因为光着上身，他们挺起胸，露出毛茸茸的胸膛，让中国兵把纪念章别在他们的胸肌上。这象征着中国人民热爱和平，反对战争的心愿。这样的场景对于双方的士兵来说，都是终生难忘的。

老首长讲到这里，从回忆中醒了过来，回到现实中，他沉重地又再次举起了酒杯……

世界上任何一个国家的军队，都是为打仗而建立的，但全世界人民都是热爱和平的，绝大多数人的本性是善良的，自古之兵非好战，谁都不愿意看到无数的年轻生命白白流血牺牲。从狭义上讲，开战双方的官兵都相互不识，个人之间无冤无仇，没有战争，谁愿意相互血腥杀戮，拼个你死我活。军队作为国家机器，最高使命是为国家为民族的利益而战，为正义而战，战争与和平是对立统一的，战争的最终目的是为了和平。

当和平的曙光降临时，正义之师的胜利钟声已经敲响，晨曦初现，空气特别新鲜，这里的黎明是多么美好呀！

作品发表于《潮州日报》2014年6月21日、《海外文摘》2014年第10期，获2014年中国散文年会唯一特等奖——精锐奖。

蚁 魂

一

深秋，天高云淡，万山泛红，层林霜染，当片片落叶飘零，万千农人忙于秋收贮藏之时，大千世界，随处可见蚂蚁忙碌的身影。我家古城区的老屋，每个角落里，一排排的黄蚂蚁非常繁忙辛劳、勤奋正在寻找贮藏过冬的食物。人们往往会以为“蝼蚁之命，何足挂齿”，不会理会这极其卑微的小动物。不过闲读蚂蚁时，你会惊讶发现，最渺小者最强大、最卑微者最高贵、最孱弱者最智慧的人生哲理。

蚂蚁是世界上十分古老的小动物，它的起源可追溯至一亿年前，与恐龙同一时代，恐龙灭绝了，它却顽强存活下来，实在令人惊叹。人类诞生至今，亦只有几百万年的历史，截然不可相比。它们以强大的生命力傲视群雄，以弱小的不屈之躯谱写出令人顶礼膜拜的生命赞歌。显然，蚂蚁是史上生存时间最长的古生物之一。

蚂蚁的生存空间最广，遍布全世界各地，狮子只能成长于草原，老虎只能称霸于森林，北极熊只能存活于极地，大鲸只能游弋于大海，鹰只能翱翔于天空，而蚂蚁从不选择生存条件和空间。无论在城市还是乡村，无论是热带还是寒带，无论是地下还是树上，只要有方寸之地，蚂蚁就会顽强乐观地生活下去。不论环境多么恶劣，即使被水淹没身躯，被大火狂吞或被人踩在脚下，它们从不放弃重新爬行的希望。即使是死去，后来者也会赴汤蹈火地抗争下去，决不会屈服于任何强势和险境。它们是世界上抗击自然灾害能力最强的动物。

蚂蚁是全球数量最多的小动物。全球已知的有一万两千种不同种类的蚂蚁，它们的生命异常脆弱，一阵风，一声雨，甚至一只脚随时随地即可以夺去其生命。这些，都无法削弱蚂蚁的势力，它们反而数量变得越来越多。它们的种族繁多，家庭庞大得连智力超群的人类都无法统计。

蚂蚁虽十分弱小，但它们的生存能力超乎寻常。它们能拖动超过自己体重二十倍的食物，是世界上当之无愧的大力士。蚂蚁倾巢而出能制伏一只生猛的野兔，群体钻进粗大的象鼻，迫使大象远离自己的家园。群起而攻之，敢于围攻吃掉一只受伤的老虎或狮子。

蚂蚁家庭永恒的兴盛，源于它们强大的适应能力，高超的求生本领，永不向命运低头的坚强意志。

蚂蚁是勤劳、聪明的典型社会性群体。蚂蚁王国与人类王国有许多相似之处，它们不但拥有严谨的组织，且有明确的社会分工、等级森严的社会结构。

蚂蚁是一群天才的“建筑师”和“艺术家”。它们所筑造的蚁穴，工于匠心，千姿百态，沙漠中有的蚁巢，远看就如一座城堡，达四点五米之高，蚁穴内有许多分室，这些分室有居住、孵化、储藏食物等各自用处，其中蚁后的王室最大，且居住在蚁穴的底部，牢固、安全、舒服。蚁巢道路四通八达，里面有储备食物的地方，通风凉爽，冬暖夏凉，食物不易坏掉。蚂蚁的巢，有的建筑在高达到十余米的树上，不怕风吹雨打，其结构精密，牢固程度可称得上模范工程、建筑佳作。蚂蚁一般都会在地下筑巢，地下巢穴非常大，由工蚁负责筑造，而出入口大多是拱起的小土丘，作为用于通风的洞口。首选温暖潮湿的土壤建造巢穴。蚂蚁特别爱整洁，一些工蚁专门负责将蚁穴内的生活垃圾送到穴外的垃圾站。

蚁群有明确的社会分工，一般拥有蚁后、雌蚁、雄蚁、工蚁、兵蚁各个等级。

蚁后，有生殖能力的雌蚁，或称母蚁，又称蚁王，是蚂蚁王国至高无上的女皇。在群体中体型最大，特别是腹部大，生殖器官发达，触角短，胸足小，有翅，脱翅或无翅，主要职责是产卵，繁殖后代和统管这个群体大家庭。

雌蚁中的一类是有生殖能力的蚁姑娘，交尾后脱翅成为新的蚁后，俗称“公主”或“天使”。

雄蚁，或称父蚁，头圆小，上颚不发达，触角细长，有发达的外生殖器及内生殖器官，主要职能是与蚁后交配，传宗接代，俗称“王子”。

工蚁，又称职蚁，是勤劳的“工人阶级”，无翅，是不发育的雌蚁。一般为群体中最小的个体，但数量多得惊人。眼睛微小或无，三对足很发达，善于步行奔走。工蚁没有生殖能力，工蚁的主要职能是建造或扩大蚁巢，采集食物，搬运垃圾，饲养蚁后及幼虫等。

兵蚁，顾名思义是蚂蚁中的军队与警察，是没有生殖能力的雌蚁。头大，上颚发达，可以粉碎坚硬食物。在保卫蚁群中负责打仗和警卫工作。

蚂蚁的寿命较长，工蚁可生存几个星期甚至三至七年，蚁后则可存活十几年或几十年，雄蚁完成交配后，就要在几个星期内死去。一个蚁巢在一个地方可保存一至十年。

蚂蚁的社会组织结构，从传宗接代，延续“香火”的角度看，很像母系社会，以母为贵，以母为大，拥有生殖能力的母蚁为王，雄蚁只是作为配种的性工具。数量最多的工蚁只能作为勤奋的劳动者。从蚂蚁王国森严的等级看，又像封建社会，君主与臣民、上智与下愚划分得清清楚楚。蚁后永远统治着广大工蚁，而工蚁心甘情愿被统治，服服帖帖为蚁后劳动服务，兵蚁则忠实当好蚁后家庭的勇敢保卫者。

二

蚂蚁是永远不知疲倦的劳动者，当天气晴暖的时候，我们常常会看到一队队蚂蚁在地面上忙碌爬行，它们在搬运食物。蚂蚁在行进的过程中，会分泌一种信息素，这种信息素会引导后面的蚂蚁走相同的路线，若一只蚂蚁搬不动时，就会有两只、三只……最后成群结队的蚂蚁一起搬运，利用自身的信息素，通知所有的蚂蚁倾巢而出，并且能排成长队，走十几里保持队形不散。

未雨绸缪，蚂蚁搬家，不雨即干。它们能及时预报洪水灾害和干旱。蚂蚁四处收集发报，发现灾情及时搬家，排一字长蛇阵或方阵向安全地方转移，此举也通知了当地居民做好应付天气变化和防灾准备。亚马孙河洪水泛滥之前，蚂蚁能预报危险的到来，当地印第安人往往据此信息，预见洪水淹没范围，及时搬至安全地带。

百折不挠，不言放弃。只要仔细观察就会发现它们倔强的秉性。光滑的墙壁上，一小群蚂蚁艰难地往上爬，爬到一大半，忽然滚落下来，已经不知经历多少次的失败，它们会改变方向，沿着墙角一步步往上爬，直到成功。不管多么艰难的跋涉，不达目的誓不休，小小的蚂蚁执着顽强，从不气馁，坚忍不拔，勇往直前。

蚂蚁，是一种极具灵性的小动物，为了求得种族的生存，不惜牺牲自我的精神感人至深。这是一则真实的故事，发生在南美洲一片茂盛的森林边缘，那一天，晴空万里，红日炎炎，灼烤得游客喘不过气，不知是何缘故，临河的一大片草丛起火了，浓烟升腾，顺着风势，一条火龙风卷残云吞没了一片片的草丛，迅雷不及掩耳般地包围了一座小山丘。此时，明眼的当地土著人用手一指，向游客叫道："蚂蚁群被大火包围了。"游客顺着他指点的方向望去，眼看被大火包围的圈子越缩越小，黑压压的一大片蚂蚁被大火包围在中间，游客对"热锅上的蚂蚁"顿感十分惋惜，这小土丘似的蚂蚁注定要葬身于火海，动物被烧焦的淡淡味道夹杂着草木灰已漫天飞扬，直闯入游人的鼻孔。就在这一刹那间，奇迹发生了，万万没想到，这区区的弱者并没有束手待毙，而是快速聚集在一起，抱成一团，远看似一巨大"黑皮球"，然后向河边的方向滚去，火神肆无忌惮地燃烧着"黑皮球"，蚂蚁被焚烧的一股浓浓焦臭味扑面而来，像被大风推动一样，蚁团在火舌舔动的草丛间越来越快地滚动着，不断发出外层蚂蚁被烘焦后身体爆裂的响声，但是"黑皮球"却不见缩小。显然，外层被灼焦的蚂蚁至死紧紧咬住里层不松口。蚁国的英雄们为保护里层的同伴，视死如归，丝毫不松动，肝胆俱裂地不离不弃。直至蚁团冲进河流，并向对岸滚动，河面升腾起一层白色的烟雾……

这是一曲最悲壮的生命之歌，小小蚂蚁其重不足百毫克，然而在大灾大难而前，不畏惧，不退缩，不惜牺牲，竟能如此沉着，坚定抱团，联结成求生的"火球"，团结的"火球"，感天动地的"火球"。其脱险方式的机智，又是如此感人，怎能不发人深思，让人肃然起敬。

一只蚁甚为卑微，并不可怕，千万只蚁，甚至上亿只蚁团结起来，汇成生命之河，叠成一座生命之大山，那是十分可怕的，可以移山倒海，翻天覆地。万物之灵的人不也是如此吗？

佛曰："众生平等。"每一条活着的生命都有其理由，存在就是合理，哪怕是小小的蚂蚁都极具灵性。偶尔，具有强大智慧的人类，在它的面前反而显得浅薄。人啊！应该尊重每一条野生动物的生命，以达到人类与动物均衡发展、生态发展的目的。

三

善良与邪恶，天堂与地狱往往都是相伴相存、相生相克。蚂蚁亦然，蚂蚁的种类繁多，有小黄家蚁、大头蚁、切叶蚁、织工蚁、收获蚁、游牧蚁、行军蚁、红火蚁、大齿猛蚁、斗牛犬蚁、阿根廷蚁、墨西哥蚁、非洲黑刺大颚蚁等等，枚不胜数。大的蚂蚁比拇指还大，小的黄蚁比米粒还小，从趋食性分，可分为肉食性、植食性和杂食性等蚁类。蚂蚁不乏善良与恶毒的族群。其实，人也一样，有善良友好的人群，也有走火入魔的人群，蚁也如此。

下面要讲述的是凶猛的非洲大颚蚁，吃掉德军一支精锐部队的故事。

第二次世界大战期间，法西斯德国的著名战将、被誉为“沙漠之狐”的隆美尔，被英国蒙哥马利元帅打得节节败退之时，为挽回败局和颓势，急需派出一支精锐部队，穿越茂密宽广的非洲原始森林，直插英军的后方，出奇制胜形成两面夹击之势，打击英军。

隆美尔经过悉心考虑，准备派他的手下得力干将希姆将军前去指挥这次军事行动。希姆长得一副白净的脸庞，戴着一副金丝眼镜，身体匀称修长，风度翩翩且有几分儒雅，然而，与飞扬跋扈的其他德国将军相比，显得沉稳，还有几分静穆，可是此人十分崇拜希特勒，骨子里十分狡诈和凶狠，是个常胜将军，也是个杀人如麻的冷血动物，杀死犹太人像捏死一只蚂蚁，经他手杀死的犹太平民百姓成千上万。在参谋部讨论这次行动时，很多将领持反对意见，理由是经过这大片原始森林，里面毒蛇遍地，虎豹成群，恶蚊瘴气就像一口大陷阱，让人死无葬身之地。当地非洲土著人都不敢涉足，只怕军队进得去出不来。可是希姆刚愎自用，不肯相信，力排众议，最后隆美尔一锤定音，由希姆挑选带领一支精锐部队，迅速出征。

希姆挑选了一千八百名精兵，配备了最优良的武器装备和充足的后勤给养，随即出发，踏进原始森林。

在遮天蔽日的原始森林里，当地的土著向导教所有的德军都往皮肤上涂上一层比糨糊稀一点的黏液，防患毒蚊撕咬，还引导他们千万不要随便向猛兽开枪，以免激怒它们。两天来，除了树上、地上的剧毒蛇咬死的二十多名德军，还有被狮子、虎豹吃掉的几个人外，德军的损失很轻微。希姆踩着地下不知积累了多少年的又松又厚的腐叶，呼吸着充满淡淡潮湿气味的空气，在心里哼了一声，嘲笑参谋部那些将军都是胆小鬼和白痴。

在进入原始森林的第三天，天刚蒙蒙亮，一会儿，晨曦射进了森林的表层，轻纱般的薄雾被风吹散了。希姆在帐篷里均匀地打着呼噜，做着美梦。谁也没有料到，一支庞大得无法计算的非洲黑刺大颚蚁“兵团”正铺天盖地悄然地包围着他们的宿营地。这种比拇指还粗的食人蚁呈波浪式的队形席卷而来，蚁王居中调度指挥，兵蚁打头阵，两翼的食肉蚁正张牙舞爪，风卷残云般地向前推进，再推进。

突然，不远处传来了零星的枪声，希姆在睡梦中惊醒，他警觉地迅速披衣起床，来不及擦一擦惺忪的睡眼，就掏出手枪，冲出了帐篷。这时密集的枪声一阵紧似一阵。首先发现险情的是站岗的哨兵，紧接着传来了“嘣哒、嘣哒”一阵急促的马蹄声，传令兵托马斯飞奔而来，他刚下马，来不及喘气，脸色已由红变白，由白泛青，用手指着后面，用变调颤抖的声音说：“蚂蚁、食人蚁、可怕……”希姆往后一看，天空似乎变得昏暗，他赶紧爬上一棵树往后看，刚爬了三四米，就惊得从树上掉下来，不远处黑压压、密密麻麻望不到边的黑蚂蚁正在飞奔袭来，森林都被染成了黑色。他爬起来刚想对托马斯说点什么，但是口一张开，就变成O字形，再也合不拢。他急匆匆地抢过托马斯的马向前飞奔而去，这时候他意识到逃命比什么都重要。马刚跑了几步，他往后一看，托马斯已经变成“黑人”，只剩下一双惊恐万状的脸和暴突得要跳出来的眼珠……

他用双腿紧紧夹住马肚，弯着腰，大气不敢喘一口地向前飞奔。大约跑过一千多米，前面出现了更可怕的场面，重重叠叠的黑蚂蚁似海浪般汹涌地扑面而来，又像一座施了魔法的黑山从头上压过来。他的脸霎时由青色变成死灰色，他心里清楚，蚁群前后夹攻，他们的营地被黑蚂蚁团团围住了，在劫难逃。就在这时，他的眼睛一亮，左边五十米开外处有一个小湖，说时迟，那时快，他骑着马一溜烟飞跃而去，随着战马的一声悲哀的嘶鸣，他连人带马冲进了湖里。他掉在湖水里，幸好湖水才齐腰深，希姆站起来，环顾了一下，前后夹击的大大小小蚂蚁群已将湖水团团围住了，他突然灵机一动，原来黑蚂蚁也是怕水的。这时他才看清，非洲大刺黑蚂蚁长着长长的、毛茸茸的腿，灰色的眼睛，锋利的牙齿不时地张合着，无数只蚂蚁的眼睛盯着他，使他心里发怵，毛骨悚然。他虽然身经百战，视生命为草芥，杀人如麻，但是哪里经历过这样地阵势。他跟随隆美尔在非洲征战多年，从来也没听说过黑刺大颚蚁吃人的事，这时他的心里油然生出了孤独无助，慌乱恐惧。

这时的战马受不了湖水的冰冷，惊恐地长嘶一声跳上了岸，奔走了十来米，立即变成了“黑马”，淹没在蚂蚁群中，转眼间变成了一堆白骨。

就在此时，不远处传来了时而密集时而稀疏的枪声，还有手榴弹的爆炸声，希姆知道他的部下正在做着无奈、无用、无望的抵抗。他不知道现时一千八百多名士兵现在还剩下多少，但心里明白得很，肯定是凶多吉少。此刻，他听见一阵咬牙切齿的厮杀声，几名特种兵手持火焰喷射器，喷出一串串凶狠的烈火，杀出了一条血路，赶到了湖边。被烈火烧死蚂蚁的焦臭味弥漫在空气中，几名特种兵也退到了湖水中，希姆看到了一丝希望，愤怒得变形的脸上青筋暴突，咆哮着：“烧死它、烧死它们！”他发泄着心中的刻骨仇恨。顿时，几支喷火器一齐发射，火海笼罩，烈焰升腾，黑烟随风飘荡。蚁群暂时退却了，但是这下子，更是激怒了蚂蚁群，不一会儿，它们越聚越多，上百万、上千万只蚂蚁向着湖边靠拢集结，湖边的四周突然出现数百上千个大大小小的蚁团，它们相继滚下湖面，向前漂移，蚁团抱得很紧，密密麻麻地撕咬在一起。蚁团毫无退却，前赴后继，向希姆和他的几个士兵漂移而来，希姆和他的士兵恐惧得浑身颤抖，同时，也被蚂蚁王国的精神所征服。

在顽强凶猛、义无反顾的蚂蚁大军面前，火焰喷射器也已经油尽灯灭，希姆和他的士兵已无计可施。希姆白净的脸孔在湖水的映衬下，蓝中透绿，变得没了人形。蚁群迅速爬到希姆和他的士兵身上，带着毒刺的大颚蚁狠狠地咬住希姆和士兵的手、胸、颈部、面颊……当成百上千根毒刺猛烈地刺向希姆的身体时，他的惨叫声比他的士兵更加尖厉刺耳。尖叫声过后，他们相继消失于不知沉寂了多少年的湖水之中，一切又恢复了平静。

在预定的时间，隆美尔没有收到他的爱将希姆如期发出的电报，左思右想，大惑不解，他随即派出一小股部队深入丛林搜寻，终于在一个不知名的湖边，他们惊恐地看到这样的场景：湖面的方圆两公里内，见到一副副的骷髅架，有完整的，有散落的。不仅皮肉，凡毛发、衣物等有纤维、有蛋白质的物品，一无所剩，不复存在。而骨架附近散落的武器、弹药、手表、眼镜等金属品则完好无损。在湖里他们打捞到希姆的尸骨，现场还留下部分被烧焦的体型颇大的蚁尸。

德国军队终于明白了事情真相，希姆和他的部队毁灭于非洲黑刺大颚蚁。这种像拇指大的大蚂蚁生活在中北非，每隔二三百年一次集团性大爆发，数以亿计的蚂蚁聚集成群，浩浩荡荡朝一个方向做长途迁徙，疯狂地吞食一切可食之物，横扫千军如卷席。

或许是上天的安排，命运之神使这支法西斯侵略者部队遭受灭顶之灾。这是一个以毒攻毒、以邪制邪的故事，这也是真实的历史事件记载。善有善报，恶有恶报，天怒人怨必遭因果报应，这是宿命论，也反映了人们扶正驱邪的善良愿望。当然，瑕不掩瑜，普通的蚁族是善良的，善者独善其身，恶者自取其报。

佛曰："一花一世界，一叶一如来。"透析小小的蚂蚁，芸芸众生可以参悟出三千大千世界的许多道理，尤其是蚂蚁勤劳、不屈、勇敢、机智的精神世界，及其不灭的灵魂，对我们是有所裨补和教益的。

作品发表于《西部散文》2014年6月总第536期、《延安文学》2014年第1期。

希望的种子

这是二战中令人怦然心动的彪炳一笔！七十年后的今天，这座城市的人们一提起这事件，仍然泪如泉涌……

一

饥饿把列宁格勒（圣彼得堡）整座城市逼疯了，希特勒的“巴巴罗萨”计划把这座城市围困得像铁桶一样，密不透风。战争狂人希特勒站在宽敞明亮的指挥室，手中转动着地球仪，唾液四溅地咆哮：“列宁格勒一千架”，每天成百上千架轰炸机轮番轰炸苏联这座英雄的城市。希特勒狂妄叫嚣不接受列宁格勒的投降，一定要把这座城市从地球上抹掉。围攻从1941年9月9日开始，在而后的九百天里，海港、铁路、河运枢纽等交通要道都被炸烂了，地面建筑有一半被夷为平地。

人们赖以生存的公共设施，粮食、电力能源、供气系统都遭受极大的破坏。粮食供应更是惨不忍睹，只能实行配给制。1942年的秋季以后，有优先权的工厂劳工每天最低仅供给面包三百七十五克，工程师和技工每天只有二百五十克，公务员、家属、儿童每天仅供给一百二十五克，而且供给正在逐步减少，到最后，几乎断粮。德国人企图把守城军民活活饿死，让其自动消失。空前的大饥荒，造成六十五万人饿死。

列宁格勒城里能吃的东西几乎都吃光了，城市里幸存下来的平民，饿得眼睛放出绿光，昼夜不是躲避轰炸，就是到处捕捉鸟雀、老鼠，捕捞鱼虾，摘树叶，剥树皮，挖草根，连心爱的宠物，狗、猫、鸽子等都给杀了，填进了肚子，一切为了生存。每天，在工厂的机器旁、在机关、在街上、在路边都有许多人被饿死。到了冬天，在零下二三十度下，更是有大批的老人小孩冻死、饿死。人们为了得到一点食物，铤而走险，越过德军封锁线，许多人死在德军的枪口下。血腥的侵略战争把列宁格勒的居民逼入绝境。

战争的硝烟弥漫着列宁格勒的郊区，这里坐落着一座八层楼高的种子研究所。战争爆发之前，整个研究所聚集了一群科学家，五十多个人，专门进行麦子的遗传基因、杂交、花粉传授、高光效生理、培育良种和病虫害抗体等科学研究，为列宁格勒和全苏联十几个大农庄提供大量良种，连年实现了增产计划。

战前，集体农庄风景如画，大片笔直的白桦林耸立在山那边，秋季的田野上，微风轻拂，大片的金黄色的麦浪翻滚，在夕阳的照射下，耀金掠影。沉甸甸的麦穗，向人们展示着丰收的喜悦，饱满的麦穗彰显着科学家们用心血凝结的丰硕成果。每当看到这场景，科学家们都会露出满足的微笑，这是对他们劳动的最大奖赏。

残酷的战争并没有粉碎他们的希望和梦想，研究所里十多名青壮年教授响应国家的号召，拿起枪投入前线防空旅的战斗，所里三十多名年纪较大的科学家，坚守着岗位，守护着希望，继续工作。同时也肩负着保卫储存着十多吨麦子良种的仓库。

尽管大楼的周边被德军炸得坑坑洼洼，命运之神眷顾了这所研究所，空袭和炮火没有炸到这座建筑物。

1942年的初冬，满天飞雪，天色灰暗，寒风刺骨，列宁格勒保卫战进入了最艰苦卓绝的阶段，研究所所长普罗列夫一筹莫展。按照能量守恒定律，一个正常人每天需要补充两千路卡里的热能，而研究所的科学家每天每人只能领到二百五十克面包，按计算不足四百路卡里的热能，只是正常人热能补充的五分之一，饥饿威胁着每一个人，而且粮食供给还在逐步减少。几个年老体弱的科学家倒下了，饿死了，已经饿死六个人了。种子仓库就在他们的管辖里，钥匙就攥在普罗列夫手里，开仓吃种子粮，当然能救活所里的人，十几吨粮食还能救活一大批最急需粮食的人，但是不能呀，那是战争结束后的全市人民的希望啊！耕耘什么，播种什么，就收获什么。况且这批优质杂交粮种，不知花了他们多少昼夜的心血啊！

二

普罗列夫这位热爱长跑运动，五十多岁的老头，本来身体素质就不错，这时候也饿得头脑有些发晕，他小心翼翼打开桌子下面的抽屉，拿出他夫人送给他唯一的一小瓶伏特加酒，喝了两口，感觉身体暖和多了。他想起十多天前去区委开会时遇到的一幕：

一辆载着面包的卡车，在第七大道拐弯处，为了躲避一辆吉普车，卡车倾倒，许多面包从车里滚了下来，闻着香喷喷的面包味道，很多饿得发慌的居民围了上来，犹如严冬里的一群饿狼嗅到了肉香，在不到两分钟的时间里，已经站满了两个包围圈的饥民。司机紧张地从横卧的驾驶室爬了出来，铁青着脸，大声吼道："这是前线将士的口粮！"顿时，这声音就像一群战士接到命令，一张张饿得黑瘦干瘪的脸，摇晃着像麦秆似的身体，弯下腰，捡起了一片片面包，轻轻拍掉面包上沾满的雪花和尘埃，往麻袋里装，尽管有人边捡边咽着口水。拾完了，众人把倾斜的车推了起来，又把面包一袋袋装进车里，司机迅速地跳上驾驶室，向前线的方向开走。车开走后，一位头上包扎着黑头巾的老妇人有气无力地干脆坐在地上，用手沾起地上一点点的面包碎屑夹着雪花，往嘴里送，嚼得津津有味。老太婆那张皱巴巴的脸在他的头脑里老是挥之不去。他被深深地感动着，灵魂仿佛得到了升华。

在区委开会时，区委书记巴托洛夫盯着普罗列夫的眼睛，郑重地说："种子是战后生产的源泉，是人民的希望，一粒都不许动，不管是谁都无权动它，这是党交给你的战斗任务！"普罗列夫毫不犹豫地把任务接受下来，并传达到研究所的每一个同志。

1942年仲冬，列宁格勒进入了极其艰难的时期，苏联的前方将士在朱可夫元帅的指挥下，打退了德军对列宁格勒一次又一次的进攻，全市人民在饥饿中坚守在不同的工作岗位上，军工厂生产武器装备源源不断送上前线。随着粮食供应的逐步减少，对列宁格勒的军民来说，这是雪上加霜，每天平均有四千居民被饿死冻死。

种子研究所里能吃的麦皮、糠粉、甘蔗渣都快吃完了。所长普罗列夫是一位铁骨铮铮的男子汉，副所长塔莉亚是一位长得很白皙秀气、身材高挑的中年妇女，他们决定带领所里剩下的二十五个人凿冰捕鱼，当然由于经验不足，收获甚微。守着装得满满的种子仓库，他们都在死亡线上挣扎，靠着对人民的忠诚，凭借超凡的毅力和精神在坚持着。

人在十分艰难困苦的时候，意志和信念是活下来的精神食粮，其力量无比巨大。前线德军的炮弹，排山倒海地向列宁格勒前沿阵地倾倒过来之后，瞬间出现了片刻的宁静，德军正在等待苏军的报复行动。这时，前线和列宁格勒全市所有的广播一波又一波，同时播出苏联著名作曲家肖斯塔柯维奇新创作的列宁格勒交响曲，即第七交响曲，分为战争、回忆、祖国的原野、胜利四个乐章。

悠扬激昂的主旋律在城市的上空飞舞，时而低沉，如泣如诉，仿佛在诉说苏联人民遭受德军侵略者的苦难；时而激越高昂，象征着苏联人民浴血奋战，抗击侵略的坚强意志和顽强战斗的必胜信心。全曲气势宏大，震耳欲聋，催人奋进。这天籁之音，渗透到列宁格勒每个人的细胞，深入骨髓和心里。

种子研究所二十五个科学家摇摇晃晃站起来，坚持肃立在广播喇叭前，听着激动人心的乐章，一个个泪流满面，祖国、人民在他们的心中重如千斤。

所长普罗列夫带领二十五个科学家，举起拳头，庄严宣誓，为了苏维埃，人在种子在，决不丢失一颗种子。

当全列宁格勒的人们都饿疯了的时候，人们开始绞尽脑汁，搜肠刮肚到处寻找食物，在一幢幢被炮火轰炸，炸塌炸翻的民舍和大楼里面寻找遗留的食物。同时，人们眼光开始关注储存在种子研究所里的十多吨麦种子。

为了避免发生意外，区委配发给了种子研究所四把冲锋枪、两把手枪，研究所的每个人忍受着饥肠辘辘，加强了对种子仓库的巡逻站岗，安全保卫工作。

种子研究所里又陆续发生饿死人的事件，一天早晨起来，化验师安德烈再也起不了床，尸体变得僵硬；负责研究种子基因变异的伏罗加在巡逻路上被绊倒了，再也没有起来，牺牲了；还有做麦种病虫害研究的莫霍夫死在了厕所里面……短短一个月内又饿死了五个人。

最让人伤心的是丹妮亚，这位两年前从大学调到研究所的副研究员已经怀孕，并将要临产了，每人都在本来已经十分有限的供给面包里面挤出一点给她，单位里也把仅剩下的一小袋麦皮留给她。她含着泪水，盯着食物说：“这不是食物，是同志们的生命，我不能接受。”大家盯着她的肚子坚定地说：“这不是食物，是新生的希望，新生的生命，应该收下。”丹妮亚哽咽了，热泪奔涌而出。

三

列宁格勒保卫战打得异常激烈，那是历史上最惨烈的围城战，为了每一寸土地，敌我双方进行着艰难的“拉锯战”。每一公里土地都洒满成千上万苏维埃战士的鲜血。

漫天大雪的一个早晨，当地驻军一位戴着少将军衔的指挥官披着军大衣，带着一队战士来了。他们找到所长普罗列夫，说：“当地驻军粮食严重不足，饥饿使战斗力急剧下降，仓库粮食必须调走，我给你写下收条。”科学家们都围了上来，普罗列夫说：“少将同志，这是苏维埃将来的希望，把种子吃了，希望也破灭了，饥荒会更严重！”少将深思了片刻，立正向在场的二十位科学家敬了个军礼，带领士兵走了。

又过了四天的晌午，一阵急促的吉普车喇叭声夹杂着整齐的跑步声惊扰了种子研究所，普罗列夫和科学家们急忙跑出来，看见一队士兵已经包围了种子仓库，一位穿着呢子服军装，戴着中将军衔的大胡子将军，气势冲冲走过来，边走边大声喊道：“所长在哪里?”普罗列夫踉踉跄跄走到他面前，“所长同志，我们是前线第七军团的，粮食作为战时物资被调用了，你们要服从命令！”大胡子中将斩钉截铁地说。“不行呀！中将同志……”普罗列夫的话还没说完就被中将给打断。“为什么不行？前方将士正在浴血奋战，每天都有成千上万人死去，将士们现正挨饿受冻，调点粮食，你敢说不行！”大胡子将军脸色紫涨，气愤地吼道。“中将同志，这不是粮食，是良种，是科学家们的心血，打退了德国人，我们要用这些种子，让人民过上幸福的生活，这也是列宁格勒人民的希望啊！”普罗列夫掷地有声地说。“真的动不了?”将军的音调低得多了。副所长塔莉亚用轻柔的女中音说：“将军同志，你看看这些科学家们，也都快饿死了，我们一颗种子都不敢吃，因为这是希望！这是人们活下来的精神支柱啊！”塔莉亚边说边指着脸黄饥瘦，只剩下一副骨架的站在旁边的十几个科学家。将军深情地望着科学家们，热泪盈眶。

将军突然喊了一声“集合”，包围种子仓库的一排士兵啪啪地整齐列队，站在科学家们面前。“敬礼！”将军和士兵们向科学家们投去了敬佩的眼光，立正行了一个军礼，然后转身走了。

在德军几个波次的轰炸之后，列宁格勒的黎明静悄悄。一百来号穿着破棉袄的饥民不顾门卫的阻挡，冲进了种子研究所。像饥饿的猫嗅到了腥味，不知从哪里打听到这里有种粮仓库，立马扑了过来。普罗列夫撑着一根拐杖出来了，勉强能走路的科学家们也都迎了上来，不同的是这次副所长塔莉亚腰间佩带着手枪。饥民和流浪汉大声嚷嚷，用石块叮叮当当地猛砸紧锁着的种子仓库，库门的铁板很厚很坚固，哪里砸得动。这次塔莉亚站到了仓库门前，拔出手枪，朝天上开了几枪，随着“啪啪啪”的枪声，顿时，空气像凝固了一般，安静了下来，塔莉亚用沉重的声音不紧不慢地说：“同志们，这批种子，连前线正在流血的将士都不敢动，谁吃了它，就吃掉赶走德军之后人民的希望！我们和你们一样，宁愿饿死，也绝不吃一粒种子。”听到这里，有一伙饥民即刻冲进了粮堂和伙房，打开大锅一看，一锅热气腾腾清汤，里面飘荡着粉碎了的甘蔗渣和玉米秆粉，这就是科学家们的早餐。饥民们开始不吭声了，一个个变得像木头一样呆呆的。

这时有人发现在研究后面的菜地里，屹立着一排新修的坟墓，大雪纷纷扬扬，在太阳光下白色的墓碑，闪烁晶莹的银光。普罗列夫指着墓碑说：“他们是为保护良种、保卫新希望，活活饿死的科学家。”

研究所里，一边是装满粮种的仓库，一边是活活饿死的科学家。饥民们有的已经泣不成声，他们肃立向一排坟墓深深地鞠了一躬，像潮水般退走了。

列宁格勒在1941年至1942年骇人的残酷严冬中坚守着。苏维埃继续加强这座城市的防御网，经历了千难万阻，建立了横越拉多加湖这条被称之为“冰上公路”的补给运输线，一车车的粮食和装备开始运进城市，一车车的饥民，首选的是妇女儿童，开始运往后方，不过天上的炸弹和地上的炮弹从头到尾持续地轰炸着这座英雄的城市。

还没有等到粮食供应的缓和，种子研究所的科学家又是一个接一个地饿死。所长普罗列夫死在粮食仓库门口，临死前，他把仓库的钥匙郑重地交到副所长塔莉亚手中……

经过九百多个日日夜夜，人类历史上最残酷、最惨烈的反围城战，在1944年1月14日，苏联三个方面军向围困列宁格勒的德军进行大规模的反攻，这座英雄的城市终于迎来了彻底解放。

当胜利的礼炮打响，鲜花和掌声到来时，种子研究所的科学家们，除了上前线参战以外，只剩下饿得没了人形的副所长塔莉亚、研究员古德里安、副研究员丹妮亚。研究所的菜地里整齐地排列了二十九座坟茔。

科学家们用生命换来的良种，在战后，列宁格勒集体农庄恢复生产的时期，发挥了无可估量的作用。胜利后，为了纪念这些科学家，列宁格勒的市民把这座种子研究所命名为“希望的种子”。

作品发表于《潮州日报》2015年5月9日。

向你致敬，中锋

一

国庆节前夕，首个烈士纪念日，我们肃立在庄严的烈士墓碑前，聆听歌唱着已不知多少遍振聋发聩的国歌，仍然抑制不住心潮翻滚，联想起战争年代的多少往事，多少英雄的灵魂飘扬于战场上或刑场上，他们是祖国的好儿女。我们面前站立着一排排年迈的老战士，挺起佝偻的背，脸上皱纹纵横交错，神情异常严肃，穿戴着已洗得发白的老军装，胸前别着锈迹斑斑的军功章，在烈日下闪烁着发黄的光芒。他们也曾是风华正茂，意气风发的一代，岁月的淘洗，战争的折磨，血与火的考验，使他们变成今天的孱弱苍老，苍老得弯下倔强的腰。

纪念仪式结束后，回到办公室，我还来不及喝口水，民政局年轻的女科长小孙就找到我说：有一位九十来岁的抗日战争老战士，李灏老伯要求与我见面。我沉思片刻说："老同志有什么困难，能办到的一定要帮助解决。""不是的，他家是华侨，儿孙都是马来西亚知名企业家，老人家没什么困难。"小孙答。"为什么要见我？"我说。"就是不知为什么？他的腿脚也不方便。"小孙加重语气答。她的意思我明白，就是要让我上李老伯家。我虽然口头答应去看他老人家，心里却嘀咕着，我与老人家非亲非故，素不相识，我又不在民政部门任职，为何一定要见我？我心里打了无数个问号。

第二天，刚好是国庆节，我在小孙的引领下，驱车到李老伯家。他家就在大海边一幢单家独院的双层小洋楼里。据小孙介绍，这是他的儿孙特为他盖的养老房子，采光足，空气新鲜，风景秀丽，且经常与海生活在一起的人，心胸开阔，延年益寿。由于得到小孙的事先通知，李老伯早在大门口等我们，脚下躺着一条黑色的卷毛大哈巴狗。我握着老人家的手，寒暄了几句，我和小孙想搀扶老人家进客厅，他用手上的拐杖示意我们不用，看来李老伯的身体还很硬朗。客厅装修得淡雅，线条明快，十分舒适，一束阳光从海上透过玻璃窗照射在插着白兰的花瓶上，散发出淡淡幽香，弥漫着整个客厅。

宾主坐下后，李老伯用缓慢的语速对我说："听说你是个作家，又是个曾经当过兵的人，我在报纸上看过你写的作品。"我答："只是个人爱好，而且是业余作者。"李老伯喝了一口女用人端来的红茶又说："我有一事相求，你一定要答应我！"从他浑浊的眼睛里可以看出渴望的神情，面对这样一位值得尊敬的长者，可以说是父辈，我立刻答："只要我能办到的！"他咳嗽了几声说："我已是黄土埋身的人了，是秋后的黄花，说凋谢就凋谢了，有一件事埋在我心里几十年了，我若不讲出来，怕世上没人知道，恐怕会被历史的风尘所湮没。昨天参加了烈士纪念日活动，我大脑里产生了一个强烈的想法，我来讲你来写，要把我心中的英雄写出来，把日本侵略者杀戮中国人的罪证记录下来！"说着，他的喉咙哽咽着，嘴角颤抖着，动情的眼眶由黄变红，涌出了滴滴泪水，洒落在棕色的地板上……

我以拙笔，把李灏老伯讲述的故事记录下来，以飨读者。

二

在美丽富饶的马来西亚半岛，一所著名的大学里生活着一群无忧无虑的华裔学生，他们的祖先和父辈都是从潮汕地区坐“红头船”，漂洋过海到马来半岛来讨生活的。从“打工仔”做起，经过了艰苦创业，积累了财富，很多人都成为当地知名的企业家，经营着橡胶园、胡椒园、塑胶加工、饮料加工等行业。当地华人华侨都抱成一团，互相协作，成为当地经济一支生力军。

在他们一群同学中，李灏最要好的同学是唐涛。唐涛长得一米九的高个子，温文尔雅，英俊潇洒，上帝对他的脸庞雕刻得很精致，白皙的皮肤，大眼睛，双眼皮，微翘的鼻子，瘦削的下巴，充满阳刚之气。他天资聪颖，学习成绩门门优秀，还是个篮球迷，是大学篮球队的中锋。由于训练刻苦，并得到国家篮球教练的悉心指导，如虎添翼。在赛场上，他带领的球队生龙活虎，抢球、运球、过人、传球、投篮各个环节，攻守有度，尤其是他的投篮技术十分了得，界内勾手投球、扣球得心应手，更擅长于远距离投篮，命中率很高。

唐涛虽然是个富商的儿子，其祖父是马来西亚的高级那督，带有华人上层社会的高贵血统，但他为人谦逊低调，乐于助人，路见不平敢于挺身而出，很投人缘。

在暑假一个风和日丽的下午，唐涛和同学们到海滨游泳。正当他们嬉戏打闹，划水正在兴头时，突然天色变得昏暗，气温下降，一阵暴风雨袭来，大风卷起千堆雪，海浪汹涌扑来，大家赶紧上岸冲水穿衣裳。就在这时，大家七嘴八舌指着大约五百米远处一个红点：还有同学没上岸。风推海浪，波涛凶猛，红点任凭海浪吹打。情急之下，李灏和同学们见唐涛毫不犹豫，挂上救生圈，再次投向大海，凭借年轻力壮和一身好水性，奋力向红点游去。人高手脚长，划水很来劲，与海浪搏斗，不知道呛了多少咸涩的海水，他毫不胆怯，拼命向目标游去……岸上的同学们都为他捏了一把汗，几个胆小的女同学都吓哭了。他经过死命拼搏，终于接触到目标，原来那红点是女同学黄晶。他把救生圈套在她的脖子上，这时的黄晶脸色苍白，嘴唇变得紫黑，唐涛迎着风浪，右手推着救生圈，左手划水，双脚拼命蹬水，一步步往岸边游去。老天有眼，刚好吹西南风，往岸边的方向推，半个时辰后，借着好风力和年轻人浑身使不完的力气，俩人终于上岸了。女同学们搀扶着黄晶，捶着她的背，让她吐出几口海水，又让她喝了几口开水，暖暖身子，并到更衣室换衣服。半晌，当黄晶穿着粉红色的连衣裙从更衣室出来的时候，唐涛看呆了，白嫩得可以捏出水来的瓜子脸上，配上一双含情脉脉的丹凤眼，高挑修长的身材，凸显出曲线优美。望着英俊、文质彬彬、雄健挺拔的唐涛，黄晶的脸上浮起了两朵红云。她用含情的眼睛盯着唐涛，深深鞠了一个躬，轻轻地道了一声谢谢。同学们都哈哈大笑，拼命地鼓起了掌。

缘分天成，唐涛和黄晶的心中自此播下了爱情的种子，生根发芽，生机勃勃。从相识到相知，一对情侣形影不离、如胶似漆。在橡胶园里相互倾吐了相见恨晚的爱慕之情，并种下一棵橡胶树，作为爱情的见证，两人深深地相爱了。

1937年“七·七”事变，抗日战争爆发，全世界各地华侨、华人群情激奋。卢沟桥的战火迅速蔓延，那年我们正读大学三年级，华裔学生义愤填膺，大家热血都沸腾起来，纷纷捐款捐物，支援国内抗日战争。许多同学不忍山河破碎，国土遭受蹂躏，许多华侨子弟一起商量回国参加抗日战争的事。

唐涛的家族在吉隆坡可算得上是名门贵族，其企业集团在当地很有影响力。唐涛从其祖父算起，已是三代单传，对于一心想唐涛继承祖业和巨额财富的父亲来说，回国抗日谈何容易。父亲语重心长地对他说："我们都是唐山人，不能数典忘祖，忘根忘源，我也是爱国的，但爱国的形式有多样，我们为国家捐资，哪怕是捐出我们家族的一半财富，支援国家打日本鬼子，也算是为抗战出力，这不比你个人身单力薄，回国参战的意义更重大吗?"虽然父亲说得有一定道理，可是唐涛就是没听进去，他总觉得七尺男儿，不用血肉之躯去抗日，何谈爱国。报效国家的思想在他的头脑里发酵膨胀。

月色如水悄悄地照着橡胶园，山风吹得橡胶树沙沙作响，唐涛约会了黄晶，商量着一起回国。唐涛说："我们华人血管里流的是民族的正统血液，祖国正遭受强盗欺凌侮辱，我们绝不能袖手旁观，应回国参战!"黄晶理解情人的博大胸襟，她也坚定地说："现在祖国正缺医少药，回国在抗日前线上，我可以当一名医生，救治伤员。"两人心有灵犀一点通，一拍即合。两人呼吸急促地迫不及待紧紧拥抱一起，疯狂地接吻，连空气也没有插足之地，两人紧密得快要嵌入对方的身体中去……

大学里唐涛、黄晶、李灏和一百多名男女同学悄悄进行了串联，打点行李，告别舒适的学生生活，怀着满腔报国热血，壮怀激烈地回国了。当时全国已形成国共合作统一战线，1937年初冬，国内的淞沪会战、平型关战役、忻口战役刚刚结束，南京、济南告急，国内空气中弥漫着热情高涨的抗战气氛，也夹杂着敌强我弱的悲观失望情绪。因为他们是一批有文化、有抱负的华侨爱国青年，男同学被国民政府安排到桂北山区教导队强化训练，十几名医科女同学被编入救护队，马上投入前线战地救护。唐涛与黄晶隐忍着分别的痛楚，整个身心都投入到各自的战斗生活中。集训的生活异常艰苦，他们自己砍竹子，搭竹棚，在荒山野岭开辟训练场所。教官是黄埔一期的学生，训练十分苛刻严格，整天摸爬滚打，队列、射击、投弹、爆破、拳击、刺杀，包括了各种特种训练。八个月风餐露宿的军旅生活，使学员们不但练就了一身过硬的杀敌本领，也彼此结下了不解的深厚情谊。

而后，他们被编入了中国第五军荣誉师，参加了昆仑关战役，在杜聿明军长的指挥下，1939年12月18日，向被日军占领的广西南宁东北五十公里处的昆仑关发起进攻。他们的对手是日军中素称精锐的第五师团，在攻打届首高地时，由于日军暗堡密布，装备精良，空中有飞机掩护，地下有炮火延伸，打得十分惨烈艰苦，日军凭着效忠天皇的武士道精神死守；中国军人心中怀着不愿当亡国奴的一腔热血，士气高昂，没有什么贪生怕死之徒，经常为了打掉几个据点或碉堡群，激战一天一夜，整营整团都填进去，很多士兵都选择与日军同归于尽，来消耗敌人的兵力。敌我双方都见证了什么叫尸山血河，整个山谷、战壕密密麻麻铺满日军和中国士兵的尸体，整个山头山谷的土地都被鲜血染红了。冲锋的时候，一排排的士兵只能踏着尸体前进。

“黄沙百战穿金甲，不破楼兰终不还。”唐涛、李灏和他的同学们在战斗中都打得很英勇，此役参战的八十多名马来西亚男同学，大部分已经牺牲，只剩下二十多名。昆仑关战役是中国军队罕见的一场成功正面攻击战，直打到12月31日，全部战略要地被中国军队占领，胜利结束，双方都死伤惨重。日军第五师团溃不成军，许多日本军官都在战斗最后剖腹自杀，剩下一部分日军逃之夭夭。

此后，他们经历了无数次大小战役。一年后，在一次战斗中，唐涛与他的战友在与日军展开肉搏战中，后背被敌人刺了一刀，被抬到了后方医院疗伤。一个冬日的下午，唐涛正准备出去晒太阳，发现了一个女军医在病房里给病人听诊，熟悉的背影使唐涛心中一怔，心都快要跳出嗓子。他叫了一声黄晶，黄晶转过头来，足足看了唐涛一分钟，一阵狂喜，情人终于又相见了。

经过战火的烧灼、残酷的战争，目睹血淋淋的杀戮场景，尤其亲密的战友一个个在身边倒下，一张张可爱的脸庞，再亦无处寻觅。血与火的洗礼使他们俩人内心变得成熟，完全脱下了一层南洋学生的外皮，彻底摆脱了娃娃气。黄晶凝重注视唐涛，心中的他，脸变得黝黑消瘦了，棱角更加分明，尤其是微微翘起的嘴角很可爱，眼睛更加明亮神气，放射出清纯的光泽。唐涛眼中的黄晶，仍然是不时心中浮现的模样，仍然是曲线凸突的“魔鬼”身材，白皙脸上黑亮的眼睛完全没了稚气，添了几分成熟，娇羞的瓜子脸上多了几分疲倦。

傍晚，在医院旁的小树林里，一对久别的情人没有任何言语，只是紧紧地拥抱在一起，两年来经历了多少苦辣辛酸，艰难险阻，黄晶任凭一汪泪水像清泉般淙淙流淌，唐涛忍住了即将夺眶而起的眼泪，用嘴唇一滴一滴地吮吸着黄晶脸上的泪水。唐涛想要吸干黄晶满眼的咸湿泪水，来抚慰她心灵的酸楚。慢慢地吸干她眼中的泪水后，他的嘴唇开始覆盖她的鼻子和嘴唇。当两个充满活力的身体纠缠在一起，相互吮吸纠缠着对方鲜红而敏感的舌头时，两颗相爱的心碰撞在一起，本应柔情似水的年轻的生命久旱逢甘露结合在一起时，变得鱼水难分，波涛汹涌，又像干柴点上烈火，燃烧升腾起来……

当两人完全平静下来后，诉说战场上的一切，相互诉说着离别相思之苦，诉说着倒下的战友的思念。战火中男女的缠绵是艰辛的，浸泡着鲜血和泪水，是要直面生离死别的烤灼，印证两颗心的坚强程度，生命的宽度和高度，一切掌控在命运之神手中，任何一颗流弹，随时都可能夺走彼此心中的神圣爱人，剐去心中的一块肉，让你痛不欲生。他们心中十分珍惜短暂相聚。月色温柔澄亮，在灿烂的星光下，两人窃窃私语，只有月亮作证。遵循着中国人传统的爱情法则，效法着千古绝唱，彼此立下此生不离不弃、生死相随的誓言。

唐涛暂时告别了黄晶之后，他与李灏跟随大部队投入了大小无数次战斗，经历了与日军进行无数次九死一生战斗之后，此时他已晋升为大尉营长，李灏已晋升为大尉副营长。

1943年秋天，正当田里的稻穗飘香，树上果实金黄，山上的火红辣椒像串串爆竹挂满枝头的时候，唐涛和他的战友们投入了一场遭遇战。在战斗打响的第二天，唐涛和李灏带领全营的弟兄们坚守在阵地上，阵地得而复失，失而复得，不知多少次的拉锯战，在日军的一次反冲锋中，唐涛集中全营十二挺重机枪抢占了一个小山头，集中火力向进攻的日军横扫，子弹像雨点般狂泻，一排排日军像割麦秆似的倒下，狼狈逃窜。敌人的反冲锋失败了，这下子激怒了日军，灭绝人性的日本法西斯向我们营发射了窒息性毒气弹，全营官兵来不及防备，绝大部分人来不及喊出声来，就失去了知觉，昏了过去。唐涛与李灏在失去知觉之前，只看见前面一排戴着防毒面具的白晃晃的日军防化兵向他们冲来，以后就什么都不知道了。

三

当他们醒过来的时候，已经被囚禁在日军战俘营，全营没有战死的九十多名官兵都被送到集中营。集中营其实就像牛棚、羊圈，关押着中央军、八路军、地方军、游击队等战俘，还分男女战俘营房。四周铁丝网密布，看守严密。集中营里的日军最高长官是一个四十来岁，戴着眼镜，十分讲究穿着，军装笔挺，表面上文质彬彬，骨子里浸透着武士道精神、军国主义思想的人，名叫田信的大佐。他是一个连杀人脸上都带着微笑的家伙，此人从青年时期就跟随父母生活在东北，读过不少中国古典书籍，算是半个中国通，而且是个篮球迷。他对待逃跑的战俘，轻则用铁锤把膝盖骨敲碎，用铁丝穿透战俘的手掌心，把战俘们串了起来，重则枪毙、杀头。日军杀人的办法很多，直教人毛骨悚然，把一根大竹子弯下来，把人头捆在竹干的末端，用大刀砍下人头，竹子同时伸直弹起，一颗血淋淋的人头已经挂在竹干上，这刑罚叫“摆头”。他们杀人无不用其极，把战俘营变成阴森森的地狱，无非是要从精神上恐吓击倒战俘，成其任由摆布的木偶。战俘们暗地里把刽子手田信大佐叫为“眼镜蛇”。

战俘营的生活异常艰苦，天刚破晓就起床，被押去挖战壕，修碉堡，筑公路，吃的是发霉的大米饭和地瓜粥。稍不留意，就遭鞭打，一有抵抗，就被枪毙。睡觉的篷棚长了许多虱子，半个月才能下河洗一次澡。“眼镜蛇”特别喜爱篮球，每周都由战俘们进行一次比赛，每场比赛“眼镜蛇”都到场观看，结束后奖励洗一次澡，会打篮球的战俘都争先恐后参加比赛，是战俘生活最放松的时候。唐涛的篮球技术超群，有他这个中锋在场带领球队，打得很精彩。“眼镜蛇”也似乎对唐涛另眼相看，对他的态度比别的战俘好了许多，全战俘营的人都称唐涛为“中锋”。

在一次篮球比赛结束后，唐涛和他的球队伙伴们被日本兵押到河边洗澡，不经意中听见有人说：“你们看，女战俘在河的对岸洗衣服。”唐涛抬头一看，一个熟悉高挑的身影涌现在距离七八米小河对岸。他抹了一把脸上的汗水，定神再看，是黄晶，日夜思念，牵肠挂肚的情人就在眼前。正当唐涛不知所措时，黄晶也似乎有所感应，目光呆呆地盯着唐涛，顷刻，她不由自主地眼泪像断线的雨水，“哗哗”地滑下来，唐涛侧耳可以听见她的抽泣声，这低沉啜泣声对唐涛是揪心揪肺的，心里掀起一阵阵的疼痛，痛得他眼泪也不自觉地直往下掉。“男人有泪不轻弹，只因未到伤心处”，两对眼睛泪眼蒙眬就这样对视着。世界上的一切在两人的心坎里都静止了，身后传来战友们的唏嘘声，他也没听到，日本兵的吆喝声他更是听不见。半晌，日本兵用枪托打了他的后背，他也麻木地感觉不到痛，只知心头痛，这时他伸开双臂，向黄晶比了一个拥抱的动作。黄晶顿时也清醒过来，慢慢张开双手，向唐涛回敬了同样的动作。其实不用真实拥抱，两颗年轻的心已经早就紧紧贴在一起了，两人爱得太深沉厚重了。唐涛人泡在小河里，没有擦澡，只是一直用目光送走了心爱的人，他心里感觉黄晶依然像从前那么娇媚漂亮，只是消瘦了许多。

回到战俘营后，唐涛从一个中国伙夫那里打听到，黄晶和许多女战俘都是在前线医院掩护伤员撤退时被俘虏的。后来，在战俘营许多女战俘都受到日本鬼子的凌辱。黄晶因为长得超凡脱俗，无论多么残忍的刽子手，看到如此绝色美人都会心旌摇曳，“眼镜蛇”看中黄晶，别的日本鬼子不敢沾边。黄晶发誓，死不受辱，“眼镜蛇”若敢欺辱她，她将咬舌自尽。“眼镜蛇”一面心里发痒得难受，一朵亮丽的鲜花老在眼前晃来晃去，贼心不死；另一面又在人面前，装出一副斯文的脸孔，使用各种利诱胁迫手段均不得逞。

唐涛了解情况后，当天晚上辗转难眠，几天来变得沉默寡言，心中在寻求如何拯救心爱之人的良策。面对武装到牙齿，凶神恶煞般的日本兵，一群赤手空拳的战俘如何对付？此时如果能牺牲自己生命，能救出黄晶，也是心甘情愿的。

自从邂逅唐涛后，黄晶心中也翻江倒海，没想到他们俩的命运都是如此相同，她也在盘算如何救出唐涛，她心里明白，她最大的资本就是自己的身体，“眼镜蛇”不是对自己垂涎三尺吗？如果能救出心爱的人，豁出去了，牺牲自己的身体，再与“眼镜蛇”同归于尽或者自杀，也是值得的。

两人心里的愿望都随着一场惊心动魄的篮球比赛而灰飞烟灭。

初冬的一个下午，寒风徐徐袭来，太阳光显得苍白乏力，天气变得冷飕飕。“眼镜蛇”突然心血来潮，要与战俘进行一场篮球比赛，自己带队，挑选了身强力壮、自认球技好的日本兵。战俘这边由唐涛带队，挑选了李灏等有中央军、八路军组成篮球队员五名，还有四名替补队员。随着一声哨声，两队开始激烈地搏杀，只见打中锋的唐涛双脚轻盈起跳，双手轻柔一送，篮球就稳稳当当落入三米多高的篮筐中，赢得战俘们的阵阵喝彩和热烈掌声。战俘队界内勾手投篮、反手投篮、界外投球屡屡得分，而日本兵的领队“眼镜蛇”虽然打得很努力，无奈日本兵球技生疏，虽然打得脸红耳赤、满头大汗，才由“眼镜蛇”投进了两个球，不一会儿就打成战俘队得二十分，比日军队得四分的局面。观看的战俘们开始“呜呜”地喝倒彩，日本兵很没面子，接着日本兵打人、推人各种横蛮的违规接踵而来，开始战俘队忍住了，但是日本兵队越来越得寸进尺，蛮不讲理，殴打战俘队球员。唐涛用眼睛暗示战俘队员反击，赛场上出现混乱局势，接着赛场演变成双方球队的混战，打得难解难分，双方的许多人被打得鼻青脸肿，除了拳打脚踏外，还撕咬对方。战俘们虽然平时饿得脸带菜色，面黄肌瘦，但是此刻把心中的怒火向敌人倾泻在混战中。“眼镜蛇”的眼镜被打碎，变成紫黑的“熊猫眼”。球场旁的日本看守发呆了，端着机枪，就是不敢开火，等回过神来向空中鸣枪，集中营的很多日本兵迅速包抄过来……

参加混战的战俘们的命运可想而知，全部战俘队和替补队员九人被五花大绑了起来。

“眼镜蛇”咬牙切齿地暗算着，怎样狠狠收拾这批战俘队篮球队队员？枪毙最直接的，但是没有多少“技术含量”，不好玩。一个恶毒的“猫抓老鼠”的游戏在心里渐渐形成。猫抓到老鼠之后，不是立即咬死吃掉，而是慢慢地玩，把老鼠咬伤之后，转移到开阔地带，用前爪戏耍它，让它跑，然后，再扑上去用利爪抓住，反复几次，直弄得老鼠筋疲力尽，生不如死，最后再慢慢啃吃它。

第二天早上，天色灰蒙蒙，下着毛毛细雨，更增添了几分寒意。整个集中营吹响了集合号，一千多名男女战俘被集中在篮球场周边上。外层里层都布满了荷枪实弹的日本兵，戒备森严，如临大敌。唐涛、李灏等九名战俘篮球队员仍然被五花大绑捆押在球场中央，正值壮年需要热量的他们，一个个被饿得脸色苍白。“眼镜蛇”走到他们跟前，推一推新的眼镜，加上紫黑的眼眶，面目既滑稽可笑，又显得丑恶狰狞。他一个个地端详着战俘篮球队员，然后让日本兵给他们松绑，用半生不熟的汉语大声宣布，由于战俘篮球队在比赛中打伤了大日本皇军，伤害了皇军的尊严，本来统统要被枪毙，但是大日本皇军宽宏大量，今天将在这里进行一次“游戏”，然后宣布了所谓游戏的规则：

由中锋唐涛在罚球线外投球，每投进一个球，战俘篮球队其中一名球员就可以活下来，如果哪一个球没有投进，将有一名队员被枪杀，照此类推，直到将九个球投完为止。活下来和被枪杀的队员都由唐涛点名指定。此规则如不执行，九个人将在篮球场被立即当场处决。

这简直是强盗逻辑，连庄重的体育比赛都受到亵渎，因而蒙羞。进入人家家里打人杀人的强盗是不会讲理的，我们是积贫积弱的国家，我们是俎上的肉，他们是俎上的刀，只能任人宰割。连杀人都把我们当猴子耍，当成嘻嘻哈哈的一台游戏来操纵。挑衅了生命的庄严和底线，从精神和肉体上折磨战俘，这是一种反人类罪。

此刻，篮球场上的九名战俘队员面面相觑，个个没有恐惧，只有愤怒。唐涛脸上的表情由愤怒转为微笑，由苍白变得很有精神。他心里明白，本来就没有打算活下来，就“眼镜蛇”的恶毒与残暴，九人都会被全部处死的。现在还有一线生机，他对自己的投篮技术心中有数，有一定信心。肯定有部分战友会获救，但是肯定也会有战友牺牲，不管是中央军，还是八路军，都是同胞，又感到刀剜般心痛，现在是考验自己心理素质的时候，为了挽救战友的生命，需要比任何时候都镇定，再镇定。

周边上千名战俘突然出现了一阵骚动，发出唏嘘的叹息声，谁都不忍心自己的战友、同胞被戏弄，被枪杀。

站在女战俘队前排的黄晶，见此情景，心提到嗓子上，心里充满慌张和忐忑不安，没想到她与唐涛再见会是这样一种局面。她的心在淙淙地滴血，无论是哪种结局，爱人与战友的生死都会让她心如刀绞。现在，她想到的是与心爱的人站在一起，给他力量，哪怕是死在一起也是甘心情愿的，也践履了两人的誓言。

黄晶突然冲破日本看守的阻拦，迅速向球场中间的唐涛飞奔而去，边跑边喊："唐涛，难道你忘了，我们生死都要在一起。"唐涛惊呆了，在场所有人的眼睛都聚焦在她的身上，也都惊呆了，不知所措。

唐涛瞬间反应过来，打了个寒噤，随即痛心疾首地高声大喊："黄晶，你别过来！"

日本看守把枪口对准黄晶，已经拉开枪栓，打开保险，眼看就要扣动扳机，但被"眼镜蛇"用手势制止了。"眼镜蛇"心里"嘿嘿"几声，我的游戏尚未开场，又来了一个送死的，虽然内心上对黄晶有几分悻悻，贼心不死，其实心里也只是把她当成玩物。既然她来了，那一定是更好玩，看你们一对情人怎样面对生死！

黄晶迅跑到唐涛身边，唐涛用深情痛惜的目光盯着她，两人紧紧相拥着。众位战俘队员摇头叹息，不忍相视。

"眼镜蛇"皮笑肉不笑地立刻大声嚷道："欢迎黄晶小姐的加入。"这样加上黄晶这个编外队员，战俘队一共十个人。

唐涛拿到日本兵递过来的篮球，站到了球场的罚球线外，身后不远处，他的情人和战俘队员站成一排。多少只眼睛紧紧地盯着他，周边上千名战俘心里忐忑不安。

就在此时，"眼镜蛇"又推了推眼镜，狡诈地宣布，唐涛必须先做五十个俯卧撑的"赛前健身运动"，唐涛和战俘队员气愤地辩解，"眼镜蛇"大声说："如不执行，十个人立刻死啦死啦的。"

“眼镜蛇”想用这种办法先从精神上折磨摧垮战俘，唐涛他们已经两餐没吃饭，再加五十个俯卧撑，不搞得你筋疲力尽才见鬼呢！“嘿嘿，看你还有多少力气来投篮？”然后按游戏规则玩的是“自相残杀”的游戏，“眼镜蛇”心里盘算着。这一招，何其毒也。全场所有的战友都愤愤不平，攥紧了拳头。

唐涛没有办法，只有极不情愿地俯下身，开始做起俯卧撑。就平时而言，五十个俯卧撑对唐涛这个身强力壮的小伙子不算什么，但是今天他心里特别沉重，他需要留下力气来拯救战友和情人的生命啊！当唐涛做完第五十个俯卧撑的时候，已经脸色苍白，汗水淋漓。

考验唐涛球技和心理素质的关键时候到了，唐涛站在罚球线外开始投球，每一个球都连着一条活生生的生命呀！

无论是唐涛身后的恋人和战友，还是站在球场周边的上千名战俘，大家都屏住呼吸，睁大眼睛盯着唐涛的一举一动。整个球场鸦雀无声，安静得出奇。“眼镜蛇”和日本兵们看到这样的情景，幸灾乐祸，心里舒服极了。只见唐涛不慌不忙，忘记了饥饿和疲劳，镇定自如，像以往参加过无数次比赛一样，把球往地上拍了两下，轻轻地起身一跳，把球投进了篮筐里。球场立刻爆发出短暂的雷鸣般的掌声。

第一个球、第二个球、第三个球，接连进球，球场出现狂热的欢呼声……

第四个球在篮筐上飞快地转了一圈，终于弹出了圈外，战俘们都不自觉“啊”了一声，这悲恸的声音像一道闪电，穿透了空中，也不亚于从天上掉下一颗重磅炸弹。唐涛的心阵阵收紧，痛得在流血。身后传来队友的低沉唏嘘声。“眼镜蛇”的脸上顿时堆满了阴险的微笑，嘴巴半张开，嘴角微微翘起，笑得很难看。此时，站在身后的李灏和战友们都担心唐涛受此打击，心神不定。李灏大喊：“中锋，我们信任你，沉住气，拼了！”黄晶和战友们附和着大嚷："我们信任你，拼了。"战友们的鼓励，使唐涛缓过神，又马上镇定下来。此时，"眼镜蛇"又开始要新花招了，他走到球场中央，推了推眼镜，狡黠地说："唐涛，你先定下一个死啦死啦的，三个能活下来的人，再继续投球。"

唐涛没想到"眼镜蛇"用这么恶毒的一招来击溃他的精神世界，把他的心撕成两半，让他再无法集中精力投球，挽救其他战友的生命。唐涛被迫来到战友和恋人面前，沉思了一会儿，他点了活下来的两个八路战士，还有一个最年轻的中央军战士。战友们都清楚，考验自己的时候到了，一个争先恐后地指着自己说："我来吧！"唐涛不予理会，果断的指指自己，对"眼镜蛇"说："球是我投的，该枪毙的是我。""眼镜蛇"也没想到唐涛出这么一招，他想着，一个要把自己送上断头台的人，背负着沉重的十字架，能投好球吗？心里哼了一声，他不相信唐涛的精神是铁打的，会摧不垮、捶不烂。随即答应了唐涛，并说等你投完球再执行。战友们知道再争执也没用，含着眼泪向他投去敬佩的目光，而黄晶忍不住了，低声啜泣……

唐涛早已把生命置之度外，心里好像得到了一种彻底解脱，放下包袱，如释重负。为了挽救战友的生命，决不允许自己再有半点闪失，他全神贯注，继续投球。

不知是唐涛竭尽年轻的所有精力，用尽了生命的所有能量，还是上帝的辅佐，第五个球至第九个球他全部准确送入篮筐中，把战友们和日本鬼子的眼睛都看呆了，看花了，搞蒙了。

第十个球，生命的力量已发挥到极致，唐涛的手稍为一颤，球没有投进，跑出了筐外。

全场一片寂静，只听见寒风吹着地上落叶"嗖嗖"的响声，两个日本兵押着唐涛来到战俘篮球队员面前，突然，李灏力竭声嘶地喊道："失球算我的，中锋，我们一起上路吧！"唐涛来不及反应，黄晶霎时冲出队伍，紧紧抱住唐涛，两个人相拥着，"涛，没有你，我会活不下去的，能跟你死在一起，我感到很幸福！”此时，黄晶没有眼泪，眼睛显得格外澄明漂亮，像平时一样，悄悄地在他耳边说着。唐涛怎么忍心看着心爱的人跟自己一起去死呢？但是他看看后面的八张战友熟悉的面孔，没有贪生怕死的胆小鬼，战俘队员又开始嚷嚷，每个人都争着情愿赴死，唐涛感到黄晶身上都是流着华侨贵族的鲜血，使命感油然而生，应该勇敢面对死亡，我不下地狱，谁下地狱。“人生自古谁无死，留取丹心照汗青”，两人能够先走一步，为这些生死与共的战友献身是值得的、神圣的、高贵的、光荣的。

唐涛牵着黄晶的手向所有战友鞠了一个躬，两人用鄙视的眼光扫了一下“眼镜蛇”，抬起高傲的头向篮球场外走去……

此时，“眼镜蛇”的心像被电触了一下，震动了，在钢铁般的坚强生命意志和伟大民族的面前，他由衷地感到了孤独和自卑，望着两人昂首阔步的背影，他知道他精心设计的“生命游戏”已经彻底失败了。

一会儿，篮球场外传来了罪恶的枪声，英雄的灵魂飘扬于篮球场上，日本法西斯分子会因此而蒙羞。

上千名战俘立刻肃立，上千双眼睛“唰”的一下齐聚焦在球场外的方向，沉重地举起了右手，行了一个庄严的军礼。

所有在场的日本兵在“眼镜蛇”的带领下，也立正向英雄牺牲的方向，虔诚深深地鞠躬，低下不可饶恕的头。

此刻天空，由刚才下着蒙蒙细雨变成倾盆大雨，瓢泼而下，好像在为英雄哭泣。

作品发表于《散文选刊》2015年第1期。

生活素描三题

心灵的对话

清晨，一缕阳光柔和地照射在公路旁的绿树上，凉风徐徐轻拂。大余今天的心情特别舒畅，哼着歌儿，开着崭新的宝马车在路上奔跑。在转入一条乡村道路时，一不小心碰到了一位老人。大余赶紧刹车，打开车门，飞快跑到老人身旁。

只见老人满脸皱纹，穿着发黄的旧衬衣，躺在路旁，“伤着了吗？伤到哪里了？”大余蹲下身子急忙问，“轻轻碰了一下，好像没多大问题。”老人边答边动了动身体，蠕动四肢。须臾又答道：“没事！”“没问题，那我走了？”大余已经站了起来。“你走吧！”老人毫不犹豫地回答。

大余回到车上，“吱吱”启动了车辆引擎，不一会儿又熄火了，不放心重新回到老人身旁说：“你坐起来让我看看？”“岁数大了，就是睡在床上翻身也得时间。”老人侧身试了两次，终于坐了起来。

大余赶紧帮老人拍了拍身上的尘土，“真的没事吗？你站起来让我看看。”大余下意识地准备把老人扶起来，就这时，刚好几个村民路过，他们围了过来。“老叔公，你让车给撞了，赶紧让他送你上医院。”一位伶牙俐齿的小媳妇说。显然，老人就住在附近村庄，与他们是同一个村的。老人还没吭声，又有一位壮年的村民看了看车说："先把车扣下，押一笔钱再说。"村民七嘴八舌议论起来。

老人一下子站了起来，拍几下屁股上的灰尘，"没什么事，你走吧！"老人不管村民怎样说，祥和的眼光盯着大余。

"你走几步路试试看？"大余的眼光上下扫着老人的身体。

老人慢慢地站了起来，迈开了腿，来回踱了十来步，边走边说："跟你说，没伤着，真的没事。"

老人又对村民们说："你们去忙吧。"村民们见此情景，都放心地走开了。

目送村民走了后，大余认真打量着善良的老人说："你真傻，看你就是穷老头，可你心地善良，你说你伤着了，不上医院我也会给你一笔钱，可以帮帮你的生活呀！况且村民们都帮你说话了。"

"你更傻，看你的长相和豪车，非富即贵，刚才没人的时候就完全可以开车走人，而你很有爱心，你没走人。俺人穷可不能志短，不能唬人诈人呀！"

富人与穷人两双手紧紧地握在了一起。两颗金子般的心撞击得叮当响。

母爱的温度

仲夏，公交车上像个闷罐头，乘客拥挤，人头攒动，空气中流动着一股汗酸味。

从车里后排的座位上传来了一阵阵男婴脆响的啼哭声，开始是"嘤嘤……"，接着"呜呜……"，越来越响亮。哭声使本来闷热的人们增添几分烦躁，与车的节奏很不协调。过了半晌，那抱着婴儿的二十来岁，穿着粉红衬衣的母亲转过身去，背着人群揉了揉并不饱满的奶子，把奶头塞在婴儿的嘴里，整个车厢立刻消停了下来。不一会儿，小家伙又大哭起来，母亲又迅速从背包里拿出了奶瓶，塞在小家伙的嘴里，调皮的小家伙吸了两口又不吃了，虽然哭声没刚才响亮，但车里又恢复了喧闹与心躁。

公交车大约走了十来分钟，又上来一位约三十来岁穿白衬衣的母亲，手里抱着一个女婴。后排座上有两位学生模样的男青年赶快让了座。“谢谢啦!”母亲颔着笑脸说，她长得很清秀，举手投足之间透出精干，怀里的女婴显然睡得很甜蜜。

两位母亲并列坐在了一起。男婴还在母亲的怀里继续哭，大概是哭累了，声音变得有点细细而沙哑。

“孩子怎么啦？听哭声好像饿了还是生病了？”“我的奶水不足，不够吃，不知怎么，今天喂他牛奶老是不吃。”一位母亲开始关心另一位母亲。“来，让阿姨抱抱!”白衬衣母亲与粉红衬衣母亲互相交换了婴儿。

“宝宝乖，让阿姨看看。”白衬衣母亲边说边侧过身去，轻轻地揉揉丰满的大奶子，顶上男婴的嘴，男婴闻到了奶香，拼命地大口大口吮吸起来。“怎么好意思呢?”粉红衬衣母亲内心充满感激与歉意。“没什么，我的奶水胀得很。”白衬衣母亲压低声音说。

一会儿，吃饱了的男婴睁着亮亮的大眼睛笑着看着陌生的母亲，样子十分可爱。

红衬衣怀里的女婴不知是闻着母亲的味道不对劲，还是其他什么原因，突然醒过来，且大声哭起来。两位母亲又换回了自己手里的婴儿。

说来也奇怪，女婴到了自己的母亲手里，霎时，不但不哭了，而且绽放出甜美的笑容。

婴儿对着婴儿眯眯笑。

母亲看着母亲清脆的笑声传遍了车厢。

一阵清风吹进车里，让人精神抖擞，公交车载满着幸福向前疾驰。

温柔的力量

列车风驰电掣地向前飞奔着，快到晌午，突然放缓速度，“哐当”一声，列车停下来，中途到站，旅客鱼贯上下车，就像生命驿站，有人争着上车，有人顺其自然地下车。

在硬卧第三包厢里，上来一男一女两位穿着时髦，正值青春韶华的旅客，占据了下铺两个床位。高挑强壮的男子一进门，满脸乌云密布，把行李往地上狠狠一摔，呆呆坐在床上，一声不吭，一副气鼓鼓的样子。苗条靓丽的女子面带微笑，腾放好行李，利索地收拾好自己的床铺，在男子的床铺上坐了下来。一看就知道是一对刚刚吵完架的夫妻。

女子转过去，脸蛋几乎贴在男子的肩膀上，局促的呼吸声温热地传导到他的耳根，她带着一脸的灿烂阳光，显然有意识给男人赔不是。男子依然是绷紧脸蛋，肌肉收缩，气头正盛。女子轻轻用兰花手指尖轻轻从他的头上捡起什么东西，好像是一根细细的纱线，男子把头一甩，仍然把“愤愤不平”写在脸上，不依不饶。

女人正表达真诚的歉意。男人把身子放倒在被子上，女人挪了挪身子更加靠近男人，用手轻轻给男人扭捏肩膀，这会男人没有甩开。一会儿，男人脸上阴转多云，肌肉放松，变得十分呆板，女子依然面带春风，脸儿显得更加姣好，用会说话的漂亮眼睛盯着男人，男人悄悄地把眼光挪开。

女人正用温柔这把软刀子轻轻地挑开两人的心结。

须臾，男人又坐了起来，与女人肩并肩，但是没有理会女人。女人看了看车厢里的乘客，乘大家不注意的时候，悄悄地一闪，偷偷亲吻了一下男人的脸颊。男人下意识用手摸了一下脸庞，脸上开始阴转晴，眼睛变得柔和明亮，富有生气。

女人的温柔化解了男人心中的坚冰。

女人又用右手轻轻地挽起了男人的手臂，这回男人想甩开，但是没力气，任由女人挽着。过一会儿，女人又用右手去握男人的手，男人也用手握住了女人的手，女人笑了，男人的脸上也呈现了一缕阳光。

女人的温柔就是清风明月。

“我饿了，到餐厅吃饭吧！”女人终于开口了。“您想吃什么菜？”男人关怀备至地问。两人手挽手走出包厢，女人不知在男人的耳旁悄悄地说些什么，但是身后却扔下一串串欢乐的笑声。

作品发表于《韩江》2015年第3期。

时光匆匆

时光在历史中匆匆流过，历史积聚了漫长时光。时光可以改变一切，时间变化了空间，沧海桑田留下它匆匆的脚步，朝代的更迭写下了它点点斑斑的痕迹，生产方式的飞跃，记录下它的印记。时光如江河气势磅礴奔向大海，不可阻挡。星辰运转，日月更替，昼夜不休，不知道寒来暑往多少个轮回，谁也记不清。

时光就在你的身边，如影随形陪伴着你，稍纵即逝。时光匆匆，我们也匆匆。走路时，它从你的脚底下溜过，乘车时它从你的车轮下跑过，工作时它从你的身边流过，睡觉时它从你的梦中飞走。世上没有长开不败的花，也没有长盛不衰的青春。我们谁都曾经年轻过，可是时光毫不留情，它悄悄爬上你的脸，变成了深深浅浅的皱纹；它爬上了你的头，根根白发便飘出来了；它爬上了你的身体，高大挺拔的身躯开始变得佝偻。十六岁时，我们意气风发，斗志昂扬，显得青涩幼稚，不知天高地厚，以为前进的坦途铺满阳光。到了六十岁时，我们已太成熟了，经历了多少风雨，爬过了多少高山峻岭，看破了多少红尘，老于世故，过于圆滑，然而也懂得生活的真谛。每个人幼年的时光属于父母，青少年的时光属于学校，中青年的时光给了社会，老年人的时光还给了自己，那才是自己真正拥有的时光，雅称秋光。这时应该好好梳理人生，做属于自己愿意做又有益于社会的事，享受天伦之乐。

“落花有意，流水无情”。时光的长河浩浩荡荡，滚滚而去，我们只不过是一匆匆过客，人生几十年弹指一挥间，短得你在回忆少年时光，往事历历在目，短得触目惊心，过去的日子如云雾，被大风吹散了，像朝露被太阳蒸发了，一去不复返。我们珍惜时光，热爱时光，也憎恨时光，有如坐在两岸，看着时光的河流匆匆而过，任凭青春在一天天消失，生命在一分一秒减少，只能感到惊讶、惋惜、沮丧，谁也奈何不了。纵有倾国之权，也无法阻止，举世之富，也无法买回，让时光停步和倒流。该远去的依然远去，该苍老的依然苍老。自然规律谁也无法逃避，谁也无法违背。

生命的目的地在哪里，是死亡吗？生是为了死，只等待死神敲门的那一刻，那活着又有什么意思呢？生命是一个历程，就像旅行，往往沿途的景色比目的地更风光，更漂亮；就像花朵，开始露出一点嫩嫩的笋苗，然后结蕊，含苞待放，到初开，盛开，凋谢，人们欣赏它就是这么一个过程。人的生命过程，有的像天上的流星，一划而过；有的虽然像流星，但没有燃烧殆尽，它还剩下一块陨石，留下斑斑痕迹；有的像恒星，人死了，精神尚在，永远闪烁光芒。

在匆匆的生命时光中，我们又该怎么办呢？人活着要活出尊严。尊严是做人的底气，是人的精气神，尊严是生命之柱，是人们活着的支撑点，是高度的自尊心。尊严是一种人格的平等。赛棋场上的规则是，不论棋手的身份、高低贵贱，互不让棋，一律平等。人的贫富、权位高低那只是说明你的社会地位和作用，人格的尊严是等同的。人活着就要有信仰。信仰是每个人心中的灵魂，是生命之泉。如果社会信仰缺失，人将会活得浑浑噩噩，失去生命的航标。信仰是一种崇高精神，使生命蓄满力量，充满生机，更具价值。生命的意义不在于活着时间的长短，重要的是为什么活着。人活着就要活得有希望，生命有了希望，就不会茫然。希望产生了追求，有梦想，生活才会变得有滋有味。希望就像火种，点亮了生命之光。生命的激情才能喷发，青春才能燃烧，生活才能充满阳光。总之，时光像晨钟暮鼓，在警醒每一个活着的生命。

生命是一个轮回，生生不息。春夏秋冬的轮换，变幻无穷，秋风乍起，叶子枯黄了，花儿凋谢了，化作春泥更护花。春蚕破茧而出，化作美丽蝴蝶舞翩翩；蝉儿蜕壳了，张开翅膀漫天飞翔；母树枯萎了，子树的新苗便生机勃勃长了出来。一个新生婴儿的呱呱坠地，意味着老的生命将不再年轻，脸上没有皱纹的祖母、头上没有白发的爷爷是可怕的。向天再借五百年，人如果能活到五百岁，那肯定是变成了“老妖精”。新陈代谢，“物质不灭”，从这个意义上说，人死了，一种生命形式代替了另一种生命形式，基因还在，薪火相传，灵魂不灭。

生命沿着时光的轨迹前进，螺旋式地上升，使人类不断进化，优胜劣汰，社会应变顺变，更新发展，永无止境。

时光就是生命，生命就是时光。世上最令人扼腕叹息、最不可忽视仍然是时光。时光最长又最短，最快又最慢，最远又最近，最贫贱又最高贵，最平凡又最伟大。亲爱的，让我们好好的珍惜它吧！

作品发表于《韩江》2012年第4期。

花 絮

六 月 雪

仲夏之夜，一轮玉盘高悬天上，繁星点点，月色如水，洒满大地。茂绿丛中，六月雪——白花如雪，小小花儿缀满枝头，缕缕清香静静袭来，浸入心肺，其香气没有茉莉花浓馥，没有夜来香招摇，也没有桂花媚俗，满庭院飘荡着野性的、青草味道的奇香。

六月雪，这熟悉又陌生的淡淡奇香带着我的思绪飞驰，它伴着我走过艰苦的青春岁月，它漫山遍野地开着，萌发力特强，不分高低贵贱，到处张扬地开着漫天白雪。在军营里，它伴着我度过摸爬滚打、站岗放哨的军人生活。在前方战事吃紧的时候，它伴随着我日日夜夜搬运军需物资，淡淡花香刺激着我疲劳的神经，舒缓了紧张的生活。同样，在雪白的病房旁，它倔强地疯长着，飘动着野性的香气让我度过了的疗伤的日子，我和它结下了不解之缘，深厚的情愫，至今仍难以忘怀。

谁说六月不下雪。那年的六月，我与友人去看青海湖，第一次领略了高原变幻无常的气候，途中，六月天，阴霾的天空竟然飞舞着片片雪花，原野上一派白雪皑皑。不知深浅的我，还穿着短袖上衣，在汽车里冻得直打哆嗦，这里与南方的烈日炎炎形成了冰火两重天。这飘飘雪花不知怎的让我联想起六月雪的香气，心里莫名产生了几分慰藉，我真正感悟到祖国幅员的辽阔、自然界的变幻无穷。到了青海湖，我租了一件带着污垢的军大衣穿上，像青海湖里的候鸟一样，把脖子畏缩在大衣里，蜷缩着抵抗着六月雪的严寒……哦，六月雪。

许多年前，也是六月的一个黄昏，我在瑞士阿尔卑斯雪山下的一家小酒馆里，昏暗的灯光下，到处都可以闻到淡淡的古龙香水味，壁炉上的火苗红中带蓝，发出噼啪的响声，温暖如春。坐在餐桌旁，望着室外山风夹着片片雪花，呼啸着疯狂飞舞，扑打着酒馆的玻璃窗，这里是盛夏里的冬天，好一场六月雪。一位断臂的洋人服务生，面带微笑为我端来一小杯红酒，一盘热气腾腾的牛排，喝着小酒，嚼着牛排，我心里惬意极了。一位长得一双蓝汪汪的大眼睛、高鼻梁、皮肤白皙如瓷的姑娘坐在轮椅上，开始收拾餐桌上的盘盘碟碟，见我在看她，她笑着对我点点头。不知怎的，我老想起姑娘的脸蛋像一家出口企业的洋娃娃。这是残疾人餐馆，据说当地政府对这样的餐馆全部免税，还有补贴。更重要的是他们热情洋溢、一丝不苟的工作态度感染了我，我想阿尔卑斯的六月雪挡不住他们像南方六月盛夏似的火热之心，为活得更有滋味、更有质量、更有尊严而抗争、向上的精神值得敬佩。

当你呼唤“六月雪”的时候，一定会联想起“窦娥冤”，其冤情惊天动地，连老天爷都为其鸣不平，六月竟飘起漫天大雪，沉重得让人抬不起、搬不动，应了“天怒人怨”这句话。善良的人们总是以“天谴”寄托情怀，我深深吮吸着六月雪的香气，竟发起古人的忧思，我更深层次地领悟着六月雪的花为什么白得那样晶莹。

文殊兰

带着禅气的名字——文殊兰。它的叶子绿得像波浪起伏的大海，花蕊清丽纯洁，淡妆素面，亭亭玉立，像端庄的妙龄少女，淡雅飘逸，丝丝条条缕缕的兰花，伸缩自如，开出白色或粉红色的花蕊，大方质朴，气定神闲，质地高贵，弥漫灵气。它散发出令人愉悦的淡淡香气，在野外，它引人入胜，为大自然增添秀色，在屋里，它满室生香，排遣了人们的忧思愁闷，拂去了人们的心灵尘埃。

文殊兰更多地让人们自然想起了端坐在狮子座上，神情端庄，古往今来为善男信女顶礼膜拜的文殊菩萨。

传说公元前六世纪，文殊菩萨的出生方式也和释迦牟尼一样，调皮地从娘的右肋钻出来到世上，一降生，身体呈紫金色，落地就能说话，如天童子，有七宝盖覆其身，降福于人间。

文殊菩萨是智慧的化身，尊号为“大智文殊利师菩萨”。智慧辩才第一，我国著名佛教圣地五台山就是文殊菩萨显灵说法的道场。

文殊菩萨的尊像，头上梳有五个髻子，左手执莲花经书，右手持宝剑，骑在猛狮身上。头上的五髻既表示了童子的天真，又表示了法界体性智、大圆镜智、平等性智、妙观察智、成所作智等五种智慧。左手执莲花，花上安放《般若经》，右手持宝剑，则显示大智能斩断尘世上一切烦恼之根，文殊菩萨所骑的那头狮子，更象征智慧的勇猛。

如果文殊菩萨没有一颗赤诚、芬芳、高洁的心，他会在人间播种智慧吗？用慧眼兰心形容文殊菩萨非常恰切。因此，人们将这种美丽的兰花称为文殊兰。

人们智慧的开启就是觉悟，有了大觉悟才有大智慧，人类的所有竞争，本质上就是智力的竞争。正如古希腊谚语所说的那样，从智慧的土壤中生出三片绿叶，一片好的思想，一片好的语言，一片好的行为。

文殊兰还有一雅称：十八学士。如果将文殊兰喻为追求知识的莘莘学子，那么，人们则塑造了文殊菩萨这人间智慧的偶像，两者互相联系，互为作用，教诲引导人乘坐知识之舟，为了共同目标——划向智慧的彼岸。

也许文殊兰沾上了文殊菩萨的灵气，像文殊菩萨一样高贵、雅典、美丽、慧芬，为世人所喜爱。

太阳花

太阳花，它开在艳阳下，见太阳开花，粗犷豪放，迎接光明，拥抱阳光。它拥有顽强的生命力，种子极其细小，每棵花能结约八千多粒，播下种子，繁衍生命，果实丰硕。

它赤裸、灿烂、生动，花色丰富，有白、粉、黄、红、紫等色彩，颜色鲜艳，瓷质般光洁，绿油油的叶子，红彤彤、黄亮亮、白晶晶、紫莹莹的花朵，配上斑斓的花蕊，构成了一幅幅美的图案。

我们播种太阳花，收获阳光。它早、晚、阴天闭合，对阴霉不屑一顾，摒弃黑暗，追求光明。仔细观察，如果没有太阳，它们只收敛花瓣，但决不低头，直至生命最后一刻。因此，人们赞颂它的高贵品质。

太阳花啊！太阳花，它讲述了一个真实的故事。

汶川大地震，瞬间夺走了无数生命，也谱写了惊天地、泣鬼神的抗震救灾之歌。地震中，映秀镇一所小学校舍也难以幸免，成了一大片瓦砾，到处可以翻到残存的带血的书包、课本、铅笔盒、红领巾和残缺的肢体……天色灰暗，连续下着蒙蒙细雨，风中飘动着难闻的味道。腥风苦雨中，一个七八岁的小女孩，跟随抗震大军，天天哭着喊着姐姐的名字，用手扒着瓦砾堆，小手扒出了血，叔叔阿姨怎么劝都劝不住，拉都拉不走，就这样持续了七八天。最后，该救的人都救走了，能找到的尸体也埋了，就是没找到她姐姐。校舍的瓦砾堆也多次喷上了高浓度的消毒剂……

一个多月后，已到了六月下旬，烈日当空，部队和志愿者开始用大规模的挖掘机清理现场，用大卡车拉走瓦砾之时，不知什么时候，一棵植物在瓦砾中顽强地生出手指粗圆形的枝蔓，带着茸茸的细毛、嫩嫩的叶子，开出了几朵红彤彤的太阳花，红艳亮透的花瓣，簇拥着细细的黄色花蕊。人们正在惊叹它倔强生命力的时候，小女孩来了，望着它，带着呆滞眼光的脸上露出了一丝笑容。在大伙的帮助下，她小心翼翼地用那双小手扒呀扒，扒开瓦砾堆，一点点地、慢慢地把它连根挖了出来，用一块布把它包扎好，捧在手心上，望着它，好像看见她姐姐似的，一串眼泪从小脸上无声地滑落，在场的人无不动容落泪。她把太阳花带回安居棚门口栽了下来，寄托着无限哀思，她说，要好好细心地呵护它，天天看着它成长。

太阳花，生命之花。它奋力从瓦砾堆贫瘠的土壤中斜生而出，它藐视黑暗，不怕挫折，永远向着太阳。这种大无畏的秉性，鼓舞了人们的意志，走出不幸，扫除阴霾，医治好心灵的创伤，让幸福的阳光重新回到人们的脸上，使世界充满新的希望。

作品发表于入选《2011年中国散文诗选集》、《粤海散文》2011年第1期、《韩江》2009年第3期、《散文选刊》2015年第1期。

说男道女

一

男人阳刚，女人阴柔，刚柔相济，构成了协调和谐的世界。

男人是山，女人是水，高山流水奏出了琴瑟和鸣之声，绘出了最美的画幅。

男人似风，女人似雨，风雨同舟，患难与共。

男人是天，女人是云，蓝天白云，景色和美，空气新鲜醉人。

男人是太阳，女人是月亮，日月同辉，光照大地。

男人像大海，女人像江湖，百川归海，融为一体。

男人是夏天——热情似火，女人是春天——生机勃发；男人是冬天——冷酷无情，女人是秋天——横扫落叶。

男人的一半是女人，女人的一半是男人，造物主公平合理。男人是泥捏的，女人是水做的，清从浊生，浊自清来，谁能分清？

二

全天下要没了女人，男人不成了乏味的“圣人”，男人活着干什么？正因为有了女人才有了色彩和生机，男人才成为凡夫俗子。

亲密的男女朋友，应该没有多少能维护纯洁友情的，哪有干柴见烈火不燃烧的？哪有野猫子不吃腥的？不信，你试试看！

天下的太监有两种人：一种是丧失性功能，只有性欲望的奴才；另一种是被阉割了的精神奴才，没有骨头，摇尾乞怜，成了十足的走狗。

男人吻女人不外有四种情形：一是想吻，又不敢吻的；二是想吻，又能热烈吻到的；三是根本不想吻的；四是“无手之抚，无唇之吻”，空有想象的。

有个生意成功的男士向我诉苦，一生辛苦挣的钱都被女人拿走：一是孝敬母亲、二是给了老婆、三是给了小情人、四是进了女人成堆的高消费场所，反正钱都是进了女人腰包。

男人有钱可以买到性生活，但买不到爱情，爱没有几斤几两可衡量，但是，当今的男人如果没有钱，也很难得到爱，女人对男人的爱不会当成“海市蜃楼”，不能拿爱当饭吃。

世界上所有雌性动物都喜欢雄物动物长得高大威猛，这是雌性不变的择偶规律。人也如此，不然，为什么女人总喜欢高个子男人，把一点七米以下的男人贬为“废品”？

有本事的男人追女人不要一味地热烈，大献殷勤，反而适得其反。要让女人像走在葡萄架下，想吃又够不着，这样效果更佳。不然，女人会把你当成“贱骨头”而抛弃。

三

女人娇嗔地对男人说：你这人好坏呀，好好坏呀！其实是说你这男人好呀，好好呀！女人说男人：你好讨厌呀！就是说你好可爱呀！千万要听懂这弦外之音，这是女人对男人的赞赏、褒奖，包含反语、娇羞、含蓄。

漂亮女人的头是用磁性材料做的，特别具有吸引力，而男人的头给戴上了铁做的“紧箍咒”，要不然，为什么漂亮的女人走在街上，男人的回头率那么高？

女人爱逛化妆店，爱逛商场，这是爱美的天性所决定的。有甚者当今时髦的女郎爱进美容院，为了美不怕挨刀、破皮、割肉。隆鼻、隆胸、割双眼皮、去赘肉……哪怕动大小手术，伤筋动骨，费用昂贵，在所不惜，归根结底，为了争艳斗媚，因为美是女人的本钱。再细想，还不是为了臭男人，“女为悦己者容”，女人的美最主要是让男人欣赏、赞美、惊叹、喜欢的。如果世界上没了男人，女人就是变成丑八怪也无妨。女人这种勇于自我牺牲的精神是值得赞赏的。

美丽的女人好办事，面子比公章大，这一点，常常使男人愤愤不平。其实，始作俑者，正是男人的痴心，为女人提供方便恰恰是男人自己。

女人是感性动物，她们会把幸福押在一生一世对男人的爱上，真爱起来，如痴如醉，聪明的女人也会变得一塌糊涂，一旦嫉妒起来，也一发不可收拾。

处女是圣洁的，古代祭神总要把美丽的处女献出去，而现代处女已成为“珍稀动物”，新婚之夜的处女已不多见了。这要归罪于人心不古，世风日下。君不见到处都张贴着修补处女膜的广告，连处女都可以作假，还留下多少东西是真的？

男女平等，女人啊，千万别当真。不容置疑，女能人、女强人确实层出不穷，冷静思考，在财富和权力巅峰上，女性的比重到底占据多少？打鸣报晓的是公鸡，不会是母鸡。这是性别生理、心理、意识、社会、历史等复杂的原因构成的。

四

爱情需要多种色彩，不同的色调反映了不同的爱情。

绿色的爱情：少男少女生气勃勃，青春靓丽。少男钟情，少女怀春，爱情热烈又浪漫，心灵的撞击强烈又甜蜜，情窦初开，充满生命的活力和青春的冲动。不过，仔细咀嚼，感情不免带着橄榄绿的青涩味道，易聚也易散，来时匆匆去也匆匆。

红色的爱情：红彤彤，招摇着血性的热烈的红，成熟而又芳香的爱情，男女是一炉熊熊燃烧的烈火，催发了生活和工作的原动力，双方共享着家庭的温馨、充满奋斗的激情。

蓝色的爱情：这种爱情宁静、理性、安全。像天空一样澄澈透明的蓝，既表现了两情相悦，又体现了人性中平平淡淡才是真。男女间充满智慧，似乎一切都不温不火，有条不紊，在两人的生活中似乎无所谓的烦恼与争执，在阳光照耀下，生活明朗、清楚、和谐极了，散发爱情的淡淡幽香。

橙色的爱情：这是沉香的爱情。中老年男女之间已经没有年轻人那种爱情激荡，但是需要有爱情的雨露滋润，使生活充满阳光。曾经沧海，阅尽人间无数，对爱情的理解颇为理性深刻，弥珍爱惜。中老年爱怀旧，对年轻时的爱情念念不忘，萦绕于心。黄昏之恋，更像一杯陈酿老酒，越品味，味道越醇厚绵香。

紫色的爱情：男女越轨的爱情甜蜜而又苦涩，玫瑰美丽而又多刺，你情我愿，心潮澎湃，血脉偾张，感情激越，彩虹虽然绚丽，但非常短暂。纵然是两情相知相悦，但也不能相厮相守。不论是男女偷情、还是“黑市夫人”、“第三者”，毕竟没有“营业执照”，只能是“地下工作者”。世人的眼光是毒辣的，唾液也会淹死人。我们又把爱情禁锢在道德和既定秩序的囚笼里，除非你跳出婚姻的圈套，否则，轻者，心在滴血，伤痕累累，重者，四面楚歌，难以生存。谁也难以跳出中国传统的、世俗的“如来佛掌”。

作品发表于《韩江》2009年期刊。

独 活

芸芸众生，岂能独活；不能独活，又焉能置身于众生之中。

其实，独活是一种植物，一味中药，它生长于海拔一千四百米至一千六百米的高寒山区。春生苗叶如青麻，六月开花，枝条粗壮，花色微白，形态虚大，香气特异，为缩根性草本。

独活，亦称独摇草，一茎直上，得风不摇草，无风偏自动，一副活生生的顽皮杠头嘴脸。老百姓产生几分疼爱之意，欣欣然称其为独活，意思再明白不过，只配它自个活着。

独活，好一个鲜活的个性，身处自然界，又不被自然事物所左右，不依附、不盲从、不屈服，超凡脱俗，要活就活得明明白白，坦坦荡荡，潇潇洒洒，有点“天马行空，独来独往”的意思。任凭风吹草动，偏偏不理不睬，我自岿然不动，什么时候舒畅，独自摇曳，骨子里透出一股清高自大、舍我其谁的性格。

人生也是如此，独活是一种本领，一种生活态度，不问前身后世，不趋炎附势、奴颜婢膝，不慕荣华富贵，不为五斗米折腰，不屑功名利禄，只求活得自在，活得洒脱，活得痛快。

滔滔历史长河，大浪淘沙，几多风流人物沉浮其中，能成就一番大事业者，都不失拥有特立独行的个性。李白没有桀骜不驯的性格，哪来传世九百诗篇；华佗不坚持为曹操施行“开颅之术”，哪里招来杀身之祸；哥白尼不独立思索并创立“日心说”，就无法开启人们对宇宙的重新认识……

假如人类没有个性发展，历史就不能前进。竞争是人类社会发展永不枯竭的动力，只有独立的思考，独特的能力，独特的手段，出奇制胜，方能赢得竞争。

中国历朝历代的官制等级森严，庸官成了官制上的内伤。为了求得一个好的仕途，下级官员长年揣摩上级的意图，“唯上”、“服从”成为官场的准则，既要“听话”又得“能干”，才能获得上级的赏识。这样就从掩饰个性到渐渐丧失个性、泯灭个性，成为奴化权力的化身，有如一块充满棱角的石头，经过官场长久陶冶、磨炼，逐渐被磨得八面玲珑，成了官场的“不倒翁”，用唯命是从掩盖了自己的平庸，又用平庸掩饰了自己的无为。不作为的官员成了“混官”，只会贻误百姓。

独木难成林，但是“木秀于林，风必摧之”。一个人不依靠群体的力量固然难成大事，但是一个具有独立的创造力，出人头地，出类拔萃的人，在当今社会形态下，只要你鹤立鸡群，就有可能招来不必要的麻烦。人类的劣根性，妒忌心成了一些人的心魔，无端造谣，暗箭中伤，也往往使成功者躲闪不及，轻则遍体鳞伤，重则卧床不起。因此，外圆内方，高调做事，低调做人，成了耐人寻味的学问，当然也要精进人的道德修养。

无独有偶，世上还没有独不成偶的先例。佛规劝信徒“五戒”，不好色，那佛又从何生来？食色男女构成了五彩缤纷的世界。孔子说，食色性也。这不但是人类的本能，也是一切动物世界的本能。性是人类最古老也是最当代传宗接代的功能，也是人们孜孜不倦追求最大的人性快乐。男与女失去一偶，岂能独活？

独活，不等于孤独、孤立。任何单个生命都无法单独苟活于世。原始社会，由于生产力极其低下，为了抵御自然界灾害及其各种猛兽侵吞，群居生活成了生存的必要条件，人们均分猎物，也成了公社制度。以至封建社会、资本社会、现代社会，人与人之间关系如蜘蛛结网，成了一张纵横交错的大网络。就是现代大生产，分工越来越专业越细化，相互依存度越来越紧密，单个生命离群索居，焉能独活呢？

如果一个人能独活于世，那一定是佛、是仙、是神，一定不是人。

慎独，是儒家学说一个重要内涵，在独处时能谨慎不苟。“儒风五行，仁义礼智圣，诚于中，形于外，内外道德品行兼修慎独之辈”。慎独非常看重个人品行操守。这是儒家修养的最高境界。

不但要慎独，而且应慎众。人类社会容易产生心理学上称为“从众心理”，人云亦云，人行我行，丧失独立的思维能力，削弱自我控制能力，随波逐流。羊群中，领头羊不小心摔下了悬崖，后面的羊跟着一只只往下跳，形成群羊失足效应。面对邪事，一个人做起来有些顾忌，当众人在做，心理反倒踏实了，反正“法不责众”，人错我错，最终吃了大亏。此弊病根源在于独立见解和自主意识的缺失。元代学士许衡，有一次与众人外出，天气炎热，饥渴难忍，众人一哄而上，争摘路边无主梨子吃。许衡曰：梨无主，而我心有主。自己不为所动，把到嘴边的口水咽回去。这是慎众的典型代表之一，值得效仿。

独活为人们津津赞颂的精神，不但在于倔强的性格，作为中草药，连治病救人亦非同凡响。它是祛风通络的主药，可治风湿痹痛，止痛消炎，且有抗肿瘤作用。独活寄生汤是济世良药，好不厉害。还有更神奇的，对于医书上讲的吊睛脱垂病症，不必经历手术痛苦，只需取它若干，煎服效果甚佳，令人惊叹。

独活的处世哲学，就是启迪人们要活得有个性、有尊严、有底气，然而又默默无闻，不攀附，不标榜，不彰显，且能实现人生价值，挺直腰板，走自己的路。

作品发表于《作品》2011年第11期、《韩江》2011年期刊。

牛 颂

今年是中国农历的牛年，中国人对牛有着特殊深厚的情愫，感触牛的勤奋，赞颂牛的力量，敬仰牛的精神，寄予牛年的新希冀……

二十年前，意大利的大雕塑家德·莫迪卡精心创作了一头重六千三百斤、雄壮激昂、气宇非凡的大铜牛，置于纽约华尔街证券交易所门前，成为牛市的希望和华尔街的象征。

改革开放的先驱——深圳市的城市标志性雕塑拓荒牛，它躬着身子，一团团肌肉收紧，牛角向天，青筋暴突，血脉奔涌，牛脚前倾，作前冲状。象征着深圳人的创业精神，形态极为生动。

牛在中国被誉为神牛和镇水神兽。历史上李冰主修建的治水奇迹——都江堰就设立着仰天长啸的治水石牛；北京颐和园的昆明湖畔也置放着神态祥和的挡水铜牛；宋代修建的全国四大古桥之一的潮州湘子桥上也站立着栩栩如生、精神抖擞的镇水铁牛。

国宝名画《五牛图》，更是神笔飞来，世上珍稀，价值连城。搬上年画挂历、贺岁金币，取名为垦荒牛、招财牛、旺家牛、如意牛、五牛贺年，祈祷人们岁岁平安、年年吉祥。

世界上有各种各样的牛，体现着不同的风貌。我见过新西兰的花奶牛、日本的啤酒牛，有极具抗热耐旱能力的印度、非洲驼峰牛，有不惧寒冷的西藏牦牛，还有美洲野牛、欧洲野牛、中国华夏黄牛、江南水牛……

不同的牛生长在不同的国度，赋予着不同的命运。

美国、欧洲、日本的牛饱食终日，无所事事，只等一刎——肉食牛。

澳大利亚、新西兰牛的命运就是挤奶——奶牛。

西班牙的牛就是在狂暴争斗中供人们寻求刺激和娱乐——斗牛和奔牛。

印度宗教把牛视为神圣动物——神牛，所以它尽可在大街小巷上优哉游哉闲荡。

我情有独钟，要热情赞叹和讴歌的是世界上少数用于役用的中国的牛。

牛是勤劳质朴、善于耕作的化身。“犁”字下面就是一头牛，中国的农桑历史与牛连在一起，中国第一部《诗经》里面描述的酒器就是牛角。由于中国幅员辽阔，生产工具的落后，牛从古至今役用于农业，开垦荒地，在水田里负犁耕作，在陆地上拉车，它们终年伴随着田园牧歌，“日出而作，日落而息”，风打雨淋，默默无闻，不言辛酸。

牛是力量的象征。它们力大无比，坚韧不拔，持久耐劳，能吃苦是它们的天性，始终在田园劳作，从来没有偷懒的念头，倔强正直，只会埋头苦干。俗话说“九牛二虎”之力，形容其力量巨大。世上本无田，耕过便成了田。在拓荒牛面前，或荆棘丛生的莽原，或寸草不生的荒漠，它头顶青天，肩负重犁，心无旁骛，只管前进。

牛永远保持奋进的状态。“老牛明知夕阳晚，不用扬鞭自奋蹄”。它们追逐一生，流汗一生，劳苦一生。想牛这一生，牛德敦厚，叹耕劳之外，还要不时忍受穿鼻之苦、缰绳之累、呵斥之惊、鞭打之痛、责骂之辱，但它们却无怨无悔，勇往直前。

牛有着让人赞颂的献身精神。它们“吃的是草，挤出的是奶”，少索取，多奉献，不图回报，且对主人忠心耿耿，鞠躬尽瘁，死而后已。宋人李纲的《病牛诗》曰：“耕犁千亩实千箱，力尽疲劳谁复伤？但得众生皆得饱，不辞羸病卧残阳。”老牛们只求众生皆饱，就是辛劳致病也毫无怨言，这是何等境界？催人泪下。

老天赋予中国的牛特殊秉性。华夏黄牛在黄土高原耕耘，特别耐旱；江南水牛在水田里劳作，非常喜水；而牦牛饱经风霜雨雪，它是藏族同胞耕田、驮运货物的重要工具，是奶茶、酥油茶的来源。

中国人见面就说：“你真牛！”说明你很出色。某某人的工作像老黄牛，那是夸奖其工作埋头苦干，勤奋努力。藏族同胞说你像“牦牛仔”，是说你体壮如牛。如果有人说你“牛皮烘烘”，那是说你爱出风头，以为自己了不起。

中国农民从古至今都是面向黄土背朝天的“刨食族”，他们躬耕于田野，勤奋劳动，精耕细作，春种秋收，抗击田间旱、涝、病虫灾害，享受丰收的喜悦，也忍受失收的痛苦，终年一身汗水一身泥，饱尝酸甜苦辣。他们的天性是勤劳善良、厚道敦实，以极强的韧性和吃苦耐劳的精神，祖祖辈辈俯首于田间，与牛生存相依。嗟呼，农人的命运和精神与牛何其相似。

改革开放后，中国的各类特区、开发区、座座新城如雨后春笋般崛起，那是建设者用一颗颗赤诚的心燃烧、一滴滴的汗水浇灌、一双双长满老茧的手修建的。无数的拓荒者，穿行于亘古荒原，越是山重水复，越是励志远足，越是风雨如磐，越是激流奋进，开拓民族前行的长路。其领导者和劳动者都是时代赋予的“拓荒牛”。

“横眉冷对千夫指，俯首甘为孺子牛”。历史长河，千淘万漉，狂沙吹尽，留下金子般的“孺子牛”精神。欲当“孺子牛”，就该有笃实忠厚、负重奋进的“牛德”，多予少取、无愧无悔的“牛心”，不待扬鞭躬耕不辍的“牛情”，秋实累累、民众饱足的

"牛绩"。

要像"孺子牛"一样拼搏，万顷良田，始于足下，每一项任务就是一方待耕的土地，负重前行，奋蹄不已，不复他求。吃苦也罢，吃亏也罢，但愿无愧于心，在辛勤耕耘的土地上留下深深浅浅的足迹……

作品发表于《南方日报》海风版2009年3月28日、《韩江》2009年期刊。

站立的种子

在斑驳古老的城墙上，天生倒挂着一幅纵横交错的绿色图画，城墙是由一块块经过风雨剥蚀、坚硬的青砖连接而成，无数的松树根从青砖缝里、间隙里挣扎着蹿出来，大爪子、小爪子似的贴紧墙上，又如暴突的青藤交汇在一起，自然编织成网，这些树根的上面是几条粗大的树干，像一把伞，撑开一大片茂密的松树枝叶。清晨，几只青色的小鸟在枝头蹦跳，“叽叽喳喳”叫个不停。微风吹来，绞绞青枝肥叶发出“沙沙”的响声，引起路人驻足观赏。我想，这不可能是什么人刻意栽下的，只是某个远久年代偶然有飞鸟掠过城墙，不经意地撒下粪便，消化不了的松树籽便留在青砖缝隙的尘土里，发芽生根。不管多曲折，松树的根一直的寻找机会，往地下的土壤里钻，根子落地了，渐渐成活了，枝叶长开了，多少年生生不息。我暗暗惊叹种子顽强的生命力。

“离离原上草，一岁一枯荣。”春天到了，细雨霏霏，万物苏醒，地里的种子破土而出，发出“吱吱呀呀”的发芽的声音。我在门前小花圃湿润、肥沃的黑土地上栽下红色、紫色、黄色、白色的玫瑰枝苗。到了四月底，南方的夏风微微吹来，姹紫嫣红的玫瑰花开得异常璀璨，鲜活得让人沉醉，红的彤彤透亮、黄的熠熠生辉、紫的蓝蓝深邃、白的像涂上一层瓷粉，带着几点晶晶的水珠，洁白得透明似的，真让人惊喜，又叫人欢呼。我心底涌动着愉悦、欢快、爱惜的涟漪。一个多月的花期过后，地上铺上一层薄薄的落英。一转眼，到了南方八月天，毒辣的太阳烧得通红，晒得黑土变成焦黄，美丽的玫瑰丛慢慢连叶子都落光了，剩下几根光秃秃的枝头在热风中摇动，这景象好像五彩缤纷的肥皂泡破灭了，邻居经过小花圃前，连叹可惜。我心里黯然失色，几分怜香惜玉，几分空空落落。

那年八月，我出了一趟差，二十多天回来后，爱人已把满园的玫瑰枝通通拔光了，种上了常绿的山茶花，我也不好埋怨什么。时间匆匆过去，又到来年阳春三月，寒风中带着点点雨水，在簇簇翠翠、白色的山茶花中间，蹿起了十多根嫩嫩显眼的玫瑰枝，杆上带着小刺，细细的叶和壮实的秆饱含碧绿的汁液，甚是可爱，枝上撑起一个个圆圆的小花蕊，用不了几天，打出了若干艳丽的玫瑰花骨朵。仔细观察，新生的枝叶是从土壤里没拔干净的根头长出来的。为了吸取阳光雨露，比山茶花长得更高更挺拔，好像不服输似的，比原来的花骨朵还大。有的花大如碗，宛若沾着露水的红玛瑙，小的如豆，如同冰肌雪肤少女的笑靥，嫣然动人，美得秀韵多姿、美得绚丽娇艳、美得光彩夺目。种子一旦扎根土壤，就拥有倔强的精神，一种向上生长的能量，这种能量一旦释放，让人敬畏得目瞪口呆。

记得那年，我在桂北当兵，星期天为了节省粮食，干部战士都只能吃两餐。对于正在长身体的战士来说，中午是最难挨的，肚子里饿得“咕咕”叫。我带领班里的战士到驻地的山上，“靠山吃山”，往山上找食物填肚子。在漫山遍野的草丛中，我们艰难地找到几棵野李子树，树上挂着几颗青青的小李子，摘下来，一进口，苦得张不开嘴。我们又在山崖边上发现一棵橘子树，树上长着一个个透红透红的小橘子，刚咬一口，酸得掉牙。我们终于找到一穗穗淡红色的山薯藤，“顺藤摸瓜”，撬开一块块石头，一直往深处挖，比掘耗子洞还难，挖得汗流浃背，到了一米多深，还不见山薯根，直到两米多深，才挖断了一半的山薯根，不知根连到地下有多深。十来个人劳作了半天，手都裂开了，才七零八落寻挖到二斤多的山薯根，勉强充饥。从此，我感悟到一个道理，种子生命的力量根植于大地深处，大地是种子的母亲，母亲用其广阔而又深厚的胸膛，丰富的营养哺育滋润着种子生根发芽，蓬勃生长，枝繁叶茂。

我不会忘记有一次，妻子在家里学发黄豆芽，找来了一个老陶钵，往钵里放满了九分的豆子，并加满水，往上面盖上一层稻草，加上盖子，盖子压上一块石头。第二天，她换了一次水，高兴地说："黄豆开始发芽了。"谁知到了第三天拂晓，妻子刚想起来煮饭，突然听见"嘣"的一声闷响，我们赶紧冲进厨房，但见陶钵爆裂了，黄油油、肥嫩嫩的豆芽菜泻出钵外，撒了一地，陶砾滚落在一边……于是我领教了种子的集体力量，这种群发的力量是不可抗拒的。

其实，人心就是一片土，心田里播下什么种子，就收获什么。

春华而秋实，春天的辛勤劳作，就是为了秋天的收获。种瓜得瓜，种豆得豆，因果相依相存相生。

我们播种爱情，这种爱情的种子不论是源于青梅竹马，还是一见钟情；不管是在工作、生活上擦出火花，还是"众里寻她千百度，蓦然回首，那人却在灯火阑珊处"；或是英雄爱美女、美女爱英雄；还是富贵联姻、贫贱夫妻。平平淡淡也好，轰轰烈烈也罢。只要有人类生命的河流，就会有爱情，爱情的生命力旺盛，坚信爱情之花会盛开，并结出新生命之果。

大爱无疆，只要在全社会播种大爱，人与人之间就会收获一种和谐、信任、友爱、团结、智慧、理性、自强……的文明之果。君不见，震惊中外的汶川大地震，那抗震救灾不就是一曲惊天地、泣鬼神的民族大爱赞歌吗?

老师培育学生，那是播种知识的种子，"传道、授业、解惑”，收获的是美好明天；传播理想、品质、道德，收获的是新希望。园丁的辛勤劳动，浇灌着颗颗心灵，纵然是荒芜的“心地”也会变成绿洲。

《阿凡提》里面有一个“种钱”的故事。阿凡提对老财主说，他在地里种金币，会下崽。其实，现代老板投资创业，就是一种“种钱”的方式，种子就是金钱，希冀投下的金钱会增值，收获投资回报，产生经济效益。任何一种理财，不论是投资股票、基金、债券，还是投资实业、商贸、金融、房地产、旅游……就是为了像发豆芽一样使资本生长膨胀，并回报社会，那样社会的财富就会越积累越丰富。同样，种下黑心的种子，得到只能是肮脏的金钱。

在我们的“心地”里，播下的种子可能是善良的，也可能是憎恨的、邪恶的，比如极端自私和贪婪、妒忌、偏激，狭窄报复心理……那样会收获不良，甚至是罪恶之果。我们每个人都应该操起理性之锄，除去心中杂芜的种子，纯洁心灵。

经历了秋风瑟瑟，风霜雨雪，冬去春来，种子仍然站立在大地深处，以其不屈不挠的生命力，奋发向上，催发新生，这种于天地间的大无畏精神，诠释了生命的意义，让我们珍藏于心。

作品发表于《作品》2008年1月号下半月刊、《韩江》2008年期刊。

垢石

我家的老宅子坐落在古城一条深深的巷子里，是典型的清末“四点金”建筑风格，前埕大厅后落院，左右厢房。潮州府城人有传统习惯，家家户户喜欢夏天在大埕种上一缸莲花，烈日炎炎，既可以遮荫，摘下一枝莲花或莲叶煮水喝又可以消暑。每逢夜晚，一家人坐在大埕纳凉，一阵清风送来莲花清香，沁人心脾，除去几分暑意。莲缸的下面垫着一块长了青苔，但又很不起眼的褐色石头，谁也懒去理会它。

那年，清明节前细雨纷纷，到了莲缸更换新池土时，农民在搬动莲缸时，不小心把它摔裂了。我家更换了一个高脚新莲缸，原来垫在莲缸下面的垫脚石根本用不着了，我准备把它扔出去。母亲说：“留着，也许还有用途。”那顽石，满身污垢，就这样被扔在墙脚下，乖乖地待在那里，任由风吹日晒雨淋。

在那个什么都要凭票供应的年代，食物的紧缺，迫使家家户户都要精打细算，细水长流。古城里的居民家里都要腌制一缸咸芥菜，刮风下雨天拿一碟咸菜下饭，平时也可以当菜吃。腌制咸芥菜是当时家庭妇女的巧手艺。母亲先把芥菜洗干净，在放到阳光下晒得水分差不多去了一半，再用一个盆子把食盐撒在芥菜上，双手用力去揉和，盐要多放点才成咸菜，盐放少就成酸菜。然后把掺着盐的芥菜放在缸里，原先放在墙脚的石头终于派上用场，我们把它的污垢洗刷干净，第一次看到这块石头现出原形，纯黄色的，而且质地细腻、晶润。顽石在我们眼前脱胎换骨似的变得可爱。我们也没去细想，反正遵古法制，把它压在了咸菜上，把水分压出来，使咸菜变得柔软有香味。

一转眼到了改革开放后，市场四季瓜果飘香，鸡、鸭、鱼、肉……各种农副产品应有尽有，一派繁荣。古城的人们再也不用“为五斗米折腰”，给“肚子”操太多心，腌制咸芥菜已成为历史。我家腌制咸菜用的顽石也变成了小磨刀石，每逢过年过节，刀都要在黄色的磨刀石上磨得锃亮锋利，便于杀鸡宰鹅、切肉剁骨。经年历月，顽石竟被磨去了一层石皮，脱落的石皮精细，不见杂色、砂斑，变得光嫩圆滑，像鹅卵石。

岁月如梭，随着社会的繁荣进步，人们已不仅仅满足于物质上的欲望，而且也追逐精神生活的享受。盛世兴收藏，古文物、古钱币、古字画、古家私……一时价值连城。玩玉、玩石、玩邮票、玩宠物之风甚盛。直至有一年春节，一位收藏家到我家拜年，无意之中发现了这块被水和刀磨得金黄透亮的小磨刀石，眼睛都拉直了，几经辨识、甄别、鉴定，这块顽石竟是上等的寿山石，而且天然生成船形，更显宝贵。

寿山石，质比脂润，色彩金黄，温润如玉，晶莹剔透，得到历代藏石家的珍爱，上等寿山石价值连城。

我们一家人都感到惊讶。我更是羞愧无比，心里充满自责，一块通灵性的宝石在我们凡夫俗子眼里变成一块废石、顽石，肆意丢弃、驱使奴役，当成“贱骨头”。山人不识宝啊！

几经打听，才知道石头的来由。历史上，我家曾辉煌一时，拥有一支跑远洋的船队。在一次特大强台风中，船队在海上覆没，家道中落。当年我爷爷的哥哥，即老伯公就跑去福建谋生，几年工夫，发了大财，买下我们现在住的老宅子，并从福建运回许多红木家具和装饰品，那块上等的寿山石就是在那个时候一并购回来的。再后来在抗日战争时期，老伯公漂洋过海，到马来西亚去发展。这块寿山石就变成了无人知晓的顽石。老伯公去世了，在海外还有满堂儿孙。按我妈的意思，我修书一封，寄给老伯公的儿子，我的堂叔父。我把石头的来龙去脉讲述一番，并提出石有石缘，万物各有主，应该原物奉还，不该得的不能得，几经来回推辞，最后还是物归原主。

作为山之背、地之骨的石头，比比皆是，但能称得上奇石、美石、雅石又实在珍稀，物以稀为贵。在地壳运动中，经过岩浆的烈焰燃烧，又经过风剥水蚀，上亿年、上万年的自然碰撞，在河流中冲刷、磨炼，才能脱胎成今天的奇石。它充满灵性，内涵极丰富。奇石拥有上百个品种，其石质、石形、石肌、石色、石韵、石意、石味十分讲究，在大自然中形成，保持了天然形态，极具神秘感，还是一个未完全揭开之谜。奇石因新奇独特，妙趣横生，给人以美的享受，唤起人们丰富的联想，浮想联翩。能陶冶人们的情操和升华其审美观。

收藏家鉴宝识宝，伯乐识马荐马，一块蒙受污垢的宝石，如果无人发现，它至今还会默默无闻当成磨刀石，甚至会被扔掉，埋在土里，永无发光之日。一个有着天分和才华的人，也是如此，没有人发现、培养，发挥其长处，也只好埋没一生，老死山中。甚幸，今天的智者像伯乐一样，惜才爱才，才有一批栋梁之材脱颖而出，使社会的前途充满希冀。

作品发表于《羊城晚报》花地版2009年4月14日、《韩江》2009年期刊。

门

无法考证古代从什么时候就开始有了门，但人类进化到有居所的时候一定有了门，门代表着尊严、森严、威严、守护、防御、拒绝、隐蔽……

门及门第是身份及地位的象征，中国皇宫的大扇朱门上钉着九十九颗金色的大门钉，代表着皇帝九九至尊、至高无上、庄重威严。有钱有势富人的大宅，绝大多数是朱门，隐喻着尊贵。杜甫有“朱门酒肉臭，路有冻死骨”的名句，一道门就把社会阶层划分得一清二楚。“侯门深似海”，高院大宅，深不可测，望而生畏。穷人则是茅屋漏风，虚门半掩，半生潦倒。演绎到现代则是富人住高级别墅、高档小区，其大门肯定是壮观非凡、威武森严。穷人则住“解困房”，其门的设置不言而喻。

门第是封建社会的产物，古代官员、权贵的大宅称府第。科考得中称及第，反之为落第。民间把门前的台阶叫门第，台阶多少代表着身份高低。有门第之见，就是对人的出身及家族带有成见，三祖六代是干什么的，查其成分。早在秦代时陈胜、吴广一句“王侯将相宁有种乎”就是对这种制度的反抗。延伸至当代，门第观念多少尚有残留。虽然王公贵族早已消亡，但是社会新贵不断产生，不过，已是今非昔比，进步的社会文明毕竟会冲淡这一切。

门也是反映社会治安的缩影。史上“贞观之治”、“康乾盛世”之时，民风古朴，有“路不拾遗，夜不闭户”之说，那时门的功能几乎丧失。而现代富人区则是防盗门、电脑门加上监视器，平民区则是木门、铁门加铁窗篷，守护有方。因为，盗贼多数都有破门而入的本事。

门分前门、后门、旁门左道。不论到什么机关，堂堂正正办事，一般从前门鱼贯而入，而“走后门”曾成为投机取巧、办事成功率高的代名词。走前门者有的时候是碰了一鼻子灰，“门难进、脸难看、事难办”，走“后门”者有着人情、裙带、利益各种关系，自然是效率高。有时办事弄出个旁门左道，更使你目瞪口呆。这种众所周知的现状揭示着社会、法律、文化、体制等方方面面的弊端。许多年以前，有的朋友告诉我，外国的官方和企业印章都是四方的，代表着方正。反之，中国的公章都是圆的，一个圆圈可塑性强。这话有些偏激的倾向，但却有些道理。中国的国粹是“中庸之道”，即是中正，不偏不倚，但被曲解为圆润、圆通、圆滑，可左可右，刚性不足，柔韧有余，这该是到了矫枉过正的时候了。

门有门槛，一道道政策就是一个个门槛，升学、就业、升职、离退休都有门槛。产品质量评估、鉴定、检测、产品出口退税、免税都有门槛。职称评定：助教、讲师、副教授、教授；助理工程师、工程师、高级工程师都有门槛。门槛代表着界线、界限、临限点；代表着价值趋向、三六九等；代表着不同物化劳动、享受不同的待遇和不同的物质占有。

有门就有门面。人总是爱面子的，各种门面都要来一番装扮，装点得堂堂皇皇，这代表着一种精神、风格、文化。像男人要经常剪发、修脸、刮胡子一样，又如女人的脸蛋要天天保养、润肤，涂上唇膏，朱唇点点红，打扮得漂漂亮亮，但门面里包藏着什么样的灵魂，那是另外的题目。

门风也颇有讲究，有钱有地位的人，儿女嫁娶，讲究门风相称。富家女嫁给穷小子，哪怕是丑女帅小伙，也是屈尊下嫁，甚至是“鲜花插在牛粪上”。反之，富家公子娶穷家女，就是丑男和美女也是作践门风，要门当户对，才是珠联璧合。婚姻好似不是爱情的产物，感情成为钱、权、物的奴隶。再说某个地方出现男女越轨之事，那叫败坏门风、伤风败俗。孩子高考进不了名校，应称门风不振。假如出了不孝顺的子女，该道是家门不幸。如果某家发了大财，或者是某人得道升官，那是上辈子烧了高香，门风好呀！

门有时是势利的，当门的主人官运亨通或财运发达时，门庭若市，敲门者、送礼者、求情者络绎不绝，多少人拜倒在其门下。“富在深山有人识，穷在闹市无人知”，当门的主人时运不济，穷困潦倒，落魄时，门口无人问津，门庭冷落，芳草萋萋。甚至当门的主人生意不顺时，或是官场临退休或是职位发生变动时，门前就会像晴雨表一样发生变化，无奇不有。

还要讲下串门，不论是北方还是南方，同一村庄的人喜欢串门，乡里乡亲，张三李四，端着饭碗，串东家走西家，那是破除门槛，水乳交融，和睦相处的一种好习惯，用当今的话讲叫和谐。城市则不同，城里虽热闹，下班回家，大门紧闭，楼上楼下，左门右道，老死不相往来，谁也不买谁的账，最多见面哼哈一声完事。现代社会节奏把人变得世故，人情越来越淡薄。这种淡薄与自我封闭，使人与人之间变得孤独、孤僻、孤寡，是一种不容易被打破的城市现代病。

家门与国门是血肉相连的，家门的根子在于国门，国门兴则家门兴，反而则相反。改革开放，洞开的国门如沐春风，阳光灿烂，祖国大地一片繁荣昌盛，三十年来，绝大多数中国人都享受了改革开放的成果，人们谨记于心。但是当今国门并不平静，走私、贩毒、洗黑钱等案件屡有发生，恐怖分子的渗透活动仍然猖獗……因此，开放与守门、开放与把关至关重要，边防海关的卫士就像足球场上的守门员，眼睛要尖、头脑要活、反应要快，稳、准、狠把对方的球扑住，保卫胜利果实。

作品发表于《羊城晚报》花地版2008年12月4日、《韩江》2008年期刊、《散文选刊》2015年第1期。

镜

一面镜子，可以照出人世间的不同面目，反映生活的真谛，甚至像万花筒一样变幻无穷，折射出复杂的大千世界。

“镜”字用的是金字旁，印证古代人们用的是铜镜，经过打磨发光的铜镜，清者自清，浊者自浊。不过，府衙、县衙的官老爷都会在审案的大堂上高高挂起“明镜高悬”的牌匾，不管好官、昏官都是明察秋毫、明辨是非。其实，好官是用它鞭策自己，照亮别人。昏官却用它掩耳盗铃，混淆视听，欺世盗名。

美丽的女人最喜欢明镜，一张白皙的瓜子脸，水灵灵会说话的眼睛值得在明镜前自我陶醉，梳妆打扮一番，更会令人瞩目、养眼、赏心，因为美是世界共同拥有的一份财富。

丑陋的人最讨厌明镜，尤其是长着一脸“瑕疵”的人，恨不得把镜子砸了。他们喜欢昏镜，能把“瑕疵”掩盖起来。

智者往往善于通过明镜，透过表象，照出真实的自己，从而，明心见性，修养完善自我。

世界上有各式各样的镜子，医学上还有胃镜、肠镜、喉镜、鼻咽镜……可以检查人五脏六腑的疾病，可是人心难测，却还没有能检查人的灵魂的“心镜”，人心隔肚皮，看不透啊。善良的心通过观察、“把脉”，可以逐步诊断出来，但是邪恶之心隐藏很深，天使与魔鬼有时也只是相隔一步，有时是两重人格，善于乔装打扮，平时很难看出来，只有在关键时刻，人性才能淋漓尽致地表现出来，必要时，要采用“照妖镜”来洞察人心，才能使阴险邪恶之徒原形毕露。

镜子有时也是缥缈虚幻的，“水中月，镜中花”，看得见，却摸不着。当楼市价格炒得过高、太火爆时，容易出现虚拟经济、“泡沫”经济，这种经济波浪起伏，容易从巅峰跌到谷底，像坐过山车一样很刺激，但风险很大，今天你可以成为王子般的富翁，明天你有可能沦落为一贫如洗的乞丐，甚至跳楼、上吊。对经济和社会造成很大的冲击，危害性极大，因此，随便去摘取“镜中花”的人是浊眼痴人。

千万不要小看“镜”的作用，对于各类患有“眼疾”的人，可以用不同的“镜”治之。

患有“近视眼”的人，一叶障目，仅看到眼前的利益，看不到长远的发展，急功近利，沉不住气，容易浮躁，应该配给“望远镜”，使其登高望远，视野开阔，胸怀豁达，眼睛变得具有穿透力，从而能够舍小利得大利，舍小我而得大我，舍小仁而见大义。

对得了“老花眼”患者，宜使用“放大镜”。老眼昏花，模糊不清，看不清树木的后面有森林，小丘的后边有大山，小溪的前面有大海，认不清事物的本质，不能明辨是非，使用十倍、百倍甚至千倍的“放大镜”，看问题就变得不会表面化，入木三分，黑白分明，明辨真伪。

有“眼疾”者，切不要戴“有色眼镜”去看人，容易把人看扁了。人是变化多端的高级动物，今天的你我都不要去重复昨天的故事。“士别三日，当刮目相看”。庶民与高官、贫民与富翁、渺小与高大、低贱与尊贵都是相生相克，互为作用，运动变化的，因而要把人看“活”，不要把人看“死”，辩证地看待世界。

历史是一面不可多得的镜子。唐太宗李世民曰：“夫以铜为镜，可以正衣冠，以古为镜，可以见兴替，以人为镜，可以知得失。”纵观中国五千年历史，西汉的“文景之治”、唐太宗的“贞观之治”、清王朝中叶的“康乾盛世”，都使人民得到休养生息，生产力得到发展，一派太平景象。存在就是合理，合理才能存在，三个黄金时代有其生长、发育的成因，对当今经济和社会的发展仍不失为一面镜子，其发展规律值得借鉴。还有反面的镜子，自鸦片战争到共和国成立前的一百多年之间，中国遭受到西方和东洋列强的空前侵略、掠夺、浩劫、欺辱，这深深地铭刻在每个中国人的心上。其惨烈教训，值得我们掩卷反思，与其扼腕长叹，不如恍然醒悟，奋发图强。

民心是一面明净的镜子。得民心者得天下，民心不可欺，顺民心者昌，逆民心者亡。历朝历代的统治者都明白“水能载舟，亦能覆舟”的道理，可仍有不遵循这一规律，与其相悖，导致了灭顶之灾者。

实践也是一面穿透时光的镜子。人们从“文化大革命”的反面镜子里，看到一幕幕对人性的摧残，对生产力和文化的践踏，看到历史的倒退。人们又从三十多年改革开放的镜子里，看到了经济和社会的翻天覆地的大变化，看到一个民族的崛起，看见了明天新的太阳。

让生活中的每个人都拥有一双慧眼和一面明镜。

文章发表于《羊城晚报》花地版2009年3月31日、《韩江》2009年期刊、《散文选刊》2015年第1期。

窗

一谈起窗，最雅致的是江南的窗，江南的窗多是上了框子的一幅画。春天，风吹草长，杨柳袅袅，从窗子望去，“小桥、流水、人家”上了镜头，最让人联上“古道、西风、瘦马”的名句。秋天，红彤彤、黄灿灿的枫叶，配上蓝蓝的一角天，远处地上绿中泛黄的几根草随风轻轻飘动，从窗口映入眼帘。深秋的味道，微微袭来，便使生命显得悠然自得。挂在屋子里的任何一幅画都不能与之媲美，名气再大的丹青手也没有大自然的神笔绘得惟妙惟肖。

门仅是防卫、守护，方便人们进出，当然也会增加人的某些欲望，而有了窗之后，屋子里就收集了阳光、清风、新鲜空气，变得亮堂，自然有了些灵气和生机。人在屋里变得精神爽利、快乐。难怪古代诗人陶渊明有诗曰：“夏月虚闲，高卧北窗之下，清风飒至，自谓羲皇上人。”窗是屋子的眼睛，户外的事物一览无遗。窗让人在屋子锁不住禁锢，得到瞭望、凝视、沉思、放飞思想。

窗打开了人与大自然的隔膜。屋子里沉静孤寂，窗外，几声小鸟啾啾，会使主人怦然心动，窗外飘入一缕缕桂花香气，会使人心旷神怡，窗外刮起暴风雨，主人会关上窗户予以拒绝。晚上访人，看见窗内灯光全无，也没有必要叩门借问。

除了迫不得已，人是不会从窗子进出的，盗贼就经常干些撬窗的勾当。偷情的人也要学会翻墙爬窗的本事，“妻不如妾，妾不如偷，偷得着不如偷不着”。男女之间心灵的颤抖与肉体翻云覆雨的完美结合，驱使了人的强烈欲望，爬窗算得了什么？《水浒传》中的西门庆和潘金莲不就经常干些走后门、爬窗子的活儿。当然时至今日，偷情、包二奶也就不用那样费神费力了。

当今社会，各种服务窗口更是琳琅满目，有些“打开天窗说亮话”的味儿，人们可以从窗口窥视办事的内容和规则，按图索骥，提高效率。橱窗陈列种类商品，实现使用价值和价值的交换。利益有如蜘蛛结网，联成市场经济，金钱万能在这里得到淋漓尽致的表现。

眼睛是心灵的窗户。有情人通过眼睛传递信息，眉来眼去，抛几下媚眼，对方心中自然知了几分。“情人眼里出西施”，四目相对，眉眼传情，暗送秋波，此爱绵绵无尽期。仇人相见，要不含怨恨恨，要不喷出怒火，要不牙根紧咬，像乌眼斗鸡似的，恨不得我吃了你，你吃了我。上级向下级使了一下眼色，下级要学会心领意会，该干吗就干吗。有了眼睛这扇窗口，心灵对外界摄入的事物自然就有了思考、分析、判断的能力。

世上有形之窗名目繁多，自不必冗述，无形之窗却不时撞击我的心灵，挑动着记忆的每根神经。翻开酱黄色的日记本，往事历历在目，那是上个世纪七十年代中期，我刚高中毕业，大学里是清一色的工农兵学员，上大学的梦破碎了，心情甚是沉闷、颓废。我在日记里涂上一首诗：“你的心窗，开向三月阳光，开向碧海蓝天，却被重帘遮挡，让美好春光溜走如烟……”那时候，全社会的空气好像窒息了，改革，那是开历史倒车；开放，那是崇洋媚外；就业，那是难上加难；生活，靠计划供给；衣着，单调的黑、白、蓝、绿颜色；街上，买东西一切要排队；说话，一不小心就是反动言论；读书，看看手抄本；海外关系，有特务嫌疑；出国，那是痴人说梦话。人像沙丁鱼被封在罐头里那样憋屈，又像在没有窗口的窑洞里那样昏暗，真想有一扇窗口可以让我们看到外面的世界，渴望凭借希望之窗能让我们呼吸新鲜空气，盼望能打开窗帘，从窗口射进春天的阳光啊！最后，我总算是很幸运，很光荣，剃了个头，当兵去了。

其实每个人的生活天天都离不开窗子，却对它熟视无睹，细慎思之有益。生活中每个人也都有一扇心之窗扉，要经常打开，让明媚的阳光洒满。

作品发表于《秦都》文学期刊2011年第1期、《羊城晚报》花地版2010年9月28日、《南岛日报》2010年9月27日、《散文选刊》2015年第1期。

梯

每天回家，我都在匆匆地、直喘粗气地爬上高层的楼梯。我高你一级，你低我一级，不经意间有人擦身而过，瞬间，听到对方轻轻地、微热的呼吸声，霎时，想与对方说什么，仰视一看，你高我一级，我低你一级，位子置换了。我突然顿悟，人生不是也一样吗？心里不禁翻腾开来，百感交集……

像爬梯子一样，人生只不过是世上一匆匆过客，岁月不饶人，年龄也随着时间的推移拾级而上，没有回头之路。人的健康倒像下梯子，年岁越大，状况越差。事业的发展也像爬梯子一般，奋斗的激情，坚韧的毅力，成功的喜悦，除自身锲而不舍地奋进外，还得凭借天时、地利、人和，但是，有时命运之神也捉弄人，最怕的是被人上楼抽梯，往下一看，心惊肉跳，命悬一线，多么祈盼能脚踏实地啊！更倒霉的是上几十层的电梯，突然断电，禁闭在电梯里，有如闷在罐头里，又黑又憋气，呼天喊地也没用。最险的是爬天梯，上面的人稍有不慎，一脚踩空，底下的人会像滚皮球一样，一串串往下跌，哭爹喊娘，死伤无数。思前想后，干事业也像人在梯上，不要在乎上上下下，还是进退自如，求得平稳为妥。

官场职场与爬梯子也有异曲同工之处，从古至今，官阶等级森严，宦海深不可测。历朝历代，王侯将相，各种爵位官职多如牛毛，清朝的官员就分为九品，每品又有正、从之分，谓之九品十八级。正一品：太师、太傅、太保、大学士……正九品：各部院笔帖式、县主簿。鸿沟不可逾越，官阶有如梯子，每爬一级，就像挑夫负重上山，既要卖力流汗，又要讲究技巧，注重借势省力，实不容易啊！

当代官制犹如塔状，越往上越拔尖，越往下越堆积。官员的级别就像一条长长的梯子，每一层的官员竞争异常激烈，各级都注重挑选德才兼优的干部，以地级市为例，从科员升至副科长、科长的位子，一般要经过好几年工夫，要积极肯干，又要忠诚老实，还得等位子增补，爬得你满头大汗，气喘吁吁。从科长升至副处级、处级，那更是要咬紧牙根，奋力向上，使尽各种解数，非累得你腰酸腿痛、汗流浃背不可。至于从处长升至副厅级、厅级，那是白热化的竞争，能力、运气、潜规则……缺一不可，非披荆斩棘、过关夺隘，而无法制胜。

在官场职场，级别的变动，位子的置换，工作的变迁等，都可能触动神经末梢，发生微妙的心理变化，与上下梯子一样，上级成了下级，下级成了上级，要承受很大的反差压力，妒忌、伤感甚至愤愤不平于事无补。哲学讲的是不变是暂时的，变是永恒的，要把变化当成自然规律，顺其自然，淡泊明志，重要的是有一颗平常心，等闲视之。可惜的是，有的人像爬梯子似的爬到了一定的高位，产生了眩晕感，分不清东南西北，以为脚下的台阶就是大地，恃才傲物，自命不凡，目空一切，头脑发热，必须用冰块镇之，唤其清醒。不谨言慎行，容易摔跟斗，爬得越高跌得越惨的人也屡见不鲜。身处官场职场的人们啊，突然有一天你退休了，将会恍然大悟，什么位子都会了了。

人生如梯，有品位的人要甘当人梯，让有才德的下级踩着你厚实的肩膀爬至与你同级，甚至爬到你的上面，成为你的上级，这是一种官德。当然，这样的人要具有广阔的胸襟和长远眼光，高尚人格，而小人不能为之。

财富的积聚也跟爬梯子似的，创业阶段，资本的原始积累，浸透了你的艰辛和血汗。钻营冲刺，劳累奔波，往梯子的高处爬呀爬，终于有了颇丰的收获，拥有雄厚的资本之后，就是考验你发挥最大潜能，寻求最大的边际利润，探索梯子的高度在哪里。当然生意场上也少不了白刃搏杀，刀光剑影，商海沉浮，几上几下，甚至是咸鱼翻身，遵循的游戏规则是胜者为王，败者为寇。当然，财富来自社会，最终回归社会，君不见，比尔·盖茨、巴菲特已宣布把自己的巨大财富贡献给社会，留下的只是奋斗的足迹和荣誉。

梯子高低错落，人在梯子上要切记，我们最终是要回到平地上，平视一切事物。平视自己，不卑不亢地立身处世，不要稍有成就便把眼睛安到额头上，也不要妄自菲薄，稍有挫折就悲观消极。平视他人，不要一见权贵就奴颜婢膝，一见贩夫走卒就颐指气使。平视社会，以一颗平常心对待不可能绝对平等的社会现象，培养和造就自己的人格魅力。

作品发表于《南方日报》海风版2010年10月13日、《羊城晚报》花地版2010年10月19日、《南岛日报》2010年9月20日、《散文选刊》2015年第1期。

有大海就有潮声，有潮人就有潮剧

正月新春，整个粤东四市都沸腾了，喜气洋洋，在庆贺新年的氛围下，入夜，新区老区、大街小巷犹如“东风夜放花千树，更吹落，星如雨……”的一派繁荣景象。此时的潮剧更是热闹非凡，人们聚集在戏院里、街市的戏台前，倾听抑扬顿挫的潮曲，观赏台上的古装戏出。演完耳熟能详的《陈三五娘》，就是《苏六娘》、《桃花过渡》、《沉香认母》、《二度梅》、《杨家将》、《宝莲灯》等等。男女老少一个个被剧情逗笑得合不拢嘴，大爷大娘被感动得抹一把辛酸泪，喜怒哀乐萦于胸中。潮音、潮语、潮曲、潮剧，三千多万海内外潮汕人，包括部分闽南人都能解读，听懂、读懂，乡音、乡语、乡曲、乡剧分外亲切，令人瞩目，地方特色鲜明，颇具个性。潮州文化根植于中原文化，几经族群迁徙和潜移默化的培育，语言上保留了许多失传了的古汉语，与中原文化密不可分。同时，在历史发展中，也造就了独特的潮州文化。尤其是潮剧，一枝独秀，屹立于韩江流域之潮头，犹如一颗南国明珠，璀璨夺目。

历史积淀深厚，漫漫潮剧发展路

潮剧，中国十大剧种之一，广东三大剧种之一，是国家非物质文化遗产，有“南国奇葩”的美誉，以优美动听的唱腔音乐及独特的表演形式，融合成极富地方特色的戏曲而享誉海内外。潮剧是上千年潮州文化的重要传承载体，也是联络世界各地潮汕人之间情谊的重要纽带，因此，它是具有明显代表性的地方剧种。五十年前，在“日出江花红胜火，春来江水绿如蓝”的初春季节，在周恩来总理的亲切关怀下，老舍、曹禺、阳翰笙先生等一行十多人，专程来访潮汕。潮汕独特的文化艺术，尤其是潮剧打动了他们的心，老舍挥毫疾书，写下满怀深情的诗：

莫夸骑鹤下扬州，渴慕潮汕数十秋，
得句驰书傲子女，春宵听曲在汕头。

老舍、曹禺先生一再叮嘱，要十分珍惜潮汕文化遗产，把富有地方特色的潮剧传承和发扬光大。老一辈文学家和戏剧家的热切关怀和殷殷期望，对潮剧的保护和发展起到巨大的促进作用。

潮剧是用潮州方言演唱，流行于粤东、闽南、香港、台湾，以及泰国、新加坡、马来西亚、越南等地的戏曲剧种。

1936年，我国历史学家向达，在《北平图书馆馆刊》上，发表《记牛津所藏的中文书》一文，首次介绍存于英国牛津大学图书馆的潮剧明代刻本《班曲荔镜戏文》（即《陈三五娘》剧本）。1985年由广东人民出版社出版的《明本潮州戏文五种》收入了在潮汕本地出土的明代手抄本。这是潮剧渊源和形成的史证。潮剧的声腔在明代称为潮腔，也称潮调，潮调也是剧种的名称。现今传世明代潮腔剧本，有明嘉靖丙寅（1566年）刊刻的《重刊五色潮泉插科增人诗词北曲勾栏荔镜记戏文》，如果从这个剧本刊刻的年代算起，潮剧的历史也已经有四百四十多年了。

在漫长的历史长河中，潮剧演出剧目也和表演艺术一样，随着时代的变化而不断发展。四百多年间，潮剧剧目曾出现三次大的开拓，使潮剧剧目无论在题材、表现手法，以及反映社会生活的内容方面，演变丰富充实，剧目数量也不断积累增加。第一次是康熙末年至道光年间，西秦、梆子腔、皮黄等外来剧团进入潮州，并在粤东生根落地。第二次拓展是辛亥革命前后至抗日战争时期，这次剧目的开拓是受社会民主思潮的影响，特别是“五四”运动的影响，创作、改编许多文明戏。第三次开拓是新中国成立后，无论从规模和内容、题材等超过前两次，“百花齐放，推陈出新”，出现了大批新的优秀剧目。“文化大革命”十年浩劫期间，潮剧遭受到前所未有的人为灾难，不论是古装戏还是现代戏都受到前所未有的破坏。改革开放之后，潮剧才得到恢复，弘扬光大，也得到了新时期的发展。目前，收集到上演过的潮剧剧目约两千多个，建国后至现在上演过的剧目约一千三百多个。海（境）外潮剧团（主要是香港和新加坡）上演过的剧目约一百五十多个。每个剧目，包括“内容”和“考释”两部分，“内容”是剧目的故事内容，“考释”则包括故事（或剧本）的来源、演出剧团（戏班）和演出年代等。

潮剧是由宋元南戏衍化而来，是南戏的地方化，是南戏流播四大腔系之外的另一腔系，“潮泉腔”。潮剧明代时称潮腔、潮调，清代称泉潮雅调、潮音戏、潮州戏、白字戏，民国以后称潮剧。故潮剧戏谚“正字（南戏）母生白字仔”之说。明代戴璟在《广东通志》记载：“潮俗多以乡音搬演戏文。”清初屈大钧在《广东新语》中也载：潮人以土音唱南北戏，曰“潮州戏”。潮剧是中国古老戏曲存活于舞台的生动例证，是中华民族优秀文化表现形式的代表之一，具有深刻的历史意义和较高的审美价值。

生动曲折的剧情，栩栩如生的人物个性

在数以千计的剧目中，有两类剧目是其他剧种所少见的，这就是根据潮汕地方人物和故事创作的剧目和反映华侨生活的华侨

戏。潮剧将地方人物故事搬上舞台，有悠久的历史，现今传世的四个明代潮腔剧本《荔镜记》、《陈三五娘》、《金花女》、《苏六娘》都是地方题材的剧目。潮汕一些杰出人物和群众熟知的人物，大多被搬上舞台，如《刘龙图骑竹马》、《林大钦》、《林德墉》、《李子长》、《夏雨来》、《翁万达斩十八翰林》、《一棒打死江西王》、《刘进忠下潮州》，以及建国后新创作的《辞郎洲》、《马发守潮州》、《吴忠恕》等等。其中有的反映妇女婚姻恋爱的剧目，对她们追求婚姻自由和坚贞爱情加以肯定和歌颂。许多剧本反映历代精忠报国的英勇行为和思想。剧情上不乏反映鞭挞昏君以及贪官污吏，寄托对下层人民的同情的思想感情，从而，使群众喜闻乐见，基础笃厚。

《陈三五娘》是一个流传于粤东、闽南、台湾和东南亚潮人聚居地家喻户晓的民间故事。

泉州人陈三（伯卿）送哥嫂往广南赴任，路过潮州，正逢元宵佳节，游街赏灯，遇少女黄五娘，因拾扇解画，互生爱慕。潮州豪富林大，垂涎五娘美色，乃买嘱媒婆，前往说亲。五娘父趋势应亲，五娘忧郁不安。六月，五娘偕婢益春在楼上赏夏。巧遇陈三，遂投荔枝手帕以示情怀。陈三会意，乔装磨镜，乘机入府为仆，但因黄家家规严厉，难通心曲。后得五娘爱婢益春之助，有情人终成眷属。

“走花灯”为元宵节营造出浪漫的气氛，增加了青年交往的机会。旧时那些平日足不出户的深闺淑女，只有这天才被允许出门赏灯。她们往往乘机与意中人谈情相会，所以这一天也造就了无数的良缘美眷。“月上柳梢头，人约黄昏后”的浪漫诗句和“头上金钗总落了”的见证。“众里寻他千百度，蓦然回首，那人却在灯火阑珊处”，更是陈三与五娘互生情愫的具体写照。

一个民间爱情故事，经历几百年的流播，无论其深度与广度，都远超全国的同类题材。时至当代，其故事仍在不断发展。

改革开放的二十多年来，仅我市就先后创作潮剧《益春夜遇》、《荔镜外传》、《益春》和近期获奖的《益春外传》，这是一个独特的文化现象。刘美芳在《陈三五娘研究》中，对该故事的发展及各版本、各门类进行比较研究后，得出的结论是：《陈三五娘》较之《莺莺传》中的张生与莺莺，《花舫缘》的唐寅和秋香，更具有“人本主义的浪漫精神”和“人的觉醒”，“在意识上有反叛时代束缚的价值”。

潮剧《苏六娘》是潮汕地方故事：苏六娘与表兄郭继春同室共砚，日久生爱。其父为攀官亲，将女许配于讼棍杨子良，六娘之母不甘爱女远嫁，怎奈退婚不得。杨子良因催亲被延，偕同乳娘上门讨亲。六娘被迫，夤夜投江，幸得婢女桃花与继春赶到，并得艄公之助，终于绝处逢生，遂圆双飞之愿。

苏六娘的人物个性刻画，既婉约又强烈，柔中带刚，正是历史上柔弱的未婚女子反抗封建婚姻制度的个性描写。婢女桃花表现得灵活机巧，渡伯的正直智慧、苏员外的势利、杨子良的纨绔之气、族长的奸雄等等，都在潮剧中表现得惟妙惟肖。

《柴房会》其剧情又别有一番滋味，幽默风趣，令观众时而泪水模糊，时而捧腹大笑。故事在潮汕老少皆知，流传广泛。说的是货郎李老三，一夜投宿义记客店，住于柴房，被冤鬼莫二娘弄醒。二娘见李老三耿直豪爽，遂向他诉说冤情，并求他帮助报仇雪恨。李老三得知二娘原系良家妇女，为歹人拐卖落妓院，后又误托终身于扬州商人阳春，被其骗去银子，遗弃于义记客店，悲愤自缢。李老三怜其遭遇，慨然招引二娘鬼魂同往扬州报仇。著名潮剧丑角艺术家方展荣，将一个平凡小人物表演得正直、善良、诙谐、幽默；特别是初遇鬼魂的那段戏中，方展荣在约二丈高的竹梯上表演的梯子功，将人物惊恐万状、欲逃无路的心理状态，表现得淋漓尽致。

“为生计，走四方，肩膀作米瓮，两足走忙忙。专卖胭脂捞骰共水粉，赚些微利度三餐。虽无四两命，却有三分力，自赚自食免忧烦……”这是潮剧经典剧目《柴房会》中男主人公李老三朗朗上口的开场白。还有遇见鬼时，一段令人啼笑皆非的台词，为躲避女鬼，他在梯上唱道：“拜请拜请再拜请，拜请我那李家老亲人，太上李老君，托塔李天王，老仙铁拐李，济公金罗汉，助我李老三，驱鬼出柴房。天精精，地灵灵，我奉同宗众仙师，急急如律令。我敕，我敕，我敕……”其剧情生动风趣，令人回味无穷。

每出潮剧都有生动曲折的情节，刻画了一大批栩栩如生的正反两面人物，人物个性突出，把潮人细腻的做派，淋漓尽致的运用到潮剧中去，使人物立体生动，使人难忘。讴歌了正义，鞭挞了邪恶，大忠大奸尽在剧情中。

艺术特色鲜明，表演感染力强

潮剧不同于其他剧种，主要是在长期的发展中，形成艺术上独特的个性，主要表现在：

一、表演

潮剧的行当最初是沿袭南戏的生、旦、丑、净、末、占、外七行，此后随着历史的发展，七行的内容有所变化，至解放前，除生旦为童伶外，丑、净、老生、老旦称为“四柱”，跑龙套称“老师（阿）兄”。至解放后，又逐步归为生、旦、丑、净四大行当，将老生、老旦、杂角俱归入生旦行。由于声腔和表演的不同，因此有人认为仍按七行划分较为恰当。

潮剧是以行当的唱、念、做、打为表现手段，行当齐全，生、旦、净、丑各有应工的首本戏，表演细腻生动，身段做工既有严谨的程式规范，又富于写意性，注重技巧的发挥，其中丑行和花旦的表演艺术尤为丰富，且有独特的风格和地方色彩。

二、唱腔

潮剧演唱用真声，唱念用古谱“二四谱”，韵味浓郁。唱腔是以曲牌连缀为主的曲牌体和板腔体的联和体制，至今仍保留着一唱众合（帮腔），二三人合唱一曲或曲尾的形式，风格独特，表现力很强。早期潮剧的“帮声”，即登台演员唱至最精彩片段时后台众声“齐唱”相和的现象，在其他戏曲中甚为少见，是潮剧的特点之一。

三、语言

潮剧语言有着鲜明的特色：一是鲜明的地方色彩；二是浓郁的生活气息；三是生动的形象比喻。潮剧的文学品位在漫长的历史中不断提高。《苏六娘》是雅俗共赏的好例子。剧中渡伯是老丑，桃花是花旦，“过渡”这场戏的语言非常富于地方色彩和生活气息，苏六娘和郭继春都是有才学之人，作者设计他们的语言多为诗词和民歌的融合，近于“本色”。

四、音乐

潮剧伴奏音乐先后吸收民间锣鼓、古诗乐、细乐、庙堂音乐等乐曲和演奏形式，具有地方色彩和独特的演奏特点。潮剧保留了较多唐宋以来的古乐曲，音乐曲调优美动听，管弦乐和打击乐配合和谐，善于表现感情的变化。根据乐器的不同组合，传统的剧目又分为大锣戏、小锣戏、苏锣戏。大锣戏最具特色也最为古老，唱词典雅，曲牌完整，唱腔缠绵，音乐多用重六、活五调，善于表现低沉气氛及悲怨情绪；小锣戏的剧目多是生活小戏，生活气息浓厚，音乐多用轻六、反线调；苏锣戏气氛庄严、热烈，剧目多为公堂诉讼、征战打斗戏。

五、舞台特色

古代的文献透露了最早的信息。明嘉靖年间的《荔镜记》中，每出都有插图，可以看到有建筑物的格局，有点缀的花草木石，有应用的小道具，桌椅的使用和位置比较固定，屏风的装置规格化。随着社会生活的变化，舞台从六柱扩大到九柱、十二柱，台面竹帘改为彩绣，而且以潮绣工艺图案为装饰。后又出现布画幕景，按剧情变化卷宫殿、闺阁、厅堂、街道、家室、山水等透视的图景。有的还装置水场、火场、战场等机关活景。吸取话剧的模式，采用硬景片装置，一戏一景，注重写实。随着科技进步，舞台又进一步发展幻灯投影、激光、移动等，表现手法更为丰富多彩。

六、戏服和潮绣

潮剧广义上说属于潮州民间艺术，因此在其发展过程中与其他民间艺术门类有着密切的联系，特别是潮州工艺。较突出的是潮绣，潮绣是我国四大名绣之一，潮剧的戏服是潮绣的重要品种。

潮剧的戏服一般分为二类，一类是官吏、将领穿戴的袍蟒、盔甲，多用潮绣中具有代表性的垫绣，也称金银绣，行话称之为“重庄”，以显示服饰之高贵，尤其在袍蟒上的瑞兽、日月装饰具有立体感，与行当表演的力度互为配合，更显示人物的高贵、威武。另一类是生、旦所穿戴的项衫、宫衣、长裙等，此类服装多以平绣（绒绣）表现各种花草装饰图案，俗称“轻庄”，与行当轻盈、柔美的表演相适应。

潮绣还广泛运用于舞台的装饰上，潮剧传统的舞台中间为一幕幔，上绣双狮戏球或麒麟等瑞兽，两侧为上下场门，有布帘，俗称“娇揭帘”，上面也分别绣有花草或瑞兽。此外在传统舞台上的一桌二椅的外套同样绣有福禄花纹装饰。

潮剧——潮汕人永远的情结

谁没见过波涛汹涌的大海，谁没听过壮情激烈的潮声？有大海便有潮声，有潮声，便有潮人，有潮人，就有潮剧。潮州天华物宝，人杰地灵，一曲潮乐、一部潮剧牵动了多少海内外潮人思乡之情，袅袅余音澎湃在海内外三千多万潮汕人心中。潮汕一条江就有一篓故事，一座村落就有一筐传说，许多潮剧家喻户晓、妇孺皆知，潮剧是潮汕人永远的情结。

广东潮剧团等多个团体多次出访新加坡、泰国、美国、越南、澳大利亚等国家，得到千万戏迷的鲜花与掌声。精彩的剧目和优秀的演员把异国戏迷的生活都搅乱了，生意不做了，家也不回了，学也不上了，愿跟随剧团辗转不休。一到机场送别的时刻，眼也流泪，心也流泪，滚滚泪珠怎样都留不住潮剧偶像的身影！这就是潮剧的非凡魅力，是海外潮人对根的思念。

每天清晨或黄昏，从韩江之滨到榕江之畔，以至汕头的海岸线上，都不时可以听到高亢或低沉、雄浑或甜润的潮剧唱腔。不论是男女老少，高兴时或烦闷时，都能来几句潮曲，特别是月色如水的秋夜，伴着凉爽的秋风，字正腔圆的潮曲伴着低沉的二胡声，丝丝入扣，拨动人们的心弦，胸中几分灼热，几滴清泪不自觉从眼角流出……这就是潮汕人对潮剧的绵绵情愫，彰显“潮剧迷们”的浓厚兴趣。

潮州人爱潮剧演潮剧，靠的是人才。因为语言关系，潮剧的名角和演员全部是潮汕人，潮剧的发展靠的是名角、编剧和导演。潮剧演员人才济济，目前潮汕拥有国家一级演员有：方展荣、姚璇秋、郑健英、郑舜英、张怡凰、蔡明晖、陈学希、林初发、詹少君、刘小丽、吴奕敏、唐龙通、林柔佳，此外还有一大批名家。

旧社会，演潮剧的人被称为“戏仔”，潮剧班主，师傅对“戏仔”的管教甚严，训练中动不动就训斥、鞭打，“不打不成器”，潮汕人中流传“父母无修世，卖仔去做戏”之说。解放后，特别是改革开放后，潮剧演员得到了社会的尊重和称赞，一代代的梨园弟子在老一辈的戏剧家培养下茁壮成长，成为潮剧的栋梁和传承人。

改革开放后，面对市场经济大潮的冲击，部分潮剧团经营发生困难，潮剧演员的薪酬不尽如人意，一些人才青黄不接等等。这些亟待各级政府的扶持和广大民众的鼎力支持，确保潮剧这一潮汕文化精粹得以传承和发扬光大。

近年来，潮汕各级地方政府对潮剧发展给予诸多扶持。去年七月，潮州市委市政府支持新编古装潮剧《曹营恋歌》在国家大剧院隆重献演，为京城观众带去一台精彩的文化盛宴，也是对国家历史文化名城潮州的一次精彩文化展示。

“两岸猿声啼不住，轻舟已过万重山”。潮剧的发展牵动着各级政府和广大潮人的情愫，在这一古老剧种继承的基础上，创新发展，前景方兴未艾，她将焕发出新的青春和活力。最后作者以后学拙作，次和老舍先生五十多年前在潮汕对潮剧寄满深情的一首诗，作为结尾：

海滨邹鲁冠潮州，
文化流传春复秋。
妙曲清歌潮剧雅，
几番天籁入心头。

作品发表于《人民日报》2013年9月20日海外版。

一片冰心在玉壶

一个人活在这世上不是孤立的，爱情、同学情、战友情、同事情、兄弟情，各种情愫萦绕你的一生，弥足珍贵。不过，我感觉更加不能忘怀的是文友情。

八十年代初，在南方一座小城，文友耿之家的那间老屋，一张旧报纸卷起的套筒加高在煤油灯口上，轻风吹过，忽明忽暗。文友陈耿之、黄国钦、蔡照波、陈汉秋、邱喜桂、曾淳、胡培源、姚泽伟、周开健、洪浊、倩华等围坐在一张小饭桌旁，不管是谁，把创作出来的短小说、散文、诗歌读起来，文友们评头品足，偶尔也争得脸红耳赤，尽管初出茅庐，作品充满稚气，反复探讨，多次修改，收获颇丰。还有蔡泽民、李英群等老师不时给予指教。那种氛围，那种情怀，那心中的一团火，那孜孜不倦对文学的追求精神，大家不亦乐乎！

更让人难忘的是夏天，耿之家那棵蓬蓬勃勃高大的莲雾树下，那莲雾熟了时，像一串串粉红色的风铃，系于树上，微风轻拂，好似在空中摇响。一群生龙活虎的后生仔，赤裸着上身，享受着遮天绿叶带来阴凉。旁边摆着一只通红的小炭炉，拨弄着叮当作响的功夫茶具，茶壶里装满上等的凤凰单枞茶，一边泡功夫茶，一边抑扬顿挫朗诵文学名著，共同探讨文学和生活。还有耿之兄那慈祥的老母亲，对我们这群后生呵护有加，关怀备至，不时送上果品或点心，或是几句鼓励的话，让我们心头一热，迄今难以忘却。对文学的执着追求，就像一根无形的线把我们紧紧系在一起。

绵绵文友情，三十多年过去了，风雨沧桑，人事更迭，老文友之情灼灼。至今这群文友们仍然经常聚会于人声鼎沸的城市，或是郁郁葱葱的山庄中。然而，还不时增添许多新朋老友，譬如著名文史专家、诗人曾楚楠老师，知名画家陈向军，知名书法家李镇锐、林爱群，诗人黄俊明等一群文友。文学艺术的共通性让我们经常集合在一起，交流切磋，共同提高。

去年，国家、省、市的文学组织和文友们先后在北京和潮州为我的散文创作召开两次研讨会，撰写了几十篇的评论文章，十分珍贵，既不乏鼓励鞭策，又不吝赐教。尤其是王彬、肖凤、廖琪、徐肖楠、李玉胜、黄景忠、邓伟龙等位著名作家和文学评论家，和文友黄国钦、陈耿之、程小宏、杨俊华、邱喜桂、曾淳、陈礼镇、陆丫丫、阮雪芳、陆利平、陈伟良、翁义彬等文友的评论文章，十分精彩，触及灵魂，我受益匪浅。在此，一一表示衷心感谢！

文学是一种精神生活方式，是读者与作者的共同精神家园。物质生活与对文学创作的热爱，不离不弃，矢志不渝，甚至如痴如醉，是纯粹的精神追求，是一种“文瘾”、“文迷”，把文学创作作为自己生命的表现形式，通过灵魂的表白、灵魂的剖析、灵魂的救赎，创作神圣的纯文学。达到作者自身增强修养、精神升华和担当社会责任。

坚韧者上德也。对生活永远抱有热情是作者的秉性，任何一种形式的文学作品都是激情的产物，这种激越的热情，必须接受成熟的思想、哲思和理性的指导，经过锤炼和淬火的作品中，才能成为精品，更具深度和广度也更受读者欢迎。

一位文学作者应该有进取精神，更要有自我反省的精神，这是一个重要的品质。文学作品要正视别人的批评意见，不要连自己的疮疤也爱。优秀的文学作品要经过多次征求意见，集思广益，反复修改脱颖而出，更具生命力。我喜爱散文，把多年创作的几十篇作品结集出版，希祈读者们不吝赐教，以克服自身瑕疵，力求创作出更多的精品力作。

我喜欢的散文，仅仅描写生活是不够的，同时融入了自己的诗性情怀和思考，也许自己是行伍出身的缘故、我特别喜爱挖掘在逆境中所迸发的大无畏精神，讴歌顽强的生命力一善于表现人性之美。

感悟是写好散文的一根弦，一篇散文要打动人心，首先所写的散文要有悟性，觉悟了才能升华生活。作者的心灵与读者的心灵进行碰撞，心灵与自然进行碰撞，碰出了火花，引起了共鸣，这篇散文一定是好散文。要写出有趣、有情、有益的作品，就必须善于观察生活，发现沙砾里面的金子，用我们的心灵去写作，我们不是传教士，不要说教，但生产的精神产品，要有热能，能感化人、启迪人。

我喜爱哲理性的散文，任何生活都包含了丰富的哲学道理，历史使人清醒，数学使人精细，哲学使人折服。把哲理融入散文写作中，使作品不庸俗、不偏颇，看事物会更加透彻。那些风花雪月的作品带来了华美的容颜，那些拥有生命活力的作品赋予了人的灵魂，那些容易被人们遗忘的历史，重新在人们的心里刻下了印记，生命与大气相接，生存与文学融合，使生命更具活力和想象空间。

在历史的长河中，人的生存空间很广阔，人的生命很珍贵、很短暂，生是偶然，死是必然，其生命的价值值得探索。怎样面对生与死，是每个人必须面对的一道关，在我的作品中，此类散文的比重很大，如《鹰之重生》、《生死地》、《心灯》、《黎明　你好》、《向你致敬，中锋》、《蚁魂》、《希望的种子》、《时光匆匆》、《拜雪》、《放生台与钓鱼台》等作品，我花了很多笔墨来探索和感悟，怎样敬畏生命、珍惜生命、奉献生命，感悟生命的内涵、生命的苦难、生命的煅烧、生命的重量、生命的升华、生命的神性、生命的价值。

我非常喜欢散文的清新的气息，一种大自然的意境：有洒进阳光的温暖，有流水的声音，有风吹过的清凉，让飘出的琴声安抚你浮躁的心，不知不觉让你能静下心来，感觉和理解生活是多么美好的，从而传递向上的力量，如《竹海》、《拜雪》、《海风吹过红树林》、《花絮》等作品，试图表达一种境界。这正是我所追求和探索的散文魅力。

把历史与文化因素加入到我的散文创作中，发掘其题材，使作品更具晨钟暮鼓般的哲思。我在《年味》、《我心中流淌的江》《茶喻》、《乡井》、《垢石》、《花絮》等多篇散文中，把地域文化引入其中，更加注重艺术知性与感性的完美融合，使作品更具深厚的历史文化价值。

不知能否达到这样一个高度？

我正在努力着。

历史留痕

那片梅林

弯弯曲曲的小溪，清清淙淙的流水，过了那条长满青苔的青石板桥，几座泥沙屋依稀可见，那屋后的山坡上就长着一片青竹梅林，整整四百八十棵。到了青梅成熟的季节，一个个青里透红的梅子挂满枝头，林子里飘荡出一股梅子的清香，这味道真叫人馋涎欲滴。

孟夏里，每当月上树梢的时候，住在泥沙屋里的泥鳅伯就敲着烟斗，坐在山坡上，给那些刚从小溪里洗完澡，光着屁股的小孩讲那些老掉牙的故事，其中就讲到望梅止渴的典故，曹操在孩子们的心目中成了传奇式人物。天长日久，翻来覆去老是那些故事，孩子们不想听了。

今年，在梅子熟了的日子里，泥鳅伯又敲着烟斗，坐在山坡上，伴着声声蛙鸣，给城里果菜公司的收购员老黄讲了眼前这片梅林的真实故事。

前几年，这片梅林不是现在这个样子，斑驳的树身，凋零枯黄的叶子，就像八十岁老太婆的身子和头发，到了收获季节，偶尔可以看见稀疏的几颗梅子，顽皮的小孩用竹竿哗啦哗啦地打下来，咬一口，酸得直皱眉。前年初，村里决定公开投标承包这片梅林，承包期五年。消息传开，村里三五成群地议论开了。投标那天傍晚，太阳还未下山，村里的炊烟已经氤氲升起，晚饭开得特别早。

月光如水，温柔地倾泻在山脚下绿茵茵的草坪上，投标仪式就在那里举行，乡长和村里的老辈组成了投标督察组。草坪中间，放了一个酱黄色的罐子，那就是投票箱了。按照规定，一年一结算，谁标的钞票多，谁就是优胜者。村民们把狗锁在屋里后，男女老少都跑到草坪上凑热闹，好似要看的是一场精彩的马戏。

就在这时候，村里三个称得上“活鬼”的副业能手，却喝得像红脸关公，满不在乎地解下系在小溪旁木桩上的一只小船，嘶哑地叫嚷着要到城里看潮剧，把大伙弄得丈二和尚摸不着头脑。

乡长宣布投标正式开始了。立刻，小孩子嘻嘻哈哈的打闹声、小伙姑娘们的打情骂俏声和老头磕烟斗的声音都静息下来，大家你瞧瞧我，我看看你，谁也不想开口，会场上沉静得几乎可以听见每个人的呼吸声，偶尔也传来几下老人的咳嗽声。

住在村头的大头二叔蹦地一下站了起来，说了声：“你们都不敢投，我投！”他从身上摸出皱巴巴的一团纸，快步走出来，往罐子里一放，把盖子叮的一声盖上去。谁不知道他是个“吃饱饭买包”的货色，家里有“南风窗”，养了个如花似玉的女儿，招了区长的儿子当女婿，如意得很，他冒这个风险干什么？

一阵窃窃私语像风吹过以后，又是长时间恼人的鸦雀无声。

猪脚嫂左顾右盼地站起来。她是村里沉默寡言的寡妇，养了两个儿子，一个二十八岁，一个三十挂零，虽然身子骨挺壮实，但都还没娶上老婆。姑娘嫌他们，一则是兄弟俩老实得有点呆，几年前，兄弟上过一次省城，住在旅社，人家要弄他们，说那洗漱间里的坐厕就是新式洗衣机，他们果然把衣服往里塞，过了半天，打开盖子，衣服还没湿，笑得服务员抱住肚子往地上滚。这件事在村里成了笑谈。二则他们家承包了几亩水田，都一个劲地种稻谷，饿不死也胖不了。此时，猪脚嫂低着头，往身上摸出一张写着黑字的纸条，正当她步履蹒跚地走出人群时，村里有名的

“周瑜”，一个五十来岁的男子，却拉住她的衣角，向她递过一个眼色，大声地说：“你算老几，你有那个胆量和财力？还是老老实实种地吧，保你饿不死。”顿时，她脸红耳赤，茫然不知所措，又坐了下来。霎时，场上的气氛活跃起来，议论纷纷。看到满有心计而又心地善良的“周瑜”都不想投，许多本来想试试看的人都临阵退却了。

折腾了半天，罐子里只有大头二叔一票，村里的狗汪汪直叫，告诉人们时候已经不早了，有人开始打哈哈了，小孩子也催着大人回家睡觉。乡长和老辈交换了眼色，郑重宣布：“你们都不投，那就只好开大头二叔的票了！”谁知他的话音刚落，远处却走来几个吹口哨的小伙子，人们借着月光一看，原来是刚才撑上船去逍遥的三个“活鬼”，杀了个回马枪，他们嘴上叼着过滤嘴香烟，脸上笑得像弥勒佛。三个人中一个名叫福生的抱手向大家作揖，带着油滑的腔调说：“众位父老乡亲，谁都知道，承包那片梅林要有足够的财力，要冒大风险，因此，今晚除了大头二叔外，谁都拱手相让，我们三人就狠心投上一票吧！”说完了，他挺胸阔步把一张纸条放进罐子里去，露出舍我其谁的得意神色。

又是一片咋舌声。“且慢，我们从长计议一下！”“周瑜”慢吞吞地站起来说，他把猪脚嫂和她的两个儿子拉到一棵大树下，嘀嘀咕咕地比画着，这下子大家都呆了，三个“活鬼”直伸舌头，知道斗不过“周瑜”的这一下子。一袋烟过后，猪脚嫂把一张纸条恭恭敬敬地放进罐子里。

开标的时刻到了，大家都凝神屏息，拉长耳朵听着。乡长拉长嗓子高声念着：“大头二叔一千五百块，福生等三人两千块，猪脚嫂领先，两千一百块。”

福生等三人不依，缠着“周瑜”说长道短，“周瑜”就是笑而不答。

且说猪脚嫂和两个儿子承包那片梅林后，起早摸黑地干，加上“周瑜”叔的精心指点，不久，那片梅林就枝壮叶茂，吐出一个个青嫩嫩的小梅子。猪脚嫂话也多了，两个儿子也变得机灵，他们干脆在林子里搭了个临时的寮，搬进去住。夜晚，一阵阵好听的二胡声伴着月光，从梅林里流溢出来，扣动了村民们的心弦。等到梅子熟了，母子仨禁不住心头的狂跳，尝到了丰收的喜悦。第一年就收了几千斤果实，除了上缴外，赚了个一千五百块，第二年就赚了两千多块。母子酿了一大瓮甜蜜的青梅酒，抬到“周瑜”叔家。两个儿子都先后结了婚，最近又在张罗着盖大瓦房。这下子村里有人羡慕得流口水，告到区里，说这片梅林的标投得不合理，要重新开标。“周瑜”叔又愤愤不平地说：“承包期还没到，谁敢撤销合同，我同他们告到县里去!”

泥鳅伯讲完了故事，顺手摘了一颗青梅递给收购员老黄说：“尝尝看，是酸还是甜……”

作品发表于《汕头日报》韩江水1986年5月8日。

鸽子啊，鸽子

每当天蒙蒙亮，空间流动着乳白色的空气时，我就爬到阳台上去放养鸽子。这时，邻居五伯在他的后院里浇花。我发现，他每次浇完花，总是呆呆地望着空中翱翔的鸽子出神，眼神是那样游移。

中秋夜，一轮皓月当空，把小巷照得如同白昼。五伯却连电视都不看，手里拿着两块月饼，倚门沉思。夜深了，远处传来一缕缕充满依依情思的琴声，我看见他的眼眶里早已盈满泪水。

我心底激起阵阵涟漪。他有什么难言的隐痛？一天，邮递员送信来了，他又装着溜达的样子，站在门口张望着，眼神似有祈求。我憋不住悄声问送信的：“有外头的亲人给他寄过信吗？”“噢，他的大儿子在台湾那边。他听说现在实行开放政策，每天老来问我，有没有从海外转来给他的信？久了，大概不好意思再问了。”啊！我心里不知是什么滋味。

五伯还是每天等着信。我工余时间还是照样喂我的鸽子。鸽群里有“深雨点”、“浅雨点”、瓦灰、黑色、绛色各种羽色的李海宁良种和一些土鸽，鸽群不断壮大，不时引来邻县的鸽子。那是元宵节的晚上，我正向笼子里撒去一把小麦，骤然，天空有一只鹰隼俯冲扑向一只外来的鸽子。瞬间，可怜的鸽子扑腾着翅膀在鹰隼嘴下挣扎，惊得我的鸽群四散飞逃。我惊呆了，急中生智顺手抓起屋里一粒大爆竹，用手里的烟头点燃，向空中抛去。

“砰”的一声响，惊得鹰隼放下鸽子，向高空逃去。鸽子刚好落在我的阳台，我捡起来一看，鸽囊被抓出一条深深的伤痕，这鸽子长得高头大脑，威武雄壮，是有名的“黑闪电”，黑雨点的翅膀，桃花眼，脚上戴着有机玻璃环，脚环上刻着：台鸽高雄零零八五一号，右翅膀上盖着“蓝天欢喜”的蓝印，是一只地道的台湾雄鸽。我的心怦怦直跳，高兴极了，赶快用盐水把伤口洗干净，细细地用线把伤口缝合，给这“小客人”准备了舒适的窝，细心地调养它。

我得到一只台湾信鸽的消息，像一阵风，很快就在小巷里传开了。翌日早上，五伯敲开我的门，他说他要看鸽子，我理解他的心意，带他到鸟笼边。鸽子睁大眼慌张地四处张望，五伯目不转睛地盯着它，慢慢地，泪水溢在布满皱纹的脸上。一会儿，他从腰包里掏出一百块钱，说要把我的鸽子买下，我谢绝了。告诉他，等鸽子的伤养好了，就送给他。此后，他每天少不了来看上几次，还买来一大包花生米喂养它。半月后，“黑闪电”的伤痊愈了。

台鸽放在五伯家喂养，那是他心中的鸽子啊！后来，我们把这只雄鸽与精心挑选的李海宁良种雌鸽配种，“新郎”“新娘”相亲相爱，很快就传下后代，孵出来的一对小鸽子，经过灌乳，长得高头健壮，引得邻居的大人小孩，不时跑来探望。它们是留在潮汕特殊的“爱情种子”。

冬去春来，做了一年“客人”的台鸽，体态变得更雄伟了，我们决定把它放回去。在这庄严的时刻，五伯在鸽子的左翅膀盖上“望你早归”的红印。我陪着五伯，提着鸽笼，专诚乘船来到了妈屿。我们站在大海边，海风轻轻地吹拂着我们的头发，撩拨着我们滚烫的心，望着笼子里的“黑闪电”，百般情思萦绕于怀。五伯想讲些什么呢？他想说，归来兮，归来兮，台湾的亲人，你们是水，乡亲是乳，我们应该水乳交融，他想说，归来兮，归来兮，我心上的鸽子，这里有你们的窝，有你们生命的根……

鸽子张开翅膀，飞出笼子，回眸凝望，依依惜别，向海峡那边，向高处的云层，飞去，飞去！

作品发表于《潮汕乡讯》1986年8月9日。

夕阳的遐思

每当黄昏快要降临的时候，我总喜欢伫立在湘子桥头，眺望着地平线上的夕阳，它像一块烧红了的巨大铁饼，染了无边无垠的天际；又像少女一样多情，眷恋着白天的时光，不肯匆匆离去。

大自然真是一支神笔，它描绘了晨曦的嫩红、淡雅，也描绘了落日的壮观、柔丽。昼夜交替的多层次变幻，有黎明必有黄昏，循环反复。

人的生命是时间的堆积，也有早晨和黄昏。如果把老年人比喻是进入夕照时间的人，同样也光彩夺目。“夕阳无限好，只是近黄昏”的诗句，好像带着淡淡的幽怨、伤感，在叹息着，这又何必呢？君不见，“满目青山夕照明”，沐浴在晨光和晚霞中的老人，在读书、散步、打拳、下棋……他们是那样的热爱和珍惜晚年的生活。“老夫喜作黄昏颂”，白发和青丝一样有着价值。

我赞美夕阳，因为夕阳是一天最珍贵的时光，在夕阳的时光里，该怎样像煤和蜡烛一样燃烧自己，照亮别人呢？

记得我家种过一盆桃花，吐红伸绿，生气勃勃。年复一年，花开了又谢，花谢了又开。一年，正当桃花含苞的时候，一场恼人的风雨，无情地把它的主枝打断了，我们用几根竹片把它撑起来，结在残枝上的花苞过不了几天，出乎意料之外竟开放了，花居然开得那么鲜艳，那么璀璨。开完了花，它洒下点点“红雨”，枝上留下一个个小小嫩绿的桃子，而后枝叶开始枯槁了。它像在完成一次生命的赛跑，在“黄昏”的时光里，为了果实，它拼尽了最后的力量，这种精神又叫人亢奋、向上。

噢，还有，我见过一个得了白血病的老人，一双枯瘦蜡黄的手，一张皱纹重叠的脸，眼睛深凹得惊人，瞳孔里却还顽强地射出一线光芒。他的床头还放着一叠未竟的总体规划设计图、分区功能规划设计图。他用抖颤的手，十分吃力地一笔一画地画着、写着。医生、护士、家人谁也奈何他不得。夕阳一快要西下，生命的时光就是这样延续着，高温度的余热，拼命在画着“最后的绿叶”。

啊！多么柔和的夕阳，思绪的野马又把我带到厦门集美的鳌园，在陈嘉庚先生的墓前，我肃然起敬，凝望着，思索着人生的真谛。陈先生一生为乡为国，倾尽了数以万计的家资，但是他的晚年生活是那样的简朴，一张陈旧的床铺，一条有补丁的蚊帐，强烈的色彩对比，感情对比，感人肺腑。他把无数的金银财宝撒在祖国、家乡的大地上，赤子之心，日月可鉴。他在夕阳的时光里，金子般的心在思考着什么呢？啊，夕阳里的彩霞真美，美得醉人。

夕阳，将要在云霞里渐渐西沉了，落日是何等的壮观，它又使人受到什么样的启迪呢？我想化作一只小鸟，去追赶美丽的夕阳，留住夕阳。

作品发表于《潮汕乡讯》1988年4月5日。

花市新闻

春节前夕，我正在办公，科里的老庄从外面喜气洋洋地跨进门来，对我说：“报告一个好消息！公园的盆景滞销，花市的价格比往年大幅度下降了。”于是我们相约下班后到花市去逛逛。

环城路的两侧，摆上了满满的盆景、鲜花。花海里熙熙攘攘，人们沉浸在花香秀色之中。明媚的阳光淡淡地抹在一盆盆鲜花上，片片绿叶轻轻地摇曳着，花瓣上的点点露珠晶莹透明。水仙花、芍药花、菊花、茶花、玫瑰、关公竹、橘子……品种繁多；有红的、橙红的、黄的、淡黄的、紫的、墨绿的，花开得好像比往年鲜，花株花蕊似乎比去年大。一问花价，倒比去年便宜，价值规律又在起作用。今年花的价格真正反映了花的价值。有凌波仙子之称的水仙花一粒才几角钱，娇艳的芍药花，一盆才两块多钱，挂满小灯笼的橘子树，一盆才五块多钱……记得去年春节前的花价比今年高多了。今年的花价为什么下跌呢？我问一位卖花姑娘，她说：“今年种花的人比往年多，像金石翁厝几乎家家户户都种花。”可是我抬头一看，买花的人比去年更多，我轻轻地摇摇头。我问一位卖花大爷，他回答：“老天爷长眼，种花碰上兆丰年，气候好，害虫少。”

我慢慢地移动脚步，看见不远处几个人在围观一盆大头松，我颇有兴趣地凑过去，这大头松长得也怪，松叶稀疏，挂满胡须，盘根错节，弯曲有致，样子像一位寿星。松须与松根一柔一刚，两种美糅合到一块。“三十块钱，卖不卖?”我身边一位穿工作服的人伸出三个指头还着价。“不卖，不卖，非三十五元不卖，你也不知便宜，像往年这盆景五十块钱你也买不到。”“往年和今年还不一个样，你真会做生意。”穿工作服的汉子轻松地说着。“实话说吧，往年春节前，公园里培育的上千盆花和盆景，早就让机关和单位买去送上级、领导、关系户啦！今年听说上级说了话，不允送，价钱就便宜了。”卖花人说得唾液四溅，颇动感情。

耳边的愫愫话语，像动物的触角，伸进了我记忆的角落。去年春节，我到一位老同事家去拜年，他给我讲了一件事。他们公司春节前为了满足上级业务机关的要求，到处奔走，搜罗几种名贵的茶花做礼品，后来就只差“五学士”这个品种。一位卖花的贩子知道情况后，硬敲竹杠，叫高了几倍的价钱，公司还是硬着头皮，以三百多块钱买下了这株茶花。

我联想了很多很多，花的本质是美好的、纯洁的、高尚的，但被人拿去当作拉关系的商品，这未免有伤大雅。透过今年花市的见闻，已经看到党风世风好转的新气象，它必将像已经吹来的春风一样轻轻地抚摸着大地，吹进千家万户，沁人心脾。我望着眼前万紫千红的景色，禁不住吟出“年年岁岁花相似，岁岁年年人不同”的诗句。

作品发表于《汕头日报》1986年3月6日。

散文诗春色小拾

青　苔

看上去像张开松软的绿色大地毯，踏上去感到滑溜溜。我不怕被你滑倒，反而给你的新鲜气息所诱惑。你是绿色的使臣，招来了春雷春雨，给万山穿上了春衣。与百花相比，你是那样的低贱，也是那样的高贵——因为你是丹青手，描绘了春天的生机。

我愿化作一片青苔，贴在祖国的大山上。

饱　餐

像饿汉一样饱尝大自然献上的“山珍海味”——春光、春色、春花……拼命地吸一口春雨洗净了的新鲜空气，你会沉醉在春的梦里。

经过一个严冬，饥饿的土地需要播种、浇肥；饥渴的树林盼望雨露、甘霖；挨冻的万物祈求春阳、暖流。美美地饱餐吧，在明媚的春光里。

拾起地上的桃花一片

春风有意吹落了遍地“红雨”，我小心翼翼地拾起地上的一片桃花，心头骤生一阵惋惜。路人笑我痴：“春风是公平的，吹落花是为了果的生长成熟，有所舍才有所取。”噢！是的，等到桃子上街时，才能悟出其中的真谛，桃子和桃花的颜色是一样的。

作品发表于《汕头日报》1984年3月11日。

生活的浪花

黎明和黄昏

黎明给人间带来曙光，黄昏为大地添了晚霞，同样的绚丽多彩。黎明摇响了战斗的铃铎，黄昏滋生了休憩的温馨，一样可爱。成功者含笑迎接黎明，失败者在黄昏积蓄力量。人们不为黎明带来沸腾而狂欢醉倒，也不为黄昏送来静谧而唉声叹气。大地在不停地运转，生活就是在运动、变革中前进。黎明要记住黄昏，黄昏孕育着新的黎明。

时间·空间

时间老人呀，你为什么走得这样匆忙，轻曼的春歌已降临人间。用厚实的手剪下空间的彩云，为古老的春节编织美丽的花环。当新年传来爆竹声声时，兴奋的心呀可别这样激荡。为什么？添了一岁，又多了一层负载，不管是在车间、田野、边疆……

生活赏赐给每个人以天空大地，也有任你驱使的分分秒秒。然而，时间永远属于蜜蜂一样勤劳的人，而甲虫般的懒汉只能望洋兴叹。

塔与路碑

塔——头顶万仞苍穹，脚踏着大地的胸脯，由低向高盘旋而起，抬着高傲的头，为人所景仰。可人们对你的赞叹太多了，你的报答呢？给生活创造了什么？

路碑——低矮微小，俯首站在路旁，默默无闻地任凭泥土灰尘扑打，雨日淋晒，长年累月地为陌生人指明路途，对迷路者予以引导。它不与塔比高低，听不到啧啧的称赞声，可却无愧于世。

作品发表于《汕头日报》1984年2月3日。

秋天的歌

秋　波

秋阳柔和得使人醺醉。白鹭掠过荡漾着秋波的韩江。重重叠叠的秋波，它跟船工脸上的皱纹一样深、一样沉，把这些线条糅合在一起，就是一种粗犷的美。可不是吗？当春洪狂奔着的时候，船工们载着金灿灿的种子，斩波破浪，播向四面八方。

当秋风吹来了，到了收获的季节，江上飘来了米香、酒香的时候，他们没有余暇享受、品尝，又将丰收的果实载向幸福的彼岸。

秋　果

那年，她去上大学的时候，我送给她一手帕透红透红的山楂果。她嫣然一笑，含一颗在口中，细细地咀嚼，突然她收敛了笑容，深思良久对我说："等待吧，到了成熟的季节，我要献给母亲一颗山楂果！"

然而，年复一年，她已成为大学里的助教。她捎信来对我说："我虽然没有给母亲捧出丰硕的成果，但我却在浇花……"

啊！开花结果，结果开花。

叶落归根

游子最怕秋色，秋天和乡思连在一起。秋蝉在弹唱一支轻柔的相思曲：落叶兮、落叶兮，你们生命的根深植在母亲褪色的土地里。

匆匆来去的飞鸿，请你给海外赤子衔去一片红叶，寄托着父老乡亲的痴情一片。

作品发表于《汕头日报》1983年11月17日。

血红的鸡冠花

黄昏，十一辆不开灯的解放牌汽车满载着复仇的火焰，排成一字，风驰电掣地飞奔在越南崎岖的山路上，如翱翔在天空上的飞雁。在前头开路的零五号汽车以每小时六十多公里的速度前进。驾驶室左边紧握方向盘的是汽车排长高峭，右边坐着他的助手洪海，一个胖个子的新兵。高峭刚满二十八岁，高瘦的个子，俊秀而呈黧黑的脸庞，深邃的双眼，灼灼生光，眉宇间长着一颗大黑痣，更增添了这张脸的豪气。他们已经是二十六个小时没合过眼，眼里织满了像蜘蛛网一样的血丝，汗酸味和汽油味混合着充塞整个驾驶室。军壶里的冷水和风油精成了兴奋剂，强烈地抑制着该死的瞌睡，但是，无论怎么抑，却也无法把仿佛压在他俩头上的那块沉甸甸的砖头搬开，就连插在车头上的那枝血红的鸡冠花也懂人意似的把头低垂着。玻璃窗前的扫雨针不停地摆动着，山风夹着豆大的雨点无情地扑打着路旁几棵稀疏的菠萝蜜，从窗前一闪而过。在这该死的天气里行车，高峭真是使尽了“浑身解数”，黑眸子像夜莺一样盯着朦胧的前方，尽管他是全国赫赫有名的技术标兵，可是在这样坎坷的路上每前进一华里，都要耗费很大的精力呀。

在同一驾驶室里，他们各自都有心事。洪海的脸绷得紧紧的，紧锁着眉头，这个一向以说笑话出名的“乐破天”，为什么这几天变得闷闷不乐，好像有什么重重心事；天真幼稚的他，为什么这几天对我格外关心呢？高峭心头聚着疑团。而洪海心里也揣着一只小兔子，蹦跳着：他前天晚上睡觉时，半夜醒来无意中摸着排长的枕头，竟被泪水沾湿了一大片。一问排长，排长微笑地说他做了一个噩梦。难道那撕裂肺腑的一切，他都知道？洪海心底总是挂着问号。

天色已愈来愈黑，汽车在行进中，突然“噗咯”一声，仿佛整个车身陷进了海绵里，方向盘打不动了，后面的汽车“咔嘎”一声，一字形的车队刹住了。高峭一跃跳出驾驶室，顺着车轮一摸，原来打滑了，车轮在泥浆里打转。在汽车兵眼里，最倒霉的事发生了。高峭脱去上衣和战士们浸在冰凉刺骨的泥水里，用铁锹掘起泥巴，挖呀挖，五分钟，十分钟，手表“嚓嚓嚓嚓”地响着。突然“叭”的一声，高峭手里的铁锹断把了，他心如火焚，干脆用手挖起泥巴来，指甲挖到几块锋利的石片开裂了，流出了殷红的血，他发抖着又把手插进了泥里，十指连心，疼痛难忍，汗水像条条爬虫在他全身蠕动着。出发前，团长那张络腮胡子的赤脸又出现在他的眼皮底下：“这些火箭筒在天亮之前一定要赶到阵地，主攻黄莲山急需它，到达不了，我拧下你的脑袋。”他总是这样粗暴地下达命令。高峭懂得命令的分量，团长那张脸孔消失了，他疯狂地用手抠着泥巴。

车轮终于松动了，垫上几块石头，填了沟坎，高峭看了一下夜光表，时间紧迫，应该加快速度前进。突然他发现身边的洪海冷得正在打战，高峭迅速地把上衣递给洪海，“不，排长，你全身湿湿的，昨天又感冒，我不冷。”洪海把棉衣推回去，高峭心里一动，慧黠的眼睛一亮，用神秘的口气说：“我呀，从小就跟伯父学会气功，一运气身上热得很，不信，你摸摸。”洪海的手触到高峭的脸颊，奇怪，热得很，他半信半疑地穿上了排长的上衣，心房流过一股暖流。这可是高峭第一次撒谎，这时他的全身正在发烧哩。

片刻，雨停了，月亮露出含羞的半边脸。加快了速度的汽车在飞奔。一小时后，当车队通过了前面一道木桥，公路远处呼呼地飞来一辆摩托车挡住了去路，通讯员跳下车，冲到高峭面前，传达了指挥部命令："前面发现情况，马上掩蔽！"高峭霎时命令车队开到附近一片萧森的芭蕉园里掩蔽起来，他把方向盘交给洪海，自己却跳下车，借着氤氲的夜气和朦胧的月色，眺望着这条狭窄的公路，多么眼熟啊，他小心翼翼好像在寻找什么，他来到木桥之后，当看到一棵参天的树时，迅速地摸出了打火机，"咔嚓"一声，蓝色的火苗照着这棵树，蓦地又把打火机按灭，双手突然紧紧抱住了粗大的树身，仿佛是邂逅了久别的战友，瞳孔里闪动泪花，好像有满腹心事……

他立即转回汽车的掩蔽处，刚布置完警戒，十多个天真活泼的年轻战士围在一起，低声叽叽喳喳，七嘴八舌地硬拉着排长，这个平时在连队被称为"活电影"的人，给大家讲个故事。被大家这么一扯，高峭坐在硕大的芭蕉叶上，清了清嗓子，用低沉的声音给大家讲开了：

当年，"援越"的一个盛夏，一个刚入伍不久的新兵和一位老班长驾驶着汽车，载着话务排的一班女战士开往越南前沿执行任务。一路上这班年轻活泼的女战士又是唱又是跳，就像春天里的小鸟闹个没完。新兵被她们这么一闹心里就有些不耐烦："喂，喂，注意行军纪律！"新兵从驾驶室伸出头喊着。女战士闻声戛然而止，有个睫毛特别长，长着一对小酒窝，睁着水灵灵双眼的女兵尖声地回敬着："哦，原来是我们尊敬的小新兵，铁路警察管得宽呀，舌头长在我们嘴里，我们偏爱唱，你又怎么着？"车厢里立刻响起一阵哄笑。新兵气得嘴上可以挂油壶。老班长拉开了嗓子了："让她们唱吧，别管了！""嗯，怎么样，新兵仔！"又是那个长睫毛的女兵！小新兵不但没得到班长的支持，反而遭到女兵的嘲笑，就骂了一声："小母鸡！"这可把女兵惹火了，你一句，我一句，直向新兵开了火。老班长只好伸出手按下了洪海，女兵看到老班长护着她们，笑得更得意了。那支尖声又带头唱了起来，小伙子狠狠瞪了长睫毛一眼：“逞什么强。”

就在这时，神不知，鬼不觉后面跟来了一辆苏式吉普，鸣着刺耳的喇叭，车上的歌声顿时停了。老班长睥睨了一下旁边的反光镜，只见这辆车的车身上画着光怪陆离的怪兽，车上还竖起一根天线，根据经验判断，这是某超级大国顾问团的车，里面不知又坐着什么大人物，显然它是想超车。可是在这只有三米宽的路面上，要避，车轮就会掉进路旁沟坎的泥泞里，而陷入窘境。这时，后面的喇叭声，一声长似一声，好像冬天的饿狼嚎叫。后面传来了女战士的大声议论：“呵，倒神气，像只乌龟壳，还想在龙王面前逞强。”此时，反光镜里又露出一张探出车外凶悍骄横的脸对着女战士狞笑，他们分明是想把这辆中国车往绝路上迫。老班长加大了油门，汽车发出“呼噜呼噜”的叫声向前冲去，保持着中国人的尊严。

从解放牌汽车下飞出扬起的灰尘满天飞舞，呛得吉普车里的上校团长拿出手巾捂着嘴，“叽叽唔唔”直叫：“中国佬，太可恶。”这时，又传来女战士哈哈大笑声。大约跑了七八公里路，上校团长这头蠢猪被激怒了，拉长了脸，拔出了腰间那支小左轮，“砰砰”两声沉闷的枪声盖过汽车的发动机声，这时响起女战士的尖叫声。老班长已打开左车门，一手握住方向盘，刚探出头去，“砰”的一声，老班长迅速地斜倒下去，太阳穴冒出一股鲜血缓缓地流满了脸，方向盘失去了控制，后面传来一阵狰狞的狂笑和女兵们的惨叫声。一团怒火在新兵的胸中腾腾升起，复仇的烈焰使他忘记了世界上的一切，他迅速地取下挂在后面的冲锋枪，压上一梭三十发的弹夹，把保险开在连发上，踩住了刹把，一脚猛力踩开右车门，紧咬牙根，飞步下车，以迅雷不及掩耳之势朝后面的吉普车紧扣扳机，一束怒火猛喷过去。即时，后面的玻璃窗破打碎了，在同一瞬间，吉普车里的上校团长和他的部下三个人横竖倒下去，乌黑的血还在排泄，血污溅满了全车，车子失控被摔下沟坎里。新兵余恨未消，又冲上汽车再装上一夹子弹，火焰又朝吉普车倾泻过去，上校团长和他的部下，身上都已像蜂窝一样，布满窟窿，血肉模糊，咧着嘴去见上帝。至此，新兵的大脑才清醒过来，转身跑回驾驶室和女兵一起抱起老班长还带着温热的躯体，嚎啕大哭起来。新兵从身上摸出一把小刀，沉默着站了起来，咬破了嘴唇，用颤抖的手在树上一刀一刀地刻下了“公元一九七三年六月六日”这个记着仇和恨的日子。

这时，跑来了一大群越南兵包围了汽车，新兵被迅速戴上手铐，拉走了。此刻，第一个跑到前来救援的汽车团长面前的女兵便是“长睫毛”，她摇着胡子团长的手臂悲泣着：“团长，一定要救他，他是一个非常非常勇敢的人呀！”团长急躁地来回踱着步，突然问她：“你是他什么人？”“我，我，我是他的战友。”经过我们的多方营救，新兵出狱了，第一个抱着一大束鲜红的鸡冠花跑到新兵面前献给他的还是“长睫毛”，他们就这样认识恋爱起来。后来，随着日月的增长，这朵爱情之花在他俩的培育下，呈现了玫瑰色般的鲜艳。

后来他俩结婚了，正当这朵爱情之花就要结出嫩绿果实的时候，自卫反击战开始了。晨光中，他俩站在友谊关前一辆汽车旁依依惜别。“长睫毛”已是话务排排长，苗条的身材正凸着大肚子，可以看出已是临盆了，很快一个粉红的婴儿便会呱呱坠地，降到人世了。女的没有流泪，一泓秋水似的眼睛深情地盯在男人的脸上，手上紧紧地攥着一束血红的鸡冠花，竟无语凝噎。此时，她想紧紧地抱住丈夫，不让他走，可她觉得不应该这样做。男的用深沉的喉音说：“你快生产了，我真舍不得离开你，想依偎在你的身旁，悉心谛听儿子刚坠地的哇哇哭声，真想尝尝做爸爸是什么滋味，可是强盗偏偏不想给我们这一切！”“去吧，去吧，把这一切夺回来！”妻子的泪水在眼眶里打漩涡，一圈又一圈，可就是没有涌出来。她又用沙哑的声音说：“待到凯旋之日，再让你亲亲咱们的小宝贝。”

丈夫心里一热，紧紧地拥抱了妻子，妻子悄悄在他的脸上吻了一下，又马上推开他，用手指着离他们只有几米远的队伍。可丈夫却不顾这些，生硬地搂住了妻子又亲了一下。

妻子把紧握在手里的一束血红的鸡冠花插在车头上，丈夫深情地用手抚摸一下花朵，马上飞步地冲上汽车，匆忙地走了。“以后——”

“以后他俩怎么啦?”战士们抢着问，恰巧此时，通讯员气喘喘地跑到他们跟前，传达了“情况解除，马上继续前进”的命令。故事还来不及听完，战士们急速地跳上汽车，急忙上路了。

高峭手上夜光表的指针已挂在一点零五分的码上，必须以最快的速度前进，黎明之前才能到达目的地。“排长，你困了，让我替你开一会儿吧。”洪海对高峭恳求着。“不，这路我比你熟悉，还是我开吧，你先休息一会儿。”洪海知道在这种情况下是拗不过排长的，他的眼睛湿润了，心中的狂浪冲破了三天来筑起的思想防线：

两天前的拂晓，他们在行进中，碰见高峭妻子所在的话务排，高峭接到妻子生了一个胖小子的喜讯，战友们纷纷向他祝贺，他更是高兴得像个孩子蹦跳起来。话务排的代理排长悄悄把洪海拉到一个僻静的山地，淌着满脸的泪水，告诉他一个不幸的消息。

听着听着洪海的脸色由红变白，他已代高峭承受了痛苦的袭击。他的眼前浮出一幅惨景：高峭的妻子在丈夫出关之后，领导看到她快临产了，劝她离开，但她一直不愿离开自己的岗位，就住在友谊关前一所木屋内。高峭的妻子刚刚生产，她轻轻地亲着怀里的婴儿，露出了笑容。突然，越寇的炮火从一个高地偷偷地倾泻过来，木屋成了一片火海，高峭的妻子倒在血泊中，只抢救出襁褓中的婴儿。刚刚坠地的婴儿失去了母亲，哇哇地哭着，挣扎着……洪海不知流了多少泪才摸回汽车旁，看见高排长呆坐在驾驶室里，他的耳朵又响起话务排长的声音：“你是他的助手，一定要暂时保密，好好照顾好排长。”高峭脸色苍白，双眼充血，双手攥着拳头。“排长，你怎么了？”洪海见状，心里一惊，急促地问。“没什么，我在想怎样打狼！”洪海听后，紧紧收缩的心轻轻地舒了一口气，他不忍心让排长受到这种撕裂肺腑的沉重打击。

想到这里，洪海这个堂堂的男子汉也偷偷地掉泪了。

三更时分，汽车队开到交叉路口的拐弯处，几棵椰子树随风轻拂，倒映着一片阴影，拐弯后的公路直宽，直通前沿。洪海望着这条宽敞的公路，心里微松了一口气，但是，刚才听了排长的故事后，心底一直弥漫着一团云雾：排长刚才讲的故事里那位新兵到底是谁呢？长睫毛的女兵又是谁呢？还有插在车头的那束鸡冠花和故事里的鸡冠花多么相似，不，不会吧，南国的鸡冠花不是到处都有吗？他自答着。虽说高峭爱人的部队刚从内地调到边防，时间仓促还未和大家见过面，刚出关时，又凑巧高峭因单独执行任务，提前出发。但他真想问问排长，使心上的疑问得到解答，可是他这时没有勇气，怕引起排长的联想。“水箱的水不多了，该加水啦。”交叉路口高峭命令车队停车加水。车都停了，可洪海一动不动地在想什么。“洪海，洪海！”“啊！嗯！”“在想啥了？”“我在想你讲的故事呗。”“先加水再说。”“是！”洪海争着打开车头盖板，拿了水桶到山沟里舀水，水刚加进水箱，高峭看见洪海喘了一口气便说：“再加把劲，等到了目的地之后，我再把故事给你们讲完吧。”话音刚落，骤时发现前面约一百米远隐隐约约走来了六七个人影，高峭觉得情况来得奇，但把车驾走已来不及了，他和洪海操起冲锋抢伏在前面路旁，命令全部战士上车做好战斗准备。来人已越来越近，看清楚有男有女，有的手提肩背，是一群衣衫褴褛的越南老百姓装束，乍一看似是一家人，但又觉得不像。他们边走边说着叽里呱啦的越南话。高峭和洪海端起冲锋枪一跃而起，把枪口对准了他们："站住，干什么的？"
"别开枪，别误会，我们是躲难的老百姓，这号当兵的逼得我们没法活呀！"一群人似是颤颤抖抖，其中一个男的操着半生不熟的中国话说着。"老百姓，为什么深更半夜走公路？"高峭厉声问。"白天我们怕炮火，不敢走呀，我们真是善良的老百姓，过去我们还常到你们凭祥市去卖山货哩，越南老百姓和中国兄弟是一家人嘛。"话声未停，里面有个女人已偷偷从包袱里摸出了手枪，高峭和洪海看得真切，说时迟，那时快，洪海打开保险，高峭还来不及制止，"当当当"一串火舌扫射过去，他们也来不及叫喊便通通被击倒了。已经暴露目标了，高峭随着大喊了一声："不好啦，碰上敌人的特工队了。"这时距离一百多米远公路旁山坡上的十多名敌人开枪射击了，高峭和洪海马上撤退，刚撤回汽车旁边，高峭肩膀突然中弹了，他忍着疼痛偎立着，点点的鲜血滴在车头血红的鸡冠花上，使花朵显得更加鲜艳火红。高峭一阵紧张过后便是惊人的镇定，他果断命令着："五辆车下来五名战士阻击敌人，其他驾驶员马上加大油门，拐向大路，全速前进。"战士们的冲锋枪已经进行了勇猛的还击。洪海争着让排长把汽车开走，自己留下阻击，可是排长圆睁虎眼不让。高峭迅速地拔下车头那束血红的鸡冠花对洪海说："这就是妻子送给我的，请你把它留给我的孩子吧，这里面凝注着他父亲的血，叫他不要忘记这一切。"洪海接过鸡冠花，心里一震，他明白了，这不正是故事里的鸡冠花吗？这是一对夫妇青春和生命的象征。故事里的新兵正是高峭自己，他们结婚才不多久，可是……洪海再也忍不住了，他几乎是高喊着："高排长，你爱人已经牺牲了，孩子再也不能没有爸爸啦！"高峭镇定地说："一切我全知道了，时间紧迫，我命令你代理排长，马上带领大家前进！"他顺手推了洪海一把，刻不容缓，洪海大叫了一声：“大家跟我冲。”车队呼啸而过，越离越远了。“老班长、妻子、祖国的亲人，我为你们报仇来了！”高峭大叫着，猛扣着扳机，一束火焰射过去，有两个正在山坡上冲来的敌人应声而倒，可敌人火力也很密集，打得石头冒金星，泥溅了高峭一嘴，他呸了几口，选择了有利地形和战士们匍匐在沟坎里狠狠地打，此时有三名战士中弹倒下了，敌人一个个弓着背向前冲来。高峭望着远去的汽车，带领剩下的两名战士且战且退，不料这时敌人飞来了一颗手榴弹，随着轰的一声，硝烟弥漫，两名战士倒下去了，高峭也失去了知觉，头部和胸部都在淌着血，靠在路旁的石壁挺立着。枪声停住了，鬼影在四处闪动，敌人吼叫着“抓活的，抓活的”，从几米远处慢慢地围上来了。高峭从身上摸出了一颗手榴弹，咬开了保险盖，把拉线环套在手指上，处于半昏迷状态的高峭眼前突然出现了一幅幅的幻觉：

他看见了襁褓中笑着的婴儿，双腿乱蹬，红通通，肥胖胖，长得多像他的眼睛，妻子的眉毛；

他看见了祖国的天空、大地、田野、烟囱、森林……

他看见倒在血泊中的老班长、妻子；

他看见了前沿的战友，从车上搬下一箱箱的火箭；他看见了战友们在欢呼胜利。

他终于拉动了导火线，即刻“轰隆”一声，惊天动地，山撼地摇，火光向天际升起，似是一朵红云，又多么像大地上盛开了一片血红的鸡冠花，映红了寂静的山野。

作品发表于《潮州文艺》1981年第4期。

假戏真演

在一个北风怒吼、细雨蒙蒙，把耳朵冻得麻木的早上，我照常到市政府C临时机构去上班。在门口一个角落里，蜷缩着一个五十岁上下，穿着一件褪色蓝棉袄的人，不时地用脚跺来跺去。看见了我，他浑浊的眼里放出了亮光，“市长秘书，我的事，市长同志他……他答复了没有?”他两片发紫的嘴唇开合着，吐出一团团雾气，用瑟抖的手从上衣袋里摸出一支压扁了的香烟向我递来。看到他那副猥琐的样子，我的心紧缩了一下，那完全是一场玩笑引起的误会，向他解释清楚吧，我根本不是什么市长秘书，但话一出口，却变成这样：“还没有，市长，他，他开会去了。”我语无伦次地搪塞了几句，再也不敢多看他一眼，走了。

那是几天前的一个下午，办公室只剩下我和小肖，行政科给我们派来了一位修补地板的泥工。那老头棕色的额上长了一个李子大小的肉瘤。一说话，脸上的皱纹像水波荡漾，那一副怪相引起我的好奇。因为闲得无聊，我们与他搭讪，我问一句，老头瓮声瓮气地答一句，榆木头似的。一阵沉默之后，我不着边际地扯起来：“老师傅，听你们公司的人讲，你们的奖金现在大把大把地捞?”他一听，憋红了脸，站起来“咔叽呸”地吐了一口痰（他根本不懂得这里不能随地吐痰的规矩）说：“官是官，勇是勇，谁的奖金多，爬梯看不见人家的账簿。”我与小肖相视一笑，看来这老头怨气还不小。片刻，老头又换了一副脸孔，战战兢兢地说："同志哥，我人粗嘴笨，别见笑，我，我能不能向你们打听一件事？"小肖指着他，又指着戴眼镜的我说："这是市长秘书，有什么难处，你老尽管说，回头他可向市长汇报。"显然他把老头当猴子耍了。我心里一面觉得好笑，笑他让小鬼充城隍，一面又佩服他说谎的本领，因为他说谎从来不脸红。这下子，老头用惊讶的、陌生的眼光审度着我们，好像要重新认识我们似的。看到这种神情，小肖有几分得意地坐在藤椅上跷着二郎腿。我呢？虚荣心和好奇心驱使我充当了市长秘书的角色。我荒谬地拿起笔记本，俨然像一个大人物在听汇报一样。老头又蹲下去，非常熟练、细致地抹着地板说："同志哥，我不知犯了哪条王法，最近公司邢经理扣去了我一个季度的奖金和一个半月的工资。也不怕你们见笑，我到了四十多岁才娶了个农村户口又是瘸腿的老婆，最近老婆又病倒在床上，下有两个小不点的女儿，上有老母，我背了一身债，眼看就要过年，我孩怎么活呢！"他从哽咽的喉咙里冒出几句话，眼眶有点红了，稍候一会儿，他又说："街道的待业青年成立建筑队，叫我做工头去点拨，给些报酬，公司的头头便说我当业余工头，扣了我的奖金工资，说是杀鸡教猴，我不干，他们又不允许！如今不是兴改革吗？秘书同志哥，请你帮我问市长一句话，上头有没有这个政策……"

小肖显得有些不耐烦了，皱了一下眉头，哼了一声："屁小事！"不时地向我扮鬼脸，使眼色。但又大声宣布："老同志，这件事，由秘书向市长汇报，他会给你个满意的答复。"灰工佬再也不吭声了，他把地板抹了一遍又一遍，好像阿Q在画圆圈似的，直抹得可以照见人影。

一想起我在这场戏里扮演的不光彩角色，心里就像第一次当小偷一样忐忑不安。早上灰工佬那副脸孔和恳求的声调，不时地撞击着我的心房。这时候小肖又闲得不耐烦，在办公室里向别人吹起他的新闻，什么某某人偷鸡摸狗被他丈人当场抓到……要是平时我准凑个热闹，可是这时觉得这嗡嗡的叫声，真使人讨厌、恶心。那个上午我不知怎样度过的。回到家里，看见父亲蹲在椅子上吧嗒吧嗒抽着烟那副老实相，我脑瓜里莫名其妙地产生一个念头，那灰工佬脸上纵横交错的皱纹多像我的父亲，我像欺骗了我的父亲，良心受到谴责。小时候，有一次我上街打酱油，不小心打破了瓶子，回家后我向父亲撒谎，说是让人家撞倒的，逃过了惩罚，那时我幼小的心灵老是不安，做了几个晚上的噩梦，最后我还向父亲做了坦白，父亲不但没骂我，反而开导我应该做个老实人。现在我已经成人，可是我却欺骗了一个老实人。我是欠债人，应该本息一齐付还。但凭我一个凡夫俗子的身份，是爱莫能助的。

我又像小时候一样，饭食不香，夜不能寐，着实折磨了自己一阵子。后来，我心里蹿起了一个奇怪的念头：何不借别人的权力使用一下！我下了赌注，拿出侠肝义胆，像许多书里和电影里描写的一样，以假乱真，冒风险去闯一闯！

那天，我利用办公室没人的机会跟那经理挂通了电话，恰巧他正要去参加一个工程验收，约好我晚上去找他。从对方浑重又显得局促的对话里，我推断他不认识刚上任的胡秘书。我松了口气，心里有底了。

晚上，我鼓了勇气，迎着刺眼的白炽灯走进了邢经理办公室，像背台词一般地做了自我介绍。从邢经理堆满曲线的笑容上和深凹的眼睛里，我判定我的冒名成功了。我放下公文包，装作轻松地跷起二郎腿，在和谐的气氛里，我慢慢地把灰工佬的事情全盘托出，最后为了取得攻心战的胜利，我用低沉的口气强调这件事，说市长很重视，因为，这是不符合当前的改革精神的，必须抓紧处理。邢经理听完我的话，眼睛眯成一条线说："唉呀，这样的事也让市长操心了，可见市长是走群众路线嘛。你看看，工作一忙起来，像这样胡来的事，我掌握不全面。这样吧，我了解一下，马上解决……”真是“鬼狐精”，明明灰工佬说是他处理的，他却推卸责任。这种人我见多了，总是欺软怕硬，需要再将他一军。我吐一个字顿一下脚说：“那你什么时候给我个明确答复，我也好向市长汇报。”他脸上的皱纹伸缩了几下，说：“后天我亲自去汇报吧。”“不！不！这几天我很忙，还是让我定时间来找你吧！”我心里有点慌了。

两天的时间显得多么漫长，不过，我到底还是再次出现在邢经理的办公室里。邢经理热情得很，紧紧地握住我的手不放，生怕我跑掉一样，“问题已经查清楚了。经研究，公司领导班子决定，并让人办理了：一、给予老吕补发工资、奖金；二、对工区领导作严肃批评；三、……”邢经理边说着边把我按在沙发椅上，又反头往外伸：“小张，小张，来客人了，马上去买点水果。”“邢经理，接电话。”不知谁在门口喊了一声，邢经理匆匆地走出去。现在，我心里的一块石头落下来了，满足了、胜利了。我庆幸自己成功，算对得起灰工佬了。我恨不得马上离开这里。我拿起公文包，走到电话房门口，心里暗暗骂了一句“老滑头”，又必须向姓邢的行礼节性的告辞。突然听见里面传来了一阵对话的声音。“噢，什么！什么！你也是胡秘书？”听出姓邢的惊讶的声音，片刻，电筒里传来一个女人轻柔的声音：“市长接到许多反映你们公司问题的来信，他想找你谈谈……”

听到这里，我仿佛觉得周围的空气都凝固了，脑袋嗡嗡作响，上帝呀，这又是怎么回事？我带着极度的恐慌，匆匆地逃跑了。

作品发表于《潮州文艺》1985年第5期。

后 代

一个宁谧幽静的深夜，一辆北京牌的吉普车徐徐地开到浸在花香中的机关宿舍门前停下来。走下车的县武装部长卢明，刚开完会回到家中。卢明的家住在这幢三层楼二楼右面的一个一厅三房的套间。自己寝室的灯光从二楼窗口辐射到楼下，他想孩子妈还未睡。人说：老夫惜娇妻，娇妻敬老夫。这话当真。过去，每当老卢办公有事外出，贤惠的妻子总是在电炉上给他热上一杯滚沸的牛奶，坐在灯下做着针线活等他回来。可是，近来因为儿子卢小龙的一些事，往往引起夫妻间的一些争端。过后，卢明又为伤了夫妻感情而感到内疚。卢明走到房门口轻轻地推开门走了进来。耳边响起了抽抽搭搭的哭泣声。也许是妻子听见了脚步声，扭过头来，瞥了卢明一眼。妻子赵少华是他的续弦，在医院当护士。平时，白净的脸庞上，嵌着一双引人注目的丹凤眼，配上两条媚人的柳眉和一头波浪起伏的卷发。虽然已是三十四岁的年纪，看上去倒像一位漂亮的大姑娘哩。但此时，她的双眼却肿得像两颗核桃，披头散发，眼泪像断线的水珠直往下淌，一副失魂落魄的模样。结婚十年了，卢明第一次看见妻子哭得这样悲恸，他感到骇然。

他倒上一杯开水，小心翼翼地递给妻子。她没有接，反而哭得更抽噎。哭声撕碎了老卢的心肠，他茫然不知所措。

“挨领导批评了吗?”卢明问着。妻子摇了摇头。

“是谁和你过不去呢？”妻子又使劲地摇了摇头。接着双手捂着脸，向自己的房子奔去。“咚”的一声，将门关住。他没有追去。唏嘘一声，坐下来呷了一口茶，点燃了一支中华牌香烟，口里在吞云吐雾，随着缥缈的烟圈，他的心里像在翻山越岭去寻根究源。是因为近来儿子的事，而刺伤了她的心吗？一桩桩的事在思想的荧光屏里显现：

一天晌午，赵少华在食堂打来一盆油渍渍的包菜炒猪肉。小龙看了一眼，嫌肉太肥了，口里嘟嘟囔囔。赵少华温和地对他说：“你真不自量，这样好的菜还敢嫌。”儿子一听火冒三丈，把桌子下的小猫踢了几尺远，又把筷子一撇，骑着自行车走了。卢明思虑了片刻，对少华说：“晚上给炒几个鸡蛋加点瘦肉。”“我们这么做，会把孩子娇惯坏的。”少华担心地望着卢明。“是我对儿子太溺爱了吗？不，不会的。我就只有这么一个独生子呀。”卢明心里想。

一天黄昏，吃饱了晚饭，卢明散步去了。小龙在房子里蹑着脚尖走近衣吊，把手悄悄地伸进了早已盯上的“猎物”——卢明的上衣袋。恰巧，赵少华手里提着一个热水瓶走了进来，小龙慌忙把手缩回来，若无其事地“呼呼”着口哨走了。夜深了，赵少华在枕边悄悄地把这件事告诉卢明。“小龙，真是应该好好地教训他。不过，小伙子工资低，社会交往多，也难免钱不够花。”卢明说着。赵少华的本意是想让丈夫同她一起来教育好儿子，不料却听到了辩护词。她的双眉皱成一把。

其实，卢明听了这件事也是震惊的，他也想好好教训儿子。可是，前妻临死前的话犹在耳际响着：“小龙是根好苗苗，一定要把他抚养成人，我在九泉之下也瞑目。”可是自己让他过的是什么日子？“文化大革命”中他孤苦伶仃，自己的事也株连了孩子，叫他跟自己一样吃尽了苦头。现在处境变了，难道不该让他多享受点吗？即使过分一些，又有什么可指责呢？第二天早上，卢明把小龙叫到跟前，怒睁双眼叫嚷："小龙，今后可不许偷偷摸摸，当心打断你的手。要钱嘛，直说了就行。"说着，他打开钱包拿出一张十元钱递给他。小龙脸上一阵红白，狠狠地射了赵少华一眼。赵少华的心好似被针刺了一下，身上一抖，心里难受极了。

妻子是不是因为这些事而生气，或是小龙又顶撞了她呢？他疑思不定。

"爸爸，你还没睡。"一个叫声打断了他的思想。儿子像一阵风来到他面前。他长着一张白皙的脸，穿着时髦的猎装，二十一岁的身材却有点发胖，不管是出太阳还是下雨天总喜欢带副太阳镜。"摩登人"在他心眼里是幸福的化身。"这么晚才回来，上哪里了？"卢明睁大着眼睛问。小龙支吾着。老卢心里产生疑问，听说他不久前在谈恋爱。"是不是带着姑娘逛公园了？"卢明厉声问着。"哎，嘿嘿嘿，今晚是和朋友到工人剧场看电影。"啊，原来是这样，他消除了疑问。据说俏皮的小伙子，一经谈恋爱、结婚就会变好，这倒也是一桩好事。"你妈为什么这样伤心，你知道吗？"父亲严肃地问。"谁他妈知道。"儿子回敬了一句。他听见了隔壁的啜泣声，没趣地走回自己房间，平时他根本就不把这个后母放在眼里。卢明无可奈何，拖着肥胖疲倦的身体倒在单人床上，想着想着，一天的工作疲劳把他带入了梦乡。

第二天早上起床，他想到上级今天要来部里检查工作，不由带着怅惘的心情，匆忙上班去了。

一夜间，羞辱、奇耻、害臊，不幸……各种人世间苦涩的情感就像一条条毒虫在噬啮赵少华的心。昨夜那情景好像一场噩梦，使她难以挣扎出痛苦的深渊。

昨夜十一点钟，她在医院交完了护士班，脱下了白衣，换上了便装，骑上了自行车。这里，天上的月亮跑进云里，点缀在灰色天幕上寥寥无几的星星在眨着眼。她不觉已骑到了一个小公园的拐弯处，四周一片墨黑。女人的本能使她感到惊恐，以致丰满高突的乳房一起一伏急促跳动。突然，后面一辆不开灯的小汽车朝她奔驰过来，闯到她眼前，“唰”的一下，急刹住了。她险些被撞上，身子失去了平衡，摔倒在地。她爬了起来，正想去和司机辩理，霎时间，车上急速地跳下几个黑影，朝她扑了过来。她来不及叫喊，几只黑爪已用力把她压倒在地上。有一只手抓紧她的脸颊，硬是把一团棉纱塞进了她的嘴里，又用一条布死死地蒙住她的双眼。双手被一根绳子反缚着。好几只手在她身上乱摸乱抓，她被抓得疼极了，可是喊不出来。一会儿，一只手紧紧地抱住她的胸部，另一双手抓起她的脚，她被倒掉着头抬了起来，硬是塞进了黑暗的汽车里。几双乱糟糟的手慌张地扒下她的长裤、裤衩。这一连串的动作在不足五分钟内进行。紧接着，一个禽兽般的身躯重重地压在她身上……她意识到挣扎也是徒劳的。一会儿，第二个人又猛扑到她身上。她感到窒息，她想不能再这样白白受糟蹋。她拼命地挣脱手上的绳子，突然绳子松动了，她大脑一闪念，就是死也不放过凶手，要留证据，终于脱开了一只手。她顺手在车底上乱摸，突然，心中浮起了一线希望。她又一伸手取出口中的一团棉纱，狠狠地咬住身上凶手的肩膀。随着“唉哎”一声，她又扯下蒙在眼上的布。“抓流氓流氓……”她用尽吃奶力叫喊起来。几名歹徒惊慌失措，脚忙手乱地将她推下车，加大油门，发出呼呼的怪叫，一溜烟逃跑了。她拖着乏力疲倦的身体，推着自行车，跌跌撞撞地走到了公安局……

天亮了，赵少华听着丈夫走远了的脚步声。她想起昨夜匆忙到公安局报案的事，甚是后悔。要是公安局抓不到凶手，那怎么办？这不是把痛苦传染给丈夫。全家人的名誉会被她涂上一层不光彩的颜色，小龙会不会因此而更加歧视自己，关系会越闹越僵呢？

刚好这时，有人叫赵少华到门口电话室。她听完了公安局打来的电话后，匆忙骑上了自行车出去了。

回来的时候，各家屋上的炊烟缭绕。已快晌午了。小龙看见母亲回来，马上从房里闯了出来，搬过了一张凳子让母亲坐，端来一杯水，关心地问："公安局叫你去有何事？"少华大声说："要抓你。""啊呀，真的吗？"小龙脸上苍白。少华看着儿子这傻里傻气的样子，觉得好笑地说："傻里瓜叽，你学好好的，人家抓你去白吃饭。"小龙听着，舒了一口气走了。

自从落实政策回家以来，由于小龙过惯了放荡的生活，对少华的管教，心里总是愤愤不满。因此，他对后母的态度总是冷冰冰的。今天这个亲热的样子，使少华感到欣慰。然而十年来的往事又如发生在昨天一样，记忆犹新：

1969年的严冬，北风凛冽。刚刚丧妻的卢明，在狂热的表"忠"运动中，说错了话，被逼撇下十一岁的小龙，背上背包进了"学习班"。被打得遍体鳞伤的卢明连吭都不吭一声。他的坚强性格打动了一位在"学习班"当卫生员二十四岁的姑娘。她就是赵少华。她崇敬他，偷偷地为他请医送药，端水送饭。一天，她在饭店里吃点心，看见了一个小孩，长着逗人喜爱的黑眸子，配上黑黑的眉毛。他衣衫褴褛，满头蓬松的头发直垂到眼帘上，正在用肮脏又消瘦的手指抠着盘底的点滴剩菜，放进嘴里，津津有味地嚼着。突然，几个穿着又脏又臭的衣服的小孩走到他的面前，一阵哄声，手打脚踢，直打得他哼哼叫。为首一个年纪稍大点的孩子边打边骂："你奶奶的，不听老子的话，是谁把你养活的，揍死你也活该。"小男孩被打得快动弹不得，少华慌忙上前去，喝斥了一声，小流氓见有人挺身而出，这才悻悻离开。她走到孩子跟前，掏出手绢为孩子擦去额上的血迹，要来了一盆清水，帮他洗了洗手，买来了一碗粉条供他吃。经过询问，这才知道，原来他是"黑八类"的儿子。父亲的血是黑的，儿子的血自然也是黑的。他被那些高贵血统的人赶出了学校，流浪在街头。前几天，那个小流氓头目给了他五角钱，唆使他去耍流氓。闹市中，一位年约二十多岁的姑娘，身上穿着的花裙子撕裂了一大幅。姑娘惊叫起来，引来了一群行人的殴打。遍身的伤痕还未愈，流氓头目又叫他去偷钱。他怕挨打，不敢去，因此，才招来了今天的横祸。听着听着，赵少华的眼睛都湿了，她把孩子拉到一个没人的角落，怜爱地问他："你爸妈现在哪里？""妈妈病死了，爸爸进'学习班'。""爸爸叫什么名字？""叫，叫卢明。"少华一听，卢明不正是她崇敬的那个人吗？从此之后，她经常偷偷跑来照料他。少女心中的崇敬与怜爱，随着日子的增长，使她产生了一个念头：爱情。老卢从学习班出来以后，她终于不顾一切，同老卢结合了。小龙又有了温暖的家庭。可是好景不长，反击右倾翻案风开始以后，老卢再次进了"学习班"，赵少华也被隔离交代问题。小龙受创伤的心尚未治愈，又挨上了一刀，他重新踯躅在街头上……

黑夜过后，黎明来临。历史的巨轮不得等待时代的畸形儿们做好矫形手术，又匆匆带着他们启锚远航。

"轰隆隆"机器像巨兽发出的吼叫，使卢小龙一踏进机修厂，一股新鲜的味儿扑鼻而来。他被分配去当一名车工。为了钞票，他在抢速度地干着。到了月底经质检员小陈一检查，小龙车的九十条轴有百分之五十是次品。真倒霉，偷鸡不成反蚀把米。他的火门也开了："谁他妈专挑老子的刺，当心他的胸口，我非给他捅个窟窿不可。"他心里琢磨着：是质检员那个臭小子有意给我难看，我非让他尝点厉害不可。

"笃笃笃"一阵急促的敲门声。质检员小陈和衣起来开门，刚探出头来，一盆粪便从天而降，摔在他脸上，全身上下尽是粪块粪水，湿漉漉臭烘烘的。第二天卢小龙被叫到政工组，被狠狠地训了一顿，听候发落。下班后，卢小龙垂头丧气地刚踏进家门，卢明飞起穿着皮鞋的脚，狠狠地对他的屁股踢了过来。他摔倒在地，痛得哇哇直叫。一转眼，老卢又在为他盘算调走的事。

少华这个做后母的滋味是苦涩的。儿子毕竟不是自己亲生的，管严了怕惹来风言风语；撒手不管，母爱又在谴责她。她多次循循善诱地教育孩子，但事实证明是徒劳的，因为卢明在袒护他。在这个家庭里她这颗心是孤独无援的。

一天夜里，小龙去看招待演出，坐在二排，盯着舞台上翩翩起舞的姑娘，顿时心头痒痒的，全身飘飘然，神魂颠倒。私欲在压逼他去与父亲磨嘴调动工作的事，但得到的回答是："青年人不好好工作老是调皮捣蛋，异想天开。不行！"可是嘴与心相背。不久，小龙被调到剧团，在乐队鬼混。不久前，人家告诉少华，小龙在剧团里谈恋爱了，或许是爱情能帮他回头是岸，帮他理解她这个做后母的一颗心？

想到这里，她收住了回忆，一口气把小龙刚才递来的水美美地喝下去。顿时，心里感到无限的满足。是的，她多么盼望儿子能从邪道走上正轨啊！

吃过午饭，她找来全家人的衣服，放在洗衣盆里，撒上肥皂粉，用力地揉洗着。突然，她的手触到儿子衣袋里的一件东西，她翻过来一看，顿时，她的胸口一阵绞痛，头上好像轰了一声闷雷，一股电流传遍了全身。她眼前闪烁着无数金星，全身冒出冷涔涔的汗。但她马上抑制住自己，直奔儿子房间，奇怪，门怎么紧闭着？她用力推不开，便又急忙走到窗前，踮起脚尖往里一看，原来小龙正睡得呼呼响。她决定跑去找卢明。一转身碰巧卢明回来了。卢明今天的心老是忐忑着，他刚到部里，公安局为了让他协助破案，已把事情的全部经过告诉了他。他一股无名火直升，急忙跑回家中。妻子一见他，便一把把他推进寝室里，关上了房门……一会儿，老卢神经质地从寝室里奔了出来，妻子来不及阻挡，老卢几个箭步跑到儿子房门前，用脚猛踢门，儿子从睡梦中惊醒，穿着一件单薄内衫，睁着惺忪的睡眼起来开门。卢明冲进去，儿子冷不防地被卢明一伸手，把内衣撕裂了一大片。肩膀上露出了一块伤口。卢明对儿子大声吆喝："这伤口是从哪里来的？"儿子舌根发硬，支支吾吾，好一会儿才说："这是昨晚骑车撞伤的。""胡说，你的单车昨天就断了链条，昨晚好端端地放在厅里，你一吃饱饭，就步行出去了，哪里来的单车？"小龙自知说错了话，露了马脚，就改口说："我、我是借朋友的单车。"着着儿子心虚的样子，少华心里不禁打了一个寒噤。她用颤抖的声音指着伤口问："既是撞的，为什么有这四个深凹的牙齿印？"小龙先是一怔，接着又说："是跟人家打群架，让他们给咬的。"少华把他的上衣拿来了，厉声问他："你口袋里藏的是什么东西？""没有"。儿子马上回答。"真的没有吗？""没有。"儿子又肯定地回答。于是少华哭出声来了。"你知道昨夜污辱的是谁吗？"她终于把事情的经过大声地说开了。原来当她昨夜在受污辱的时候，她的手摸到的是一颗小螺丝钉，大概是从车座上脱落的。她大脑里一闪念，这可以留作证据，急中生智地悄悄把它放进了凶手身上的衣袋里。下午洗衣时，她发现儿子的衣袋里同样也有一粒小螺丝钉。她马上从儿子的衣袋里拿出了这粒有些锈斑的小螺丝钉，又指着儿子肩膀上清晰可见的牙痕说："这就是铁证。"真相已经大白。卢小龙没提防这么一手，他吓呆了，"噗"的一下，跪在地上求饶，哭着坦白了事情的经过：

不久前，卢小龙在剧团和两位姑娘谈了两次恋爱，都失败了。正当他徘徊在失恋的痛苦之中时，一天傍晚，他的小兄弟把他带到一座豪华的住寓。里面的吊灯反射出刺眼的白光，烟蒂、烟灰盖地，三洋牌的录音机里《美酒加咖啡》的歌曲缠绵诱人，噼里叭啦的打麻将声音清脆得很。伙伴们见他一进来，呼的一声哄了起来。一位留小胡子的人献殷勤地给他搬过了凳。不到一小时工夫，他从身上乖乖地摸出了一张十元的人民币。大家打乏了，就开始喝酒，抢着看美人的裸体照片集，说着难以入耳的脏话。他在这样的环境中，慢慢地习惯了。后来其中两个小流氓拉他入伙，凑成了三人的小集团，模仿《福尔摩斯探案集》里面的手法，利用方便，偷偷地驾驶武装部的小汽车，经常利用漆黑和暴风雨的夜晚作案，相继有几位漂亮的少女被他们糟蹋。他们又伪装现场，企图逃避惩罚。公安局也正在紧追案件。万万没想到昨天晚上却将自己的后母奸污了……

听着卢小龙的坦白。卢明先是呆住了，足有五分钟像尊泥塑，眼珠一动不动，全身凉浸浸的。继而青筋暴突，从脚底红到脖子根。他简直不相信自己的耳朵。刚才，当妻子在房子里告诉他的时候，他从开始根本不相信到后来的半信半疑。可是此时，他的思想像一匹野马从高兀的山峰跌下深渊。他直直地跌坐在地上，也不知疼痛。大脑已经开始失控，他流不出眼泪来，双眼充血。事情已经露出去，泼出去的水无法收回，公安局早晚是会来抓人的，儿子将无疑成为罪犯。

突然，卢明耳边响起了一阵局促的摩托车声，啊，公安局抓人来了！卢明的大脑像触着电，他忘记了世界上的一切，冲到桌前，打开抽屉，取出一支“五六”式的手枪，瞄着儿子的脑袋，随着赵少华的一声惊呼，“啪啪”两声，卢小龙的头上溅出一股血污。卢明丢掉手枪，终于倒在儿子尸体的旁边……

作品发表于《潮州文艺》1980年第4期。

研讨文章

好散文是讲究法度的

◎ 王 彬

断断续续读完了魏清潮的散文。我之所以说是断断续续，是因为外出而将时间敲碎了，不能一口气读完。这样的阅读，必然会影响阅读质量，但还是产生了一些零星的想法而抄录于下。

根据清潮的自述，他应该是五旬以上的人了。这样的年龄自然会经历过许多风雨，发之于文，往往会少棱角而多恬淡，多幽曲而少简直，而这正是清潮的追求："有洒进阳光的温暖，有流水的声音，有风吹过的清凉"，飘曳的琴声把浮躁的心安抚下来。清潮的《拜雪》、《茶喻》、《年味》，便是这样的作品。他在《拜雪》中写道："大雪无言，雪飘无声，充满了恬静的韵味。"面对这样的雪，清潮难免产生种种思索而感受到冬的诗情画意："沉默是种力量，生命在这里驻足、沉思、休憩，孕育着新的生机，让你惊讶感叹生命的活力和美丽。"他想到了什么呢？想到了芦花——同样轻盈洁白飞舞的芦花，"戏涛抚浪，轻轻飘扬，花序有致，洁白飘逸。在夕阳里，落霞中，摇曳一抹浅醉，絮飞如雪，优雅生动"，"让人闻足了秋天的味道，也有了一份凋零落寞的情怀"。这就是典型的中国文人的审美情趣了。

茶是中国人的国饮，写茶的散文极多，在清潮笔端，茶可以喻友人、喻女人，也可以喻穷人与为官之道。在他的茶喻之中，我喜欢的是他对茶与女人的描述：

绿茶中的"青山绿水"，像纯洁的少女，单纯可爱，冰清玉洁，透明无瑕；凤凰茶中的蜜兰香，似热恋中的女孩，如痴如醉，甜甜蜜蜜，兰香扑鼻；丹枫般的红茶，如成熟的少妇，薄施粉黛，红妆素裹，惹人喜爱，又是那样可望而不可即；乌龙茶中的观音王更像中年妇女，几分庄重，几分妖娆，风韵犹存；陈年的普洱茶可比是老年妇女，年代越久越宝贵，儿孙满堂，价值更高。

品佳茗如同晤对美人，谛视这些美人，“在壶中沉浮、跳跃、呻吟、翻滚、喘息、升腾，而后倒出一杯杯香茗”，“戒去心中浮躁”，静静品尝，“没有了世俗美人的胭脂味，心中倒是留下几分超凡脱俗的奇香”。以茶喻人，以茶抒怀，这就是法度，清潮散文的魅力就在这里，也就是元好问的“眼处心生句自神”吧。

元好问是我国元代的著名诗人，他在《论诗三十首》中的第十一首中写有这样四句：“眼处心生句自神，暗中摸索总非真。画图临出秦川景，亲到长安有几人？”优秀的诗歌源于“眼处心生”，写散文也是如此，要体察万物，激发性灵，探寻为文之径——也就是古人所说的法度吧。《邵氏闻见后录》记载，苏轼早年“得文章之法于庄子”，故而其诗文多用其语。不仅于此，苏轼还将这样的方法，传授给自己的弟子。他的学生黄庭坚在《答王观复》中说：“往年尝请问东坡先生作文之法”，苏轼告诉他，但熟读《札记》中的《檀弓》就可以了。《礼记》是我国的儒家经典，《檀弓》是其中的一篇，记载了孔子的许多故事。一天，孔子带着门徒来到卫国，遇到投宿的馆舍主人辞世了，孔子前去吊丧，“入而哭之哀”，嘱咐子贡“说骖而赙之”。“说”通“脱”，把拉边套的马解下来送给馆舍主人的家属。子贡不解，对孔子说：“于门人之丧，未有所说骖，说骖于旧馆，无乃已重乎？”门人故去，你从来没有送马助丧，今天这个举动，“说骖于旧馆”，礼数是不是太重了？孔子回答道：“予乡者入而哭之，遇于一哀而出涕。余恶夫涕之无从也。”我刚才吊唁，动了哀情而流下了眼泪，我厌恶只流泪而不送赙仪。你还是按照我的意思去做，“小子行之”！

《檀弓》中这样的故事很多，通过孔子的懿言范行，传达出“礼”的精髓不仅在于“礼”——礼者，理也，而且在于情。苏轼读《檀弓》感悟到了什么呢？黄庭坚没有说，也就难以猜度。然而，有一点可以肯定，苏轼虽然以豪放著称，却深知法度的重要。元诗中的第二句：“暗中摸索总非真”，便是这个道理。把前人的经典作为法度的一个来由而认真探索，是迅捷、聪明、正确的，在向经典学习的过程中提升我们的叙事方法，总比暗中摸索好吧！

明乎此，便会更上层楼，我期待清潮，愿他写出更多的佳制。

（作者系中国散文学会副主席、著名作家）

一颗善良的心

◎ 肖 凤

蒋建伟先生寄给我一本《魏清潮散文小辑》的书稿，让我有了较集中地拜读魏先生散文大作的机会。

魏先生阅历丰富，他出生在广东省潮州，十八岁参军，成为一名边防战士，驻守在我国的北部边陲。他去过很多地方，后来回归故乡，成为了一名作家。

他热爱自己的故乡潮州，在《乡井》、《年味》、《茶喻》等篇章中，他为读者们描绘出了一幅又一幅的潮州风俗画，使我这个从未到过潮州的北京读者，也看到了这座古城面貌的追忆，他对今日古城发展状况的描写，都充满了浓浓的人情味，从他的字里行间，可以读出他对故乡的深情。

他也热爱浩瀚的大自然。在他的作品中，有不少讴歌大自然的篇章。他写白雪，写竹海，写红树林，写花朵，写西双版纳的原始森林，写伊春的秋景，等等。在他的笔下，大自然的美景像油画一样，展现在读者的眼前，但他又不完全是写景，在写景时他常常渗入自己的思索，又常常把自然中的生物拟人化，他借着对大自然的描摹，来表现种种“精神”特质。比如在《鹰之重生》那篇里，他就借助鹰的形象，赞颂了大无畏的秉性和坚韧的性格，赞颂了顽强的生命力。

说到写“精神”，不能不提《向你致敬，中锋》这篇散文，这是一篇令人感动的作品。其中那一对牺牲在日本侵略军枪口下的华侨青年情侣，和讲述他们故事的抗日老战士李灏老伯，都是中华民族的英雄儿女，令读者敬仰。

魏清潮先生虽然已经当上了祖父（见《生死地》一文），但他童心未泯，仍然充满激情。在《拜雪》一篇中，他写自己十八岁时生平第一次邂逅大雪，那种兴奋、激动、惊奇、欢呼跳跃的情景，生动感人，给我留下了深刻的印象。因为我是世代祖居北京的老北京人，年年都能够与雪相遇，却也是一个爱雪之人，每一年的头场雪到来，依然使我欣喜异常。

魏先生自己说，他“喜爱哲理性的散文”（见《心之声》），从他本人的诸篇散文里，可以看出他对社会现象、对人生价值等等问题的探索与思考。他在刻画种种细节的同时，也把他自己的感悟，渗透了进去。

我常对文友说，经历就是财富。当我带着浓厚的兴趣，捧读完《魏清潮散文小辑》的书稿后，这句话，再一次涌现在我的脑海里。

祝贺魏先生散文作品的发表，也希望他以后能写出更多佳作。

（作者系中国著名传记作家）

心立天地间

◎ 李玉胜

建伟君将一个散文作家的散文小辑电传于我，且命我在仅一天半的时间里写一篇关于清潮先生的评论文章，使我感到纠结和压力同时迸发，有些诚惶诚恐的感觉。一个才疏学浅的散文作者给一个全国知名散文家写评论，着实有些班门弄斧的味道，更有故弄玄虚之嫌。然，建伟君是我情同手足的弟兄，君命难违，只能绞尽脑汁写一点浮浅的东西表示一下诚意，若有不足之处，共勉吧！

一口气读完魏清潮先生的《拜雪》、《心灯》、《茶喻》、《鹰之重生》、《竹海》、《乡井》、《年味》、《生死地》、《风雨草原》、《厚重的原始森林》、《六月雪》、《言窗》、《说门》、《秋天的伊春》，看着这些作品，我在热血沸腾中仿佛乘坐了旅游大巴车，奔驰在祖国的大江南北，一会儿在高原吟雪，一会儿在森林歌唱，一会儿又在草原放马，真有点心立天地间，思溢四海边的纯净之情。

清潮先生的散文给我的深思，是他把根脉扎在大地，让源头激流汪水。他平实的生活根基和极强的文字功力巧妙链接，使作品的生命力和穿透力超越时空的界限，让人在阅读中心生力量和真情，心旷神怡，见景思情。他把散文的形散而神不散的理论在自己的作品中悄然地诠释，也把散文的流变性和诗意性在自己的作品中不知不觉地让它活灵活现。他的作品不矫揉、不造作，意境深远、寓意深刻、文字干净、引力强大，叙事和议事相向而行，形成了巨大的“磁场”，显示了他高超和超凡脱俗的文学创造力，同时，语言表述能力、文字造句能力也非同一般。

他更令我感动和触目惊心的是他集多种文体全方位实施于散文写作，使散文的容量在厚重中加大，在绝妙中升华，他的作品小点大景，凡中出奇，细节妙笔，情生莲花。比如他用诗性语言描述细节和场景，把枯燥和乏味洗涤，呈现幻影和幻觉，引领读者身临其境，自乐其中。用纪实文学的手段处理新闻题材，将事件和人物鲜活地再现，有强大的凝聚力和感染力，让散文作品如数家珍，意蕴于往事中。一切自然回归，一切又历历在目。用评论的手段来提升散文深邃的思想性和艺术性及哲学性。作品通过工笔描绘和简笔勾勒，用一座桥把作者和读者的心联结起来，思想高度统一，进入逆向思维的领地，进入心灵净化的体验过程。

如《拜雪》中：“大雪无言，雪无飘声，充满了恬静的韵味。看辽阔无垠的雪域，听一曲来自心灵的风雪单调轻柔的音乐，一曲未了的静夜思，轻轻的，静静的飞雪，让你感受到冬的诗情画意，沉默是一种力量，生命在这里驻足，沉思、休憩，孕育着新的生机，让你惊叹生命的活力和美丽……”

如《鹰之重生》中：“鹰是动物界的强者，其本性倔强、刚毅，视野开阔，视觉敏锐，听觉发达，状态孤高傲慢，不易被驯服……”

如《心灯》中：“生活中，其实每个人的心中都有一盏灯，我们应不断地为它添油，让它变得更加透彻明亮……”

这些散文片断只是清潮先生散文精品中的一朵朵小花，他独特的写作方式、精到的创作手法和多文体的联合运用成为他散文作品亮丽的风景线，妙笔生花，魄力无穷。

一个有创造力的散文名家就必须具备运用多种手段和多文体进行集成写作，这样写出的作品有生活、有生命、有高度、有磁力、有情感。散文的灵性和散文创作的另类是散文作品升华的有力元素。散文的灵性不能只停留在语言的灵性，而应展现生活的灵性，题材的灵性。散文的分类就是题材的分类，表现手法的分类，视角的独到，引起心灵共鸣的空间因素，抑或是很独特的事件，很少有的题材，冷门中的奇特和特殊艺术感染力。

散文创作是进门容易，出门难。散文作家不能只在理性思考中求升作品的高度，而是要在深度观察，苦苦体验生活中，对人性和命运的多角度分析和评判中，让作品在无言中有言、无心中有心、无情中有情，体现生活之美、人性之关、自然之美。诚然，散文创作也不是单一的主体写作，而是磁场效应下的合力创作模式。

一个著名的散文家，必然是一个多门类写作的高手，其选择素材和提炼生活的能力是出奇和超凡的。其精到和深奥往往处在不经意间和悄然中。

清潮先生的散文具备了这样的特质。语言的气场、生活的气场、情感的气场都在爆发中闪烁着奇特的火花，撞击着读者心灵的大门、情感的大门、思想的大门。因而，他的散文作品非同凡响，脱凡和超俗使他的散文形成了自己的风格，深邃的思想、深度的思考、风趣的语言表达方式，使他的散文作品有极大的张力，也有极大的韧性，如果能保持这样独立创造的写作势头，坚信他的散文作品会弥立长久，生命久远。

当然魏清潮先生的散文亦存在一些瑕疵和缺点，需要改进和努力。

总之，清潮先生的散文作品是优美的，也是成功的。相信，凭着对文学的厚爱和执着，他一定会在中国的散文界大放异彩，通过这次研讨会，清潮兄的散文作品会更加优美，创作的高度会更高。炉火纯青时，美文悄然来嘛！

（作者系中国西北知名文学评论家）

作家应勇于担当社会责任

◎ 廖 琪

参加魏清潮散文研讨会，我提出几点思考。一、一位真正的作家，对人们要慷慨给予，给读者以快乐和精神享受。这一点，从魏清潮的散文可以读到，比喻《茶喻》、《竹海》等作品。细细咀嚼，富有韵味，回味无穷，时常给人带来惊喜和愉悦。二、作为一个作家，要热爱生活、热爱生命，感受生命之重。魏清潮的散文从哲学的角度，透彻生与死这一重大课题。比如读《生死地》、《鹰之重生》等作品，就充分感受到生命的分量，激发人们的思绪，引发内心世界的涟漪，认识生命的本质，从而珍惜生命，热爱生活。三、作家应该是一个懂得感恩的人，感受天地万物、父母、亲人和朋友的恩情，例如魏清潮散文《心灯》等作品，带有浓郁的感恩情愫。对父母亲的亲切怀念，感情最重，感受最真最深，能给人以心灵的震撼。《黎明　你好》等散文，表达了残酷的战争是手段，和平是目的，才是永恒的，通过情节和细节的刻画，栩栩如生地表现和升华了善良人性的本质特征。四、作为一名作家要勇于担当社会责任，文学就是作家的信仰，我们要通过不懈努力，深入生活，提炼生活，写出一批不愧于时代的好作品。

（作者系广东省作协副主席、一级作家）

在性情人间升起生命的梦想与大气

◎ 徐肖楠

魏清潮的作品是性情散文，这是“一片冰心在玉壶”的情怀，挥洒出一种真实的生活性情和审美性情，传达出一种性情人间的感受。即是说，在魏清潮作品中的人间情景都被作家的性情加以演化，变成了一种带着作家性情光彩的人间情景。在这个意义上，性情就是诗性感受，就是作品的内容、形式和意义，就是作者的生活和性情本身。

这种性情是一种梦想与大气交相辉映的诗性性情。一个人难以按照上帝的意旨去安排自己的写作或者阅读，他必须起身出发，根据时尚中国生活现场，自己去寻找神性之光和生命之路。仔细端详魏清潮的作品，会看出多年的文学梦想逶迤其中，而这样的文学梦想就是作者的生命梦想，这个生命梦想有黄河之水天上来，超越自身狭小生活，关注人间生活的大气。

真实的生活性情对文学艺术很重要，生活性情与审美性情一衣带水，尤其是，性情在魏清潮的散文中成为一种写作和审美的焦点。对生活没有审美感受的人是拘谨的，自然难以有性情，所以，没有美学性情就不会有真实的生活性情，而魏清潮的这些散文体现了一种自如流畅、圆润一体的性情感受。

这样，魏清潮作品中那些性情人间情景，凡是与沧桑历史相交集的，就与生命精神和诗性感受相交集，作品由此浸润着平静而又激情的审美性情，汇聚生发出种种心灵情景，这些心灵中的光华照亮了人们平常的生活。如果说，《黎明　你好》这样的长篇表达了对生命宏大精神的敬意，那么，《拜雪》、《茶喻》、《竹海》这样的短章就寓含了生命的日常品格与境界；如果说，花草树木、鹰生蚁魂代表了生存的顽强和自然的悠长，那么，萦绕于日常大地的年节风俗，《镜》、《窗》、《门》、《梯》就承载了文化血脉和芸芸声息。

有意思的是，魏清潮的散文还是一种有艺术节制的散文。有性情并非兴之所至、随意为之，真正性情的，也是节制的。艺术节制本来就是一种艺术深入，因此，我在这些散文里看到了一种深入艺术本身的意愿：这些散文并不是什么都写，并不散乱无章、零碎无序，而是整齐严谨、简洁流畅。显然，这样的作品体现了一种朦胧的艺术观念：虽然散文可以不拘形式地自由书写，又可以不拘内容地包容万物，但真正的写作必须具备一种自我节制，这种节制是性情修炼，也是艺术修炼，是由对艺术的自觉追求形成的。

写作的自觉节制也是生命的自觉，这帮助了魏清潮的散文实现具体的艺术形态，它们具有相对一致的描写内容，也有清晰一体的主题格调，虽然从题材和内容上大致可以分为三类：物象天华、生活风情、人事沧桑，但这三类内容大致都有共同的主题意向和风格情味，它们都寻问生命在世间的意义，既保持相对集中的主题方向和描写内容，也更加充分地展开了作者自己的心胸、体现了作者的悟性，形成一种写作自觉和生命自觉，并贯彻在具体的作品形态中。

由此，普通经历与日常情思结为一体而风情不断，遍布作品的感悟散发出真挚的情意，丝丝缕缕的思绪引来了贴入生活情怀的感触。可以闻到山水草木中女儿国的纯朴气息，也可以看到《花絮》中对高原生活的层层情怀，作品中透出细致而不琐屑、大气而不张狂的风格，在描写不同事物时能收敛有致，执着集中于某一些生命意念和生活意趣，突出地留下对世界、生命、历史和个人的记忆与回响。

虽然有节制地写作，这些散文抓取的流光片羽却不是仅仅为自己保留的一亩三分地，也不是仅仅集中于某种狭小的生活意趣，而是尽力扩大这些散文的描写与影响范围；不是仅仅记叙一些物象和人事，而是传达一种更广阔的精神和情怀。

有节制的描写常常表明一种艺术专注，魏清潮的散文又是一种专注的散文。在魏清潮不同的散文篇章中，我们可以看到种种由专注的性情选择去完成的文学情景。文学需要有选择而专注地写作和生活，但这个年代的诱惑铺张飞扬，每天能平静地坐下来，专心地去写那些被人们漫不经心地经历而又容易忽视的品质和情景，就体现了一种生命专注和美学专注，是一种生命的坚守。

散文美学的画龙点睛之处，偏就是形散而神不散，要形散而神不散地写作，就要专注地生活，而这个年代虽繁花似锦却又零落散乱。如果要有艺术透视感地去观察平面生活，并构成恰当的文学形态，就要在现实中专注于一些有意味的情景，形神专注地去写作，但中国这个年代很容易走形也走神，没有多少人愿意专注地去生活、去写散文，也难以拥有专注的生活性情。

在这样的时刻，坚守一种写作不容易，坚守一种性情写作更不容易，一来读者在广泛地花心，二来作者自己难以不花心，各种时尚的文学玩意儿不断花样翻新，各种形态随波逐流、随心所欲，人们写的任意东西都可以叫做文学，没有什么文学的专注意味可诉求。可是魏清潮却专注于文学性选择而不随意去写，就显示一种诗性诉求的专注，专注于此，证明一种审美的理想主义愿望，也表达一种对生命和生活的体悟，没有这种愿望和体悟，便不会有这些散文。所以，这些篇章将花草雨雪与时代情感相交织，留下今天点点飞入寻常百姓家的情景，既有雪一般皎洁的高原军医，也有黎明一般美好的志愿军战士，既有竹海一般的情怀，又有清茶一般的品格。

这样的艺术专注来源于对生活有原则的关注，魏清潮的散文也是一种有关注的散文，从作品所关注的，可以看到对生活有责任感和价值观的美学性情。由于非虚构性艺术特质，散文常常拥有更直接的真实感和现场感，这种直接现实也会更容易控制散文，而这个年代的生活现场常常缺乏一些责任和价值的追求，这会直接影响散文的意趣，并且，现实是散乱无序的，不会有方向地体现出作者的性情感受，这就需要以审美的方式去关注、清理、挑选、描写现实情景，以完成一种有责任感和价值观的性情表现。

也就是说，作品必须要有所关注，而且关注什么很重要，关注什么往往体现作品的主题意义。在魏清潮的散文中，就体现了一些对生命的意义和价值的关注，比如《生死地》、《放生台与钓鱼台》都明确体现了对生与死的思考。其余不论说竹谈花，还是记人叙事，都表达生命寓意和人性内涵，从不同事物去触发引申生命的挚情，记叙思考生命的意味，尤其是《黎明　你好》，特别强烈地体现出生命为了理想、为了美好、为了明天的一片赤诚和无限心愿。

魏清潮的散文不但可以体现作者在关注什么，也体现了怎么去关注。这样的关注与写作本身的风格密切相关，性情与关注、主题和内容相融合，才能形成这样的审美感受和形态。在人事风流、历史云烟和天地自然几方面交融的这些散文中，那些风花雪月为作品带来了华美的容颜，那些生命活力为作品赋予了人格的灵魂，那些容易被人们遗忘的普通人在这里重新刻下印记，那些容易被人们疏忽的自然生物在这里留下了启示。

归结下来，魏清潮的散文是一种生命散文，它们让文学梦想与生命向往同行，具有生命梦想与性情人间融合的大气。从普遍意义上说，魏清潮的性情人间和审美专注体现的，不仅是怎么写作，而且体现了怎么生存，这种诗性专注是生命专注，并且既是作者的生命所需要具有的，也是作品所能体现的。这些散文写作就表明一种生存，生存与文学共同在这些散文中熔成了一个作者的人格形象，也凝成了对他人关怀的心绪。

这些散文突出表达了一种执着的生命态度，它们的意义不在于用文字表达一时一地的情趣，也不在于记录下一般的人事，而在于让具体情景和细微物象与天地历史、生命大气相接，体现生命态度和生命思考。因此，这些散文特别关注那些生命力顽强、生命意志坚定、生命情景独特而有突出生命品格的书写对象，不论动物还是人物，不论花鸟还是草木，比如厚重浩荡的原始森林、坚韧惨烈的蚁与鹰。

生命万物在时间轮回中经历了各种各样的姿态和历程，魏清潮的散文对此记录下一些细致而轻微的时刻，让过去和未来都汇聚于现在，每个篇章都会相遇一段生活衷情，每个感怀都静待一个造访的心灵。走进的是物情俗事，聆听的是人间风流：当历史带走朝鲜战场的硝烟，当精神凝成雪域高原的冰晶，当传统变成今天生活的种种风情，沉思和华美便一起唤醒人们的当代迷蒙，走进人们久远而清晰的心灵，让生命的理由追随灵魂的声音轻轻响起，让人间在生命挚情中更有价值。

（作者系华南理工大学教授、中国鲁迅文学奖评委）

漫谈魏清潮的散文创作

◎ 黄景忠

近五六年来，魏清潮的文学创作进入了一个高潮期，他已接连在《散文》、《散文百家》、《散文选刊》、《人民日报》（海外版）、《作品》等刊物发表了数十万字的散文。其实，魏清潮在八十年代就开始了文学创作，只是，也许长期担任行政干部的角色难以让他持续葆有对于文学的情怀。而现在，文学的热情在他的内心重新点燃，他观察生活的眼光已逐渐从一个管理干部的眼光转换成为一个文学创作者的赤诚的诗性的眼光，在现实人生之上，他开始营造自己的文学人生了。

魏清潮的散文创作所走的是传统的路子。他的散文大致可以分为两大类，一是借景抒情类的，比如《竹海》、《拜雪》、《厚重的原始森林》、《秋天的伊春》等等；另一类是托物言志类的，诸如《鹰之重生》、《蚁魂》、《独活》等等。借景抒情、托物言志的写作套路在杨朔之后的很长一段时间内几乎成为当代散文的主流，也曾经饱受人们的诟病。而人们的诟病，严格来说并不是针对这种写作套路本身，针对的是作家过于功利化的表达——创作者常常急于摆脱自然、物（或现实）的世界而进入象征性的、隐喻性的（这种隐喻又往往又具有明确的政治指向）世界，急于用自己构造的隐喻系统去完成对自然、现实的反映、改造和提升，这样，生硬、矫情、做作的弊病就在所难免了。魏清潮的个别散文，也有存在主体稍嫌生硬地改造客体的弊病的，但大部分的散文，我们可以清晰地感受到，他是作为自然万物的体察者、聆听者存在的，他对大千世界的丰富性、复杂性，对这个世界勃发的生机、活力以及所展现的美有细腻的表现：

“红树林深处，各种海生动物妙趣横生。滩涂鱼可以长时间离开水，甚至爬到树上休息，属两栖水生物。它弹跳自如，猛然一跃，可以跳过超过自身三倍的距离，故又称跳跳鱼。滩涂鱼求偶的方式也很独特，雄性滩涂鱼会摆出各种姿势跳‘求偶舞’，吸引雌性滩涂鱼进入自己的洞穴，步入‘洞房’。……雄性的招潮蟹的双螯一大一小，其中一螯很大，约占体重的一半，……有着大螯的招潮蟹很像一个拉小提琴的人，西方人称其为琴蟹或提琴手蟹。涨潮时，雄性招潮蟹常用力挥舞大螯，似在召唤潮水，因而称为招潮蟹。”（《海风吹过红树林》）

应该说，魏清潮是一个有较强描绘能力的作家，他的散文大都是由这样具体、生动的细节支撑起来的，比如成千上万的蚂蚁抱成一团从烈火中突围的画面（《蚁魂》）；老鹰为求得新生惨烈地撞落旧喙、拔下老化趾甲和钙化的羽毛画面（《鹰之重生》）；一棵老得已经挺不起身干的樟树怀抱中耸立的两棵英姿勃发的小樟树（《厚重的原始森林》）等等，这些细节的描写，让他的散文，有着很强的画面感，有着丰满的血肉，散发着文学的魅力。更重要的，这种体察入微的描写，其实蕴含着作家对自然万物的基本态度：在他的笔下，一朵花、一只蚂蚁、一只鹰、一头牛、一片森林，它们都拥有属于自己的神秘世界，拥有自己的生存逻辑，它们在人类面前勃发着自在的坦荡的美。事实上，魏的散文，固然有取材于历史文化的，有表现世俗生活的，但是，我总觉得，当他的笔墨从逼仄的生活空间延伸到自然万物，当他展开人与自然万物的对话和交流，尤其是当他面对的是壮阔的、粗犷、雄奇的自然，面对的是富于活力和意志力的生命存在的时候，他的诗情就能得到充分的体现，他的笔下就能展现出万千的气象，他的作品的格局就会豁然开阔起来。

自然，对于一个作家来说，仅仅具备对于生活的描绘能力，仅仅能够生动、细腻描写生活是不够的，他要在描写生活的同时融入自己的诗性情怀，融入自己的思考和感悟。也许是行伍出身的缘故吧，魏清潮特别善于挖掘在恶劣的环境中所迸发的大无畏的精神和顽强的生命力，特别善于表现在逆境中展现出来的乐观的人生态度。《拜雪》中的老军医，冒着严寒在二十多公里的边境线上巡诊，最终倒在零下三十多度的雪地里被冻成“一尊白色的雕塑”，那是寂静的，却又是多么震撼的画面，让人强烈地体会到生命的崇高感。同样是在雪山上，《六月雪》描写的是另外一种场景。在阿尔卑斯山的一个残疾人开办的小酒馆里，一位断臂的服务生，“面带微笑为我端来一小杯红酒”，一位坐在轮椅上的姑娘收拾着餐桌，“见我在看他，她笑着对我点点头”。残疾的身体，然而让人感受到生命的尊严，感受到人性温暖和美好。在另外一类散文中，魏清潮表达的是对人生的思考和感悟，而且这种感悟，不是小我人生的琐屑体验，而是阔达浩大的人生体悟。在《厚重的原始森林》中，看到了几百年的苍老的母树把养分和新生给了子树，作者即由自然界的新陈代谢联想到人生，“几十年的人世，只不过是匆匆过客，稍纵即逝。但是，历史也是由几十代、上百代、上千代人奋发的足迹连成的”。在《生死地》中，从孙女的出生，联想到多年前在同一个医院猝然去世的弟弟，作者也有着类似的感慨：“世界上每天都有无数的人出生，无数的人死去，生与死是为了达到生态的平衡、善与恶的平衡、青春与衰老的平衡，生死犹如日落日出，人们必须遵循自然规律，随缘顺缘。”这是经历了人世的诸多风浪和波折，对人生有了超然、通透的理解而后发出的感慨，是超越了个体人生的恩怨之后对生命的整体性的深刻感悟。

所以，魏清潮散文营造的是一个开阔的艺术空间。一方面，他常常把描写的场景从社会延展到自然，另一方面他常常超越个体存在从人类整体存在的层面思考和感悟人生，他是在天地之间唱响激越的或豁达的人生之歌，这就铸就魏清潮散文的鲜明艺术风格——雄奇的风骨，阔达的境界和辽远的情怀。

上世纪五六十年代的借景抒情式散文，作家寄托的是政治寓意；八九十年代，作家喜欢借山水表达对历史文化的思考，而魏的散文，表达的是人性的力量和人生的思考。假如说对自然万物的细腻生动的描写是魏清潮散文的血肉，那么，对人性的表现，对人生的思考和感悟就是他注入作品中的灵魂。而且，在很多时候，他的散文的灵与肉是水乳交融的。我很喜欢《拜雪》中的一段文字："看辽阔无垠的雪域，听一曲未了情的静夜思，轻轻的、静静的飞雪，让你感受到冬的诗情画意。沉默是一种力量，生命在这里驻足、沉思、休息，孕育着新的生机，让你惊讶感叹生命的活力和美丽。"

好的文字，就是这样的，物与我、心灵与自然在交流中融合在一起。与这种物我相融的境界相联系，作者对人生的体悟，不是赤裸裸的诉诸理性的表达，而是呈现于理性与感性之间的状态，而恰恰是这种游离于理性和感性之间的表达，让魏的散文，散发着文学的感性的魅力。当然，不是说魏清潮的所有散文都能够做到这一点，他的有些作品，包括上面举出的一些例子，作者有急于站出来言说的嫌疑，有急于用哲理化的语言对人生进行诠释的弊病。但是，总体而言，理性与感性的融合，应该是魏清潮散文的一个艺术特征。

最后，我想再谈谈魏清潮散文的结构方式。借景抒情类的散文，一般喜欢围绕意境的创造来谋篇布局。魏清潮也有一些散文是这样做的。但他的大部分的散文，不是聚焦于某一点，而是借用电影蒙太奇的表现手法，通过扑面而来的一个个画面的闪回、重叠或者对比，抒情或言志。《蚁魂》是通过画面叠加的结构方式，蚂蚁筑巢的画面、抱团从大火中突围的画面、攻击德军的画面，重重叠加的画面让人们震撼，让人们对小小的蚂蚁移山倒海、翻天覆地的力量有了深刻的认识。《厚重的原始森林》是通过画面的对比的方式，大铁锁似的青藤紧紧缠绕着粗壮棕榈树慢慢绞杀的令人窒息的画面，与垂暮的老樟树支撑着英姿勃发的小樟树的令人感动的画面构成对比，描摹着大千世界的丰富性和复杂性。《钓鱼台与放生台》、《生死地》等也是典型的通过画面对比的手法表达作家对世界和人生的体悟的。魏的散文喜欢用对比的组织方式，我想与他已经形成的对这个世界和人生的整体把握的眼光是紧密的联系在一起的。这个世界，悲伤与快乐、苦难与幸福、善良与丑恶、丑与美、生与死是相辅相成的，他们互相纠缠着、矛盾着共同构建一个富于生机活力的世界。

意境的创造，在一个相对封闭的、宁静的社会空间是适合的，而处在一个飞速发展的、日益开放的时代，我们必须尝试新的表达方式，表现更为丰富复杂的感情。

在传统的创作路子上作出新的尝试，形成自己的写作特色，这是魏清潮的散文值得称道的地方。

（作者系韩山师范学院教务处长，中文系教授）

魏清潮地域文化散文评析

◎ 邓伟龙

魏清潮先生是潮州籍作家，其作品尤以散文最优，自上世纪八十年代开始发表作品以来，其在各类杂志报刊共发表散文计数十万字，近期在《文苑·西部散文》和《潮人文学》期刊上分别集中发表了各十篇、各计三万字的散文特刊。除却《潮人文学》上的散文作品，此次魏清潮先生在《文苑·西部散文》发表的文章是潮州市第一位作家在文学专刊上出版的散文特辑，无论其文章的质量和影响如何，其开创之功可见一斑。尤为可贵的是，魏先生的散文往往在艺术审美追求的同时又带着深刻的文化意识和文化思考，既有感性的形象性又有理性的深刻性；同时其散文又与地域（或地方）文化结合起来，承担起挖掘、整理和承传地方文化的责任；再加上其籍贯、生活、工作的原因，这又使得其散文创作有着天然的潮汕地域（或地方）的优势。当然魏先生的地域文化散文客观上也存在着一定的不足或局限。本文就此试为一说，当然，文学批评本来就应“通作者之意而开览者之心”，但因笔者学识浅短和文笔粗疏等原因，可能不及魏先生作品之万一，故还望方家不吝赐教之。

一、文化与文化散文

众所周知，除却相对于诗歌之外的一切文学作品的广义散文，狭义的散文一般是指与诗歌、小说、戏剧并列的一种题材广泛、结构灵活，注重抒写真实感受、境遇的文学体裁。它可以写人记事、状景咏怀、细摹花鸟虫鱼，也可以描写风土人情展示国际风云，可以古往今来、天上地下，无所不及；同时它的结构灵活、随意，没有严格的限制或固定的模式；“说真话，叙事实，写实物、实情，是散文的传统”，故有着形散而神不散、意境深邃、语言优美凝练、富于文采等特点。

而关于文化的认识虽然莫衷一是，但总的来说有广义和狭义之分。《大英百科全书》（1974年版）将广义的文化定义为：文化等同于“总体的人类社会遗产”。这大概相当于英国科学哲学家卡尔·波普尔（Karl Popper）所说的“物理状态”、“精神状态”和“思想客观内容”的三个世界。而狭义的文化专指人类的精神创造或精神成果，“是某一社会集体（民族或阶层）在长期历史发展中传承累积而自然凝聚的共有的人文精神及其物质体现总体体系”。从这点来看，散文作为人类文化的一部分或者说散文也是一种文化这毫无疑问是正确的，因为散文作为文学作品或文本，是人类特有的思维成果或精神财富；而散文创作作为一种创造活动则也是人类特有的精神活动方式，因此它既是文化的表现、载体和成果，也是受文化的影响和制约同时也通过自身的发展和变化来反作用于文化。同时关于上述这一文化定义，李蒄先生认为须注意三个要点：一是以人与人的精神活动为中心，即使观察物化世界，也是以其中的人文精神为内核的；二是所关注的不是个别人的精神活动，而是经历历史传承累积凝聚的共有的、成体系的人文精神；三是不仅关注全人类的普遍共性，更注重不同民族、阶层、集团人文精神的特点。并进而认为“文化散文”正是从狭义的文化概念的层面上去理解和使用的。

那么什么是“文化散文”呢？如果从概念的提出来说，这还要追溯到大约1990年，佘树森先生在《九〇年散文琐谈》一文中首次使用了“文化散文”这个概念，并定义说：

贴近生活的又一表现就是世俗化倾向。人情种种，世俗百态，成为一些散文家观照的热点。由于这种观照常取文化视角，伴以历史文化反思，故又称之“文化散文”；由于这种观照多以非凡的机智，集中透视矛盾诸相，故行文常含幽默，还由于作者故作“超脱”与“旷达”，所以常有苦涩掩藏于闲适中。

而百度百科则这样定义：

所谓“文化散文”，指二十世纪八九十年代出现，由一批从事人文学科或社会科学研究的学者写作，在取材和行文上表现出鲜明的文化意识和理性思考色彩，风格上大多较为节制，有着深厚的人文情怀和终极追问的散文，又称“学者散文”或“散文创作上的‘理性干预’”。

可见，相对于一般散文，写作的视角则“文化视角”和内容的价值取向则“历史文化的反思”，是区分文化散文和非文化散文的标准或标志。而读者阅读/理解和接受这种“文化散文”时也应有着相应的历史文化的视角和“前理解”。对此作家王充闾先生不无深情和形象地说道：一部文学史告诉我们，凡是伟大的作家，都具备很强的历史选择能力、判断能力、结构能力和想象能力，既写历史的崇高、壮、烈，又写历史的沉重与苍凉；既写创造的伟力与成功，也写世事的沧桑与人生的悲剧意识……他们总是着眼于民族灵魂的发扬与重铸，或敞开传统文化和现代文化双重渗透下的自我，对文化生命作真正的慧命相接，将灵魂的解剖刀直逼自我，去体味焦灼后的会心、冥思后的渐悟、凄苦后的欢愉；或关注历史上递嬗兴亡、人事变迁的大规模过程在时空流转中的意义，强调人情物事的文化价值……创作这类散文，形象地说，作家是一只脚站在往事如烟的历史埃尘上，另一只脚又牢牢地立足于现在这种与历史的交谈，其宗旨不应是简单地再现过去，而是从对过去的追忆、阐释中揭示它对现在的影响和历史的内在意义。应体现作家对史学视野的重新厘定，对历史的创造性思考与沟通，从而为不断发展变化着的现实生活提供一种丰富的精神滋养和科学的价值参照，要能反映出作家深沉的历史感，进而引发读者的诸多联想。同样，在阅读这类文化散文过程中，读者也是从现在的语境去理解过去，从读者自身文化的参照系或“前理解”出发去把握过去，而且，把自己所处时代的期待视野或“前理解”带入文本的阅读之中，渗透进新的历史意识。

可见，文化散文也不是一个大箩筐，这正如石华鹏先生所说：“我们无论谈论文化散文还是写作文化散文，这一话题和文体的价值都基于两点：一是题材与表达模式。文化散文是在历史文化的精神维度来丰富散文的深度。二是写作方式。文化散文强调行走，强调在场与现场感，强调用自己的脚印去追寻前人的脚印，用自己的呼吸感受前人的呼吸，在现在与过去之间建立某种精神应答。所以说，将文化散文的边界无限泛化会导致文化散文自身价值的泛化，文化是个大词，我们更愿意从狭义的角度来定义文化散文，事实上，人们对文化散文的认识一直也是限于此。文化散文并不等于学者散文，写文化散文的有学者也有非学者，学者写的散文并非都是文化散文。”因而文化散文“体现了作家强烈的主观感受，洋溢着作家灵魂跃动的真情，闪现着理性的光辉”；“在其文本内容的价值取向与文化理想方面，文化散文着重探寻和展示的是一个民族主流文化的脉络，并有意识地弘扬、传承民族文化的内在神光”；“充满着我性（即主体性与个性，或自我）的文化对话，所展示的是散文家内在世界与外在世界遇合的心理真实与文化真实”；“更注重语言的艺术知性与感性的完美融合”。

二、地域文化散文及魏清潮的散文创作

文化散文既是如此，那什么是地域文化散文呢？要回答这个

问题，还得先谈谈地域或地区也即具体环境及其文化对作家创作的影响。

我们知道，任何人都生活在特定的时空之中，因而也就必然受到特定时代、社会和环境（也即地域）文化的影响，这是毫无问题的。具体就作家而言，作为一个生活在特定时空的创作主体，其学习、生活及工作的具体环境无不影响着作家的具体创作。因为对于创作主体的作者而言，虽然文学创作的客体是整体的社会生活，“但当某种生活不与作家发生关系，作家没去体验它，及感受、体味、思考它，并与之发生情感交流时，它就不会成为作家描写和表现的对象”。因而，“只有经过作家体验过的生活，才是文学创造的实际客体”。进而言之，对于作家而言，其熟悉的、生活工作的地域或地区文化往往会成为作家描写、抒情、阐释、歌颂或鞭挞的主要对象，也即创作客体。从这个意义上说，每个作家都是特定区域（或地区）的文化继承者、创造者或批判者，直言之，每个作家都是区域（或地区）文化的作家。这正如上文所引李菀先生对王宁先生文化一词的解释一样，既然文化尚且具有“不仅关注全人类的普遍共性，更注重不同民族、阶层、集团人文精神的特点”，那么作为文化或传承、或批判的具体作家而言，其创作及其创作的作品也就必然有着其本民族、本阶层、本集团的人文精神（也即文化）的特点了。

事实上，无论是从社会历史批评还是从精神分析学等理论观点来看，特定的区域（或地区）文化对作家创作的影响无疑是客观存在并影响深远的。法国著名的文论家丹纳在其名著《〈英国文学史〉序言》和《艺术哲学》等书中就提出了影响深远的决定文学创作和发展的种族、环境和时代的“三因素”说；弗洛伊德更是强调作家的生活及其环境，其中尤其是童年时代的生活经历，对作家创作的影响；而从语言学理论的角度而言，特定作家所生活的具体的民族及地域的语言及语言习惯，也会影响到作家的思维和理解生活的方式，所谓“感受一种语言就是感受一种生活”即是对此的高度概括。

同时，从文学创作的具体实践来看，客观上也是如此的：贾平凹作为商洛区域文化作家，其作品对商洛文化的传承阐释，《秦腔》便是突出代表作；阿来对自己熟悉生活的川藏及土司文化的理解，《尘埃落定》即为其力作；莫言一系列的作品，无一不是对高密地区文化的文学表达；张承志的《心灵史》等，则是其作为特定民族作家的文化心灵的探寻和求解；鲁迅的乡土作品，就是其童年生活在江南尤其浙江绍兴一带文化的表现和阐述；沈从文的湘西系列，也是对其所熟悉、所生活的湘西特点区域文化的形象展现。而现当代文学史上的京派、海派、山药蛋派以及更早的临川、江西诗派等等文学派别，虽然不一定是全因地域或地区文化的原因而归纳的文学流派，但其地域或地区文化无疑是这些文学流派形成和划分的重要原因或原因之一。进而言之，不仅中国作家如此，可以说古今中外概莫能外，马尔克斯对其拉美文化的文学表述，巴尔扎克对法国尤其是巴黎地区文化的理解和批判等等。任何想离开特定区域文化影响而进行创作的作家，其结果就如同鲁迅说的那样，比自己拔自己的头发离开地球还要难。

因此，结合到上文所论的文化散文，我们不妨可以这样说：“所谓地域文化散文，指文学创作中出现的，由一批从事人文学科或社会科学研究的学者写作的，在取材和行文上表现出鲜明的地域文化意识及对其理性思考色彩，风格上大多较为节制，有着深厚的人文情怀和终极追问及地域或地方文化特色的散文。”这种地域文化散文，除了上述所讲的文化散文所具有的特征外，鲜明的地域或地区文化性又是其重要特色或徽标。

再结合到魏清潮先生所创作的散文作品而言，其散文作为文化散文无疑是适合的。打开其作品，无论是《拜雪》、《茶喻》、

《生死地》、《鹰之重生》、《放生台与钓鱼台》，还是《乡井》、《年味》、《蚁魂》，和《牛颂》、《花絮》、《独活》、《论“镜”》、《言“窗”》、《说“门”》、《话“梯”》等，文化及历史气息扑面而来：各种历史资料、文学掌故、天文地理、风土人情、诗文俚谚、儒道禅佛、品茶赏花……信手拈来，无奇不有。并且每处文化、历史知识的运用恰当而又妥帖，这就使得其散文作品在艺术审美追求的同时又带着深刻的文化意识和文化思考，既有感性的形象性又有理性的深刻性：这不仅表现在运用形象生动的语言，使文章具有浓厚的感情色彩、审美价值的追求和具有诗一般的激情，从而引起读者的想象力与激情、阅读欲望与审美期待；而且也正由于这些历史与文化因素的加入，使得其散文作品具有哲思的晨钟暮鼓般的启示，在美学价值之上平添一种沧桑、深沉和凝重感，从而体现出哲学意境、文化积累和心灵的撞击力，引发人们思考更多的问题，加深对人生的认识和理解。这样就具有了在情感和理智两方面感染读者、征服读者的双重力量。可以说其散文作品无一“不体现了作家强烈的主观感受，洋溢着作家灵魂跃动的真情，闪现着理性的光辉”，而这些恰恰是文化散文所具有的或特有的。

作为文化散文，魏清潮先生散文作品的地域或地区文化特色也是非常突出的。在这两期刊物发表的二十篇作品，可以说每篇都有历史知识或地方文化掌故的介绍，而尤以《茶喻》、《放生台与钓鱼台》、《乡井》和《年味》等作品最具代表性，也最具有地域文化历史特色。在诸文中，随处可见、俯仰皆是的是潮汕地区的文化元素或符号（如骨质瓷、凤凰山、宋代单枞、凤凰茶、功夫茶、牌坊街、龙湫水、宋义井、青龙古庙、钻蔗巷、赛大猪、龙湖寨等等），充满着对潮汕地区文化的眷恋、敬仰（如《茶喻》、《放生台与钓鱼台》），对失落的潮汕文化哀惋痛惜（如《乡井》和《年味》）及对承传和弘扬潮汕文化的希望和信心。

其中，《茶喻》一文在看似闲聊调侃中充满了理性的睿智，在对各种名茗的品鉴中有着对潮州功夫茶的独特领悟，是一篇介绍和推广潮州独特茶文化的绝妙小品文；《放生台与钓鱼台》一文体现的则是潮汕地区各种文化尤其是宗教（佛教）与世俗生活融洽相处、共荣共生、包容和谐的文化胸襟和气度；《乡井》既有对因现代社会发展而致使一些传统生活方式与文化失落的叹惋，又有对潮州经济文化及社会发展走向现代化的幸喜；而《年味》传达的则是对博大精深潮汕区域文化的挚爱和弘扬。

因此，魏清潮先生的散文作品不仅因其感性和理性、文学和哲思的双重力量而具有文化散文的突出特点，同时又因其文化散文中深厚的潮汕地区民俗、历史和文化特色而成为非常有代表性的地域文化散文。

那么接下来的问题是：魏清潮先生的地域文化散文价值何在？以及魏清潮先生的地域文化散文还有何不足或局限呢？下文续为一说。

三、魏清潮地域文化散文的价值、优势与局限

笔者看来，魏清潮先生的地域文化散文价值至少体现在以下几个方面：

1. 继承和发扬了中国古代散文的优良传统和当下散文作家的责任感与担当意识

“文以明道”或“文以载道”是中国古代对主要是散体文也即散文及其他一切文体的要求，撇开“道”的本义论争，事实上这是中国古代散文的一个优良传统，它要求优秀的散文家和其他一切作家与诗人不要忘记自己的社会良知和责任感，要有舍我其谁的担当意识。中国古代散文不只是一种纯情的审美体验，它还是阅历与历史、文化与思想的体验。它虽然文章短小，取材广

泛，但未必与宏大叙事无关，也必须与我们的家园、心灵、思想有关，因此好的散文总是启人心智，既传达了至理，提升读者的修养与知识，又带给我们阅读的轻松与愉悦。同时在所有文体中，散文这一文体，其“情”的艺术还表现在它是最亲切、最平实、最透明的言谈。它不像诗歌那样破空而来，绝尘而去；也不像小说那样可以戴上人物的假面具，让读者看不透作者的情态；散文家所持有的是与读者亲切、平等而又透明的对话形态。从这个角度来说，散文是最纯粹的文体，一切散文都是“缘情”而发，真情动人心魂，而这又是我们现代社会最需要的心灵港湾。散文天性是平淡、宁静和温情的，与当下焦躁、紧张和功利的世俗正好形成鲜明对比，它是我们疗救失衡心灵的良药，用著名散文研究学者王兆胜的话来说，散文是让读者“安稳”和“踏实”下来的文体，是一只抚慰精神和灵魂的温暖之手。因而读者阅读散文时的这种润物细无声、晓之以理、动之以情的潜移默化的教育，绝对比强硬的灌输和喋喋不休的说教来得更有效也更持久。

面对当代社会诸如物欲横流、传统消亡、责任沦丧、文化日下等诸多问题，魏清潮先生用自己的散文对此进行思考和反思。其中最突出也最成功的地方则是对传统潮汕地域文化的发掘、阐释和思考，这就继承和发扬了中国古代散文的优良传统，体现了当下散文作家的责任感与担当意识。

2. 体现了当代文学创作必须为地方文化、经济服务的时代责任和时代要求

王国维说：“一代有一代之文学。”不仅如此，一代文学也必然有一代之文学的时代责任和要求，这是社会、时代发展对文学创作的必然要求。对于我们这个一切以经济建设为中心，努力实现中华民族伟大复兴的时代而言，一个有责任感和担当意识的作家，其文学创作就必然为这一时代主题服务。虽然这可以有不同的方式、方法与途径，但发掘、整理、宣传、弘扬、阐释和反思

自己最熟悉、感受最深也对自己影响最大的自己所生活的地方或区域文化，则是最便捷也最有效的途径与方式。古人云：一室不扫何以扫天下。换言之，一个作家如果连自己生活的、与自己息息相关的地方文化尚且不在意，那么又怎会关注别的呢？又谈何文化和历史责任呢？为实现和完成这个时代任务，现在有个响亮的口号叫“文化搭台，经济唱戏”，这或许不完全准确，但文化在社会经济发展中的作用也确实是不能小觑的。从意识形态与经济基础的关系来看，文学这种审美的社会意识形态，虽然受经济基础的决定和制约，但毕竟还有着对经济基础的反作用。因此，优秀的作家就能够通过自己的文学创作对社会经济起到激励、刺激的作用。

而魏清潮先生的地域文化散文，恰恰起到了发掘、整理、宣传、弘扬、阐释和反思自己最熟悉、感受最深也对自己影响最大的自己所生活的潮汕地域文化的功能，实现了文学创作为地方文化、经济服务的时代责任和时代要求。

3. 体现了潮汕文学创作为粤东西北崛起服务的现实要求和责任

由于历史和现实的各种原因，相对于发达的珠三角，粤东西北已经落后且差距很大。所以粤东西北要想崛起腾飞，就必须需要包括文学创作者在内的一切社会力量的努力和支持，同时也要因地制宜。这就需要结合当地的具体情况，对自己当地的传统、文化有深刻的理解。而有责任的作家通过自己的文学创作，就可以起到发掘、整理、宣传、弘扬、阐释和反思地方文化的作用。

潮汕地区有着独特的地方文化和民俗传统，这些是前人留下来的宝贵遗产，如能好好保护，有效宣传和合理利用，必将为潮汕地区的社会经济发展和粤东西北的崛起起到很好的文化智力作用。魏清潮先生的地域文化散文创作客观上就起到了对潮汕地区传统文化发掘、保护、宣传和利用的作用，而且可以肯定地说，这个作用还将越来越大，这也是一个作家责任和担当意识的体现。

4. 有可能为文学界带来了一种新的散文样式，即地域文化散文

只要是作家，其感受生活、表达情感、写作技巧应该是不成问题的，因此一个作家写好文章也应当不是问题。因此，判断一个作家优秀与否，并不在于其写景状物是否惟妙惟肖、活灵活现、栩栩如生，叙事写人是否曲折生动、引人入胜，而是他能给文学史带来什么新的东西。这个新的东西可能粗糙或不尽成功，但只要有，就是对文学的最大贡献。魏清潮先生的文学创造则有可能为文学界带来了一种新的散文样式，即地域文化散文。

魏清潮先生的地域文化散文还给当代作家们以这样的启示：一个作家只有从自己生于斯、长于斯的、最熟悉、感受最深也对自己影响最大的自己所生活的地域文化出发，而不是好高骛远、眼高手低，并认真发掘、整理、宣传、弘扬、阐释和反思自己的地域文化，就能创作出优秀的、符合时代和地方切实要求、并有责任感和担当意识的好作品。相对于那些宽泛甚至是表面上看来吓人但其实大而无当的历史文化散文而言，地域文化散文不仅因为作者熟悉、热爱、理解的程度原因而使得散文创作更接地气，而且更因此而使文章中所要表达的思想、阐述的问题更深刻、更到位也更符合实际。“文章合为时而作”，任何作品如果没有问题意识，无所寄托，毫无抱负，即使写得再好那也只能是空洞无物、行而不远的小玩意儿。鉴于此，我们不难看到，很多所谓大家写的那些所谓文化散文，虽然可能因其知识广博和写作技巧的娴熟而吸引人，但很多毕竟因为多为道听途说或取之书本教材，在对历史、文化尤其是民俗、风土、地方问题等的阐释或解读与解答上有郢书燕说、隔靴搔痒之感。日语中所谓“从二楼滴眼药水”，恐怕就是如此。另外从美学和文学理论本身的发展而言，现在无论中西方，都较关注区域文化、地方文学的问题，因为要

知道越是地方、地域的，也就越是世界的。小说如此，散文亦如此；阿来如此，莫言如此，贾平凹等亦如此。换言之，若问魏清潮先生的散文创作的成功或优势是什么，那么其地域文化散文就是其独特优势。

5. 为潮汕地区及其他地区的作家们提供了一条可供借鉴的经验或道路

毋庸讳言，在广东及全国的文学创作中，尤其是近几十年来，潮汕地区作家的创作成就并不突出，甚至是较落后的，同时在现有的潮汕地区作家中，其潮汕地域文化的特征也不明显。而魏清潮先生的散文创作之所以能在散文界异军突起，这正如前文所言，其明显的潮汕地域文化特色恐怕就是其取胜的有效武器，因而这也就为当代作家们提供了一条可供借鉴的经验或道路：那就是在文学创作中走地域文化的创作之路。具体说来，就是潮汕地区的作家要将自己的文学创作与潮汕地区的文化历史相结合，其他地区的作家亦应将自己地域的文化历史相结合，这样每个作家就有了自己的地域文化标志或族徽，同时也只有这样，其文学创作才有深厚的文化历史底蕴与价值。

当然，魏清潮先生的地域文化散文也并不是没有不足或局限，比如相对其全部创作而言，这些地域文化散文还总体偏少，这也就影响了其散文作品对潮汕文化的深入发掘、保护、宣传和利用。

同时，其地域文化散文作品总的来说开掘得还不够深，这也是当代文化散文普遍存在的一个问题。李晓虹先生曾说：

在当前不少文化散文作品中，很难看到一种穿透历史的精神思索。写作者往往只停留在历史资料的复述上，而没有触及资料之后的生命难题。人生会面对种种难题：生存的难题，思考的难题，精神超越的难题，突破和创造的难题……人生会面对种种选择：生活方式的选择，生存状态的选择，爱的选择，友情的选择……人生会提出种种追问：关于生命的意义、存在的意义、爱的意义、苦难的意义、超越的意义……所有这些问题，古人与今人，作者与读者，同样都要面对，都要经历丰富而具体的心灵过程，都会产生迷茫与困惑，都会渴求理解与沟通，正是在这些难题面前，作者与历史（过往的人）、与读者（当代的人）之间形成了立体的对话关系。如果不能在史实背后，看到这些难题，就无从表达独特的精神见解，也就无法进入更深层次的文化反省，更难以获得更广阔的精神视界和更大的心灵空间。

这些问题也可能在魏清潮先生的地域文化散文创作中存在着，也就是在写作中作者可能“往往只停留在历史资料的复述上，而没有触及资料之后的生命难题”，同时没有“进入更深层次的文化反省”从而“获得更广阔的精神视界和更大的心灵空间”。

其次，魏先生在写作中还应注意，无论是托物言志还是借景抒情，情感和思想的表达不应直露的问题。正如列夫·托尔斯泰说：“作者的思想越隐蔽越好，这就好像上帝不应在其所创的万物显身。”而在这点上，魏先生可能因为写作时性情所致而有很多抒情、言志直露的地方，本来抒情有直接抒情、直抒胸臆的方式，但作为学者之文、文化之文，这样的方式还是越少越好，作家的情感、思想还是让读者在字里行间品味出来而不是读出来为妙。

最后，其地域文化散文作品总的来说形式、结构还是比较单一、传统。现代很多文化散文中诸多如文言合一，甚至学术论文化（也就是为了正文的简洁，但又顾及历史、文化资料的完整，故以做注的形式出现在文后）的形式，在魏先生的作品中没能有所尝试。不要小看这些形式的东西，事实上这些形式的尝试、变化可能会带来文学创作上的重大改变甚至突破。

黄景忠先生在其《听音乐会有感》一文中说到这样一个故事并阐发说：

郭小东先生曾谈到他小的时候受到的文学启蒙是读到一篇文章，大意是一个牧童放牧一群牛羊，牛执着于吃草，而有一只小羊在吃草的过程中偶尔会抬头望望蓝天和白云。在郭先生看来，这应该就是一只具有艺术气质的羊了。所以，能否这样说，我们所培养的羊，不仅要会吃草，而且要懂得抬头瞭望天空。天空要比大地更辽阔、更幽深、更自由。

笔者想接着黄先生说的是，这头有艺术气质的羊或许就是魏清潮先生，因为他脚踩着潮汕地域文化的大地，同时又仰望文化、文学、艺术的星空。当然，魏清潮先生正值壮年，创作正盛，在此，衷心希望他能扬长避短，创作出越来越多优秀的文学作品，同时也希望他的地域文化散文之路越走越广阔。

（作者系韩山师范学院中文系教授、博士，文学批评家）

好散文应讲究天分和勤奋

◎ 黄国钦

这一次举办“魏清潮散文作品研讨会”，是潮州市作协打报告给省作协党组，经省作协党组同意，由省作协创研部和潮州市作协联合主办。这样规格的研讨会，在潮州还是第一次。

魏清潮上世纪八十年代初期就开始发表作品，迄今已在《作品》、《散文》、《散文选刊》、《散文百家》、《西部散文》、《粤海散文》、《人民日报》、《南方日报》、《羊城晚报》等近二十家大报大刊发表作品。近几年来，他的创作呈现井喷，作品的文学性、艺术性、思想性均达到一个较高的水准，有一些代表性作品还被作为高考模拟试卷和收进大学生读本；今年第六期，内蒙古出版集团《文苑》杂志集中推出了十篇三万字的《魏清潮散文特辑》；8月由省作协编辑、花城出版社出版的《2009—2013广东散文精选》，又收入了他的两篇散文，五年的时间，只收进二十一位作家的散文作品，可见把关之严、要求之高、入选之难，我说，仅此一项，就奠定了他在广东散文界的地位。

魏清潮的现象引起了省、市文学界的注意，这与魏清潮的天分、勤奋、追求分不开。文学是最考究人的心性、人的成色的，假如你的心性浮躁、成色不足，你是无论如何也写不出像样的文学作品的。

（作者系广东省作协主席团成员、一级作家）

河山回首是雄文

◎ 陈耿之

文友魏清潮的散文风格，我认为最大的特色就是具有阳刚之美，其根基就是他具有军人的阅历。例如，《黎明　你好》（发表于《潮州日报》2014年6月21日，入选《散文选刊》2014年第十期）一文，我一读便被其中的战争场景强烈地震撼：“上百门美军的大炮轰隆隆射向我军的阵地，山摇地动，烟雾滚滚，震耳欲聋，轻重机枪，同时开火，各种照明弹飞向天空，加上枪炮弹的火光，把敌我双方的阵地都照得如同白昼。”他在场景描述中倾注了强烈的感情，我认为正是他军人的体验式文笔，才使文章写得如此动人，如此富有质感。但是，决定一篇散文是否成功的关键，还是要看它主题思想的提炼，在这方面，魏清潮友又发挥了长期从政的优势，使其作品的主题思想成为感悟的渗透、理论的凝聚和睿智的结晶。例如，这篇《黎明　你好》，他借助主人公的语言，高度地概括了朝鲜战争停战前后的军人普世价值观：“世界上的军人，美国军人也一个样，本质都是厌恶战争，热爱和平的。打！要狠狠地打，打他个天昏地暗、血流成河，打是为了和，为了制止战争。”这是内涵丰富的感悟，也是哲理孕育后的升华，是整篇美文的“文眼”。

宏观上的娴熟概括表述主题，这是魏清潮散文成功的一个方面。但另一方面，也不能忽视微观的刻画。例如，《黎明　你好》这篇散文，在这方面便有很多可圈可点之处。文中叙述了长津湖残酷的一场战役，看后使人热泪盈眶，其中的细节描写更是触目惊心："在野外零下三十多度的气候下，人就像放进了冰库，身体又累又饿，得不到点丁热能的补充，不到半个时辰，大家的手脚变得麻木，不听使唤，一个时辰后，血液好像开始凝固，人变得昏昏欲睡，如果这时候睡过去，恐怕永远也醒不过来了。我和指导员、连队几个干部悄悄爬到战士身后，摇动每一位战士，有的还可以动一动，有的根本动不了啦。""他没办法，只好用一个铁锹把一条炮腿捆住，再把一个铁锹压到自己的肚子下面，另一条炮腿用肩膀扛起来，他命令战士开炮。"这是经历过前线战争氛围熏陶的魏清潮才写得出的细节。在这里，作者以深邃寓性和心灵透辟的整合，给我们再现了1950年冬季朝鲜战场的惨烈场景，给读者传递了生命气息和信仰力量，使我们体会到作者心智的晶莹和灵魂的震颤！还有那在冰天雪地中战士吃土豆的细节描写……又是一幕蕴含了审美情感液汁的艺术再现，使人理解到生命的本义和自我牺牲的崇高。

我曾经问过作者，这是小说的好题材，三十年前，你不是写过越战小说《鸡冠花为什么是血红的》吗？为什么不写成小说？他说，现在我更喜欢写成散文。我再次用他军人的阅历解读他的艺术追求，同时，也从自己给大学生讲授过的文学概论常识中去理解他人生情结："人物形象是否真实是散文与小说的区别。"我明白了，他虽然以自己老首长作为贯彻全文的人物，但作者只是抓住人物的性格特征作粗线条的勾勒，他更偏重的是表现军人真实的基本气质、性格和精神面貌。我想，注重油画般的人物和场景刻画，加上鲜明主题思想的艺术表达，这也许就是他近年来井喷而出的散文作品都具备奔放厚重风格的原因所在吧？

举一反三，就此打住。最后，让我把《喜读魏清潮友散文〈黎明　你好〉有咏》的七绝作为结束语：

昔融绿野乐军前，频雨苔衣献众群。

万丈银泉奔骥势，河山回首是雄文。

（作者系中华诗词学会会员、广东作家协会会员、潮州作家协会顾问）

让灵魂得到升华

◎ 程小宏

今天很高兴能参加由省作协、市作协联合主办的“魏清潮散文创作研讨会”，潮州近年来专门举行一个作家的创作研讨会不多，今天在凤凰山这么美丽的地方，有这么多知名作家和朋友欢聚一堂，共同一起品赏魏清潮先生的散文作品，发表自己的见解和感受，探讨文学写作的问题，确实很难得，特别是省作家协会廖琪副主席，鲁迅文学艺术奖、华南理工大学新闻与传媒学院徐肖楠教授等领导、名家专程前来参加研讨活动，很令人感动！在这里，我代表市文联，对魏清潮散文创作研讨会的举办表示热烈的祝贺，对各位领导和嘉宾的到来表示衷心的感谢！

文学艺术的发展和繁荣需要艺术家的共同努力，需要不断交流和切磋，相互学习，得到启示，才能不断进步。闭门造车、故步自封是不能出好作品的。实践证明，哪个地方学术和艺术探究的氛围浓厚，那里的艺术作品整体的质量就高，出现的人才就多。当前，我市各个文艺家协会开展专门的学术研讨活动相对较少，因此，今天的研讨会殊为难得，对其他艺术门类协会将起到较好的示范带动作用。相信这次研讨活动的成果，将能使魏清潮先生本人有所获益，也能为文学同行所借鉴，进而提高和推动全市整体的文学创作。

我们希望今后有更多的作家、艺术家能够尽快成熟起来，形成自己的艺术风格，不断有新人涌现，多举办这类有较高艺术与学术含量的研讨活动，繁荣我市的文学艺术创作，为潮州文化建设贡献自己的一份力量。

我很早就认识魏清潮先生，他既是党政领导，也是一位文人、一个真正的作家。尤其难得的是他平日公务十分繁忙，仍能时常拿起文学的笔杆子，不断有精品力作出现，而且达到了很高的水平，相信在座读过魏先生作品的人，都能对他的作品留下深刻印象。我个人以前断断续续读过魏先生的作品，初步的印象是他的散文作品文字流畅轻松，富于生活气息，而且往往都饱含哲理思考，这使他的作品有异于常人的深度，我个人很喜欢他作品的这种风格。这一次为参加研讨会，我集中时间阅读了他入编《西部散文》专辑的十多篇散文作品，我是一口气给读完的，读的过程很轻松，感觉很享受，像是在听一个具有深厚生活阅历的智者娓娓而谈，又像是在听一首或悠扬、或深沉、或苍茫、或清丽的交响乐曲，总的感觉是魏先生的作品抒情性很强，他用诗化的语言，含蓄的文字，轻扬的节奏，交流人生感受，追问生命意义，既有艺术高度，也有哲理深度，令人回味无穷。

如何欣赏和品评魏先生的散文作品，在座各位都是文学方面的专家，肯定有很多精彩的论点和见解。我想简单谈谈自己对魏先生的散文特色的几点体会：

一、在内容的取材上，善于掇取身边司空见惯的风土人情、生活场景、自然物象生发开去，娓娓道来，小中见大，以敏锐的眼光和洞察力，看到和发现别人所没有看到的、想到的，出人意表又自在情理之中。将普通经历与日常情思融为一体，散发出真挚的情意，引来对生命与哲理的深沉思考。比如竹海、飞雪、雄鹰、蚂蚁，树林、古井、钓台、医院，年夜饭、功夫茶、赛大猪，好像随意捡起社会、人生的边角料，随意聊开，却感觉大气、亲切，而且在写作中决不会囿于此物此景，往往将历史事件、古今掌故信手拈来，或闪烁而过或慢速显现，从而超越自身狭小生活空间，使作品具有超越时代的强大穿透力和辐射力，从中探求生命的意义、文化的精髓和深邃的哲理。

二、在整体的构思上，虽不拘成法，但得“起承转合”之妙，能做到形散神聚，散得开，收得拢。在材料的剪裁、组织和表现主题的过程中，行文灵活自如，运笔如风，时而勾勒描绘，时而倒叙联想，时而感情迸发，时而侃侃议论，上达天文地理，下俯伦理人情，纵横驰骋，擒纵自如。如《蚁魂》一文，从“我家的古城区屋角的黄蚂蚁”写到“南美洲的蚂蚁群”以至“非洲的大腭蚁”，从“上古恐龙时代的蚁族”写到“二战时期大刺蚁灭掉德国军队”的故事，任思绪纵横驰骋；在《放生台与钓鱼台》文中，一边是思绪飞往千里之外与孟买寺院僧人对话，立马回来则与身边钓者对话，两两跨越时空，形成不同视角、不同人生观的矛盾对照，从而揭示深刻的哲理。他善于调动听、视、嗅等多种感觉方式来展开联想描写，但能时时、处处紧扣说理或抒情的“中心”，使这一“文线”成为散文内在的凝聚力。比如《年味》中，通过多种表现手法与不同时空，把烟雨迷蒙的古城，节前的热闹场景、隆重的祭祖、壮观的庙会、钻蔗巷、赛大猪等各具特色的游神，龙舞、布马舞写得如临其境，活龙活现，十分传神，把多种意象汇聚于统一意境之中，内容虽繁杂，但它的“神”始终不散，贯穿于“年味”这一条红线中，首尾一贯地表现了主题意蕴，体现出作者对材料娴熟的把控能力。

三、在驾驭文学语言方面，表现手法灵活多样，遣词造句精练准确、朴素自然、清新明快、亲切感人，文采斐然。魏先生的作品无论记人、叙事、状物、写景、抒情、说理，均体现出过人的文字驾驭能力，有的粗犷，有的细腻，有的豪放，有的婉约，笔墨高度净化，意到笔随。他的文字不刻意雕饰，也不花哨，他常常能用简洁、朴实、诗化的文字，对场景或人物进行栩栩如生的描绘，抒发真性真情，作品中这样的文字不胜枚举。如《海风吹过红树林》中对红树林的描写："红树林吸日月之精华，经风雨之洗礼。贫瘠的海滩湿地是它豪华的温床，它们凭着枝繁叶茂，盘根错节，古木苍茎，嶙峋如蛟，一连连、一排排，结成摧不垮的团队，风流在海与岸之间，潇洒在水与天之间，化狂风为情侣的窃窃私语，变惊涛为诗人的吟哦，拨响大海的弦音，饱尝海水咸涩的滋味，苦苦死守着贫寒的湿地，酿造出福荫人类的生态环境。"这种描写潇洒自在，体现出和谐的文学色彩、自然的节奏、深远的韵味，具有较强的文字张力。

四、在立意的挖掘上，善于升华提炼，豁达深刻，富于哲思美。魏先生的散文，是建立在厚实的生活积累和富于情感的生活体验上，也得益于其对历史、宗教、人生哲学的深度解读，加上横溢的艺术才情、丰富的想象力、驾轻就熟的文字表达，使其作品自然轻松游走在在历史与现实、现实与理想之间，对博大精深的中国古典文化和对人生的哲学思考，以轻扬的文字做着深刻而潇洒的穿越。文中记叙的一些物象和人事其实都很普通甚至熟视无睹，但他能"深入浅出，把很大的问题、很深的道理，用不多的篇幅、浅近的话说出来"，让读者在深入其故事、领略其风光同时，在思想上产生强烈的共鸣，悟出宝贵的人生智慧，得到深刻的启迪。比如在《生死地》中，作者生动传神地描述自己亲身所视所感的婴儿出生、全家兴奋的情感体验，但话锋一转，又联想起自己亲人突发重症在同一医院抢救未果的惨痛经历，一喜一悲，引发人们对生命脆弱的慨叹，透过大家再熟悉不过的医院，点出"生死之间，隔着薄薄的一堵墙、通透的一层纸，就是这么短的距离，生生死死，死死生生，周而复始"的生命规律，启示人们要活在当下，活得心安，体现出对生与死的深刻思考。此外，他的作品中，还特别关注那些生命力顽强、生命意志坚定、生命情景独特而有突出生命品格的自然物象，比如厚重苍茫的原始森林、苦守贫寒湿地的红树林，坚韧惨烈的蚂蚁、倔强刚毅的雄鹰，大力讴歌生存的强者，给人以奋发向上的正能量。所有这些作品，都显示出厚重的历史沧桑感，具有较大的生活厚度与哲理深度，内容美，境界高，情致雅，理趣妙，融为一体，意味深刻。

以上是我对魏清潮先生散文作品的基本感受，主要还是从大的方面说，可能还不够深刻，不够到位，还望魏清潮先生和各位文学作家多多批评指正。我期待通过这次创作研讨会，魏清潮先生的散文创作能有新的突破，达到新的高度，全市文学艺术创作能再上新的台阶！

谢谢大家！

（作者系潮州市文联主席）

欣闻魏清潮散文获奖

◎ 杨俊华

欣闻老同学魏清潮今年12月间《黎明　你好》荣获2014年度唯一中国散文“精锐奖”。又拜读了潮兄在《散文选刊》的二十一篇散文小辑，我为老同学骄傲。潮兄孩时与我一起读书、玩耍，几十年的同学圈里就像一串珍珠，潮兄就是这串珍珠中最为璀璨耀眼的一颗。

我与潮兄是同学又是文友。从这些如同花簇的散文看来，他以满腔喜悦的激情，清丽隽美的笔触，把中华大地的一些风光人物淋漓尽致地映现在水晶般的荧光屏上。在这儿，我们看到蒸腾着热气的冬天河流，听到风靡东南亚的娓娓动听的潮州音乐，仿佛吃到樟林“林檎”的特殊甜味、入口即溶的奶酪，拜会到那些用自己的辛勤劳动为别人创造幸福的普通劳动者。

潮兄在他的《心之声》一文中说，他“喜欢那些风花雪月的作品带来了华美的容颜，那些拥有生命活力的作品赋予了人的灵魂。那些容易被人们遗忘的历史，重新在人们的心里刻下了印记，生命与大气相接，生存与文学融合，使生命更具活力的想象空间”。的确，他的散文，就是此段话的真实写照。

潮兄从小家贫，喜爱读书，我记得初中时是我们班里的语文科代表。当兵转业后，走上领导岗位，平时拨冗看书写作，继承我国古代大师“文章穷而后工”的精神，向散文世界的广度和深度进军。他潜心研读了巴金、冰心、朱自清、秦牧、贾平凹、余秋雨等多位著名作家的散文集，反复分析比较每个作家的不同风格，其勤奋之程度，令人钦佩。

他崇拜鲁迅散文的立场鲜明、感情浓郁、瑰丽优美；欣赏茅盾散文的饱满犀利、想象丰富；巴金的娓娓而谈；叶圣陶的气度雍容；朱自清的文笔清丽；夏丏尊平实稳健；吴伯箫的沉着凝重；刘白羽的宏大深湛；杨朔的刻意求工而不露雕琢；何为的善于刻画人的心灵美……都使这位业余散文作家如入山阴道上，目不暇接。

他在《风雨草原》一文中充分发挥了叙事与抒情的功能，具有较高的情感色彩。他继承了我国古典散文中寓情于景、情景交融的传统，借景抒情，托物言志。他在描述那不熟悉的的士司机，是他崇拜的真人。叙的是这些不为人知而却为人信的真事，抒发的是作者与所遇到这位的士司机的真情实感，没有虚构，绝少夸饰。所描述的情节，不仅能动人心弦，感人肺腑，更能启人思索，人间真情所在，唤人为善为美，大爱无疆，这就是这篇文章的思想价值和艺术价值。

随着物质生活和精神生活的提高，一股股崭新的生活激流不停地奔泻，使作者们强烈地感到一阵阵清新馥郁的时代气息和生活气息扑面而来。我也偶尔动笔，几时散发出只言及文学碎片，在汪洋大海中，充当一滴清水，万木丛中的一片绿叶，让人们尝到大海的咸味，闻到生活中的幽香而已。但潮兄却是批量生产，特别是这两年多来，在文学创作方面，“忽如一夜春风来，千树万树梨花开”，佳作倍出，文量之速，使许多人瞠目咋舌，难以置信，像一群报春的紫燕，向广大读者报告春天的信息。

潮兄所发表的散文，每篇我都有认真地拜读，反映现实也好，抒情遣兴也好，记游览胜也好……正如他所说：“把地域文化引入其中，更加注重艺术知性与感性的完美融合，使作品更具深厚的历史文化和价值。他将自己的见闻观感、喜怒哀乐，缕缕地编织进散文里，从那些使人眼花缭乱的作品中，使我们听到现实生活中跳动的脉搏，为我们谱写真、善、美优美动听的乐章。

这次潮兄获得2014年度中国散文“精锐奖”，是我们老同学的丰采，更是我市乃至我省作者圈中一颗闪烁的文星。我有这般的老同学，为其骄傲。我们有权利热切地期待，素有“岭海名邦、海滨邹鲁”之称的潮州历史文化名城，文学新苗像雨后的春笋，让潮兄多出精品，再次高奏“精锐”的凯歌。

散文五诀 《茶喻》皆俱

◎ 邱喜桂

“天然的好景有的是，但有的路途遥远，一生只能作一次旅游……只有这天星桥，路又不远、山又不险，景却特美，你可以一来再来，细品漫游。”这是时任《人民日报》副总编梁衡游天星桥风景名胜区时留下的墨宝。去年，我再游黄果树瀑布的天星桥，发现山水草树间，都是梁衡散文段落，犹如走读一篇山水散文。一问，原来1995年，梁衡来到黄果树天星桥景区，被天星桥景区的美景“迷住”，突发灵感，一气呵成，写出了《桥那边有一个美丽的地方》。于是，散文一段段出现山水间，这无疑是一种创意。

梁衡说：“一篇文章怎样才好看呢？先抛开内容不说，手法必须有变化。最常用的手法有描写、叙事、抒情、说理等。如就单项技巧而言，描写而不单调，叙事而不拖沓，抒情而不做作，说理而不枯燥，文章就算做好了。但更多时候是这些手法的综合使用，如叙中有情，情中有理，理中有形，形中有情，等等。所以文章之法就是杂糅之法，出奇之法，反差映衬之法，反串互换之法。文者，纹也，花纹交错才成文章。古人云：文无定法，行云流水。这是取行云流水总在交错、运动、变化之意。文章内容空洞，言之无物，没有人看；形式死板，没有变化，也没有人看。

“变化再多，基本的东西只有几样，概括说来就是：形、事、情、理、典五个要素，我们可以称之为‘文章五诀’。其中形、事、情、理正好是文章中不可少的景物、事件、情感、道理四个内容，又是描写、叙述、抒发、议论四个基本手段。四字中‘形’、‘事’为实，‘情’、‘理’为虚，‘典’则是作者知识积累的综合运用。就是我们平常与人交流，也总得能向人说清一个景物，说明白一件事，或者说出一种情感、一个道理。所以这四个字是离不开的。因实用功能不同，常常是一种文体以某一种手法为主。比如，说明文主要用‘形’字诀，叙述文（新闻亦在此列）主要用‘事’字诀，抒情文主要用‘情’字诀，论说文主要用‘理’字诀。

“正如一根单弦也可以弹出一首乐曲，只跑或跳也可以组织一场体育比赛。但毕竟内容丰富、好听、好看的还是多种乐器的交响和各种项目都有的运动会。所以无论哪种文体，单靠一种手法就想动人，实在很难。一般只有‘五诀’并用才能做成斑斓锦绣的五彩文章。”

魏清潮散文《茶喻》，发《人民日报·海外版》题为《茶如人生》，经意不经意间，正合梁衡所说的散文五诀：“约三五朋友坐在一起，喝茶聊天”，闲情逸致，云卷云舒，花开花落，饮茶！写事，一笔带过。

“泡茶品茶是美的享受，通过选茶、辨水、选具、涤器、投茶、沏茶等技巧，泡出一壶上品的茶汤。红茶之汤色泽红艳明亮，香气馥郁，滋味浓醇甘甜；绿茶之汤翠绿娇嫩，清澈见底，充满生命活力，望物生津，淡淡幽香；乌龙茶之汤明黄光亮，晶莹剔透，沉香留齿，回味无穷”，“但我还是最爱潮州的功夫茶，其茶叶来自海拔1400多米的凤凰山，山上终年云雾缭绕。凤凰茶以宋代的遗株单丛茶为上品，曾作贡品。借助科技之力如今已广为种植。凤凰茶制作工艺古朴精细，各种香型独特，有杏仁香、姜花香、柚花香、黄枝香、桂花香、蜜兰香、橘花香……”都是写形。

“皓月当空，月色穿过小树林点点斑斑洒落在草地上，明净的茶桌上，透明的月色飘忽不定，闪闪烁烁，乳白色的茶杯叮叮当当在手上转动作响，地面上小炭炉上的锅仔咕噜咕噜冒着一股白烟。”月色清辉，静，茶杯叮叮当当，锅仔咕噜咕噜，动，动静相宜，纯美，是写景。

“有了‘好茶，佳具，雅景’，继而以茶论道，茶事与文化完美结合。茶中有道，以茶行道，茶道如月，人心如江，江月相映。品茶是一种修养，一种境界，一种愉悦，通过对茶汤的‘甘、香、滑、重’的鉴赏，融会贯通对天地万物的认知，慢慢细细地品味出人生的百般滋味。”临风把茶，玩味茶道，茶事文化，情由境生，是抒情。

“中国的茶文化博大精深，‘千里不同风，万里不同俗’，有白族的三道茶，北京的花茶，藏族的酥油茶，四川的盖碗茶……”如数家珍，如话家常，娓娓道来，各地茶道，尽显特色，是用典。

最后是说理，夹叙夹议，品茶也品人：“以茶论友：有一种‘凤凰茶’，泡好了，刚呷一口，香气四溢，甚是舒心，再饮，淡然无味，如同喝白开水。细辨起来，那不是原汤原汁的凤凰茶，是加香的茶叶泡出来的。有的朋友，刚一认识，甚是热情，有求于你时拍马溜须，达到目的之后，时过境迁，过桥拆板，没有情义，那种热情是装出来的。真正的凤凰茶，一喝进口，感觉有些苦，但再品，苦中带甘，再回味，甘洌无比，齿颊留香，耐人寻味。有的朋友，开始接触，觉得性情古板，时间久了，感觉其很有个性和思想，再交往，发现他人品高尚，可以成为推心置腹的好朋友。以茶思索人、理解人，很有情趣。”

这样，形、事、情、理、典，五诀都已用到，文章生动而有深意。

“五诀”俱全，哲理昭然。何谓哲理？简言之，我们存活于世，都有自己的感悟，而这感悟，就叫哲理！这智慧箴言，润物无声，潜移默化，发人深省，猛然顿悟！

诚然，五字诀的运用，不是一个单诀，而是组合诀。可知，好文章是很少单用一诀一法，唱独角戏，奏独弦琴的。我们平常总感到一些名篇名文魅力无穷，原因之一就是它们都暗合了这个“文章五诀”的道理。常有人抱怨现在好看的文章不多，原因之一就是只会用单一法。“五诀”的运用特别要讲究虚实互借。这样，纪实文才可免其浅，说理文才可避其僵。“品茗可令人静下心来，忘了世上宠辱得失、酸甜苦辣，头脑没有杂念。闻香而后慢慢品尝，小口呷茶，各种微妙感觉，自然涌上心头，这是茶与心灵结合的一种感悟，使人返璞归真。此时此境真有种‘放怀天地外，得意云水间’的感受。”这种白云苍狗，宠辱不惊的“茶感”，借有形之物来说无形之理，当然更吸引人，比单纯说教要生动许多。

徐肖楠评说：“魏清潮作品中那些性情人间情景，凡是与沧桑历史相交集的，就与生命精神和诗性感受相交集，作品由此浸润着平静而又激情的审美性情，汇聚生发出种种心灵情景，这些心灵中的光华照亮了人们平常的生活。如果说，《黎明　你好》这样的长篇表达了对生命宏大精神的敬意，那么，《拜雪》、《茶喻》、《竹海》这样的短章就寓含了生命的日常品格与境界；如果说，花草树木、鹰生蚁魂代表了生存的顽强和自然的悠长，那么，萦绕于日常大地的年节风俗、《镜》、《窗》、《门》、《梯》就承载了文化血脉和芸芸声息。”“生命万物在时间轮回中经历了各种各样的姿态和历程，魏清潮的散文对此记录下一些细致而轻微的时刻，让过去和未来都汇聚于现在，每个篇章都会相遇一段生活衷情，每个感怀都静待一个造访的心灵。走进的是物情俗事，聆听的是人间风流：当历史带走朝鲜战场的硝烟，当精神凝成雪域高原的冰晶，当传统变成今天生活的种种风情，沉思和华美便一起唤醒人们的当代迷蒙，走进人们久远而清晰的心灵，让生命的理由追随灵魂的声音轻轻响起，让人间在生命挚情中更有价值。”

“散文五诀”，说来简单，操作起来并不容易，它是基于平时对形、事、情、理、典的观察提炼和对知识典籍的积累运用。如音乐五线谱，手的五指，全在临场发挥，综合运用。

颖骄说：“一杯茶，佛门看到的是禅，道家看到的是气，儒家看到的是礼。茶说：我就是一杯水，给你的只是你的想象，你想什么，什么就是什么。茶中有水水中有茶，互相浸透浓浓淡淡难分离，苦也不会苦一辈子，即使是杯苦丁茶，会品的人也能品出芳香品出甜美。”“捧一杯清茶，看茶叶在杯中竞相浮起又翩翩沉落，沉浮间感悟人生的真谛，人生如茶，清香伴着苦涩，如红尘烟起烟灭，如世事云卷云舒，人生如此纷繁复杂又如此淡泊简单！含一口绿茶，咀嚼茶叶的苦味，品味茶的精髓，茶如人生，会苦一阵香一阵，剩下的就是清淡平凡，品平淡的清茶，过平凡的人生。”

魏清潮运笔腾挪自如，司空见惯的饮茶，饮出了人生，饮出了人品！若再说说人走茶凉之意，将更出彩！

（作者系潮州市作协副主席兼秘书长）

读清潮兄散文断想

◎ 曾 淳

夏午，若于凤凰山树荫下，铺一竹席，清风徐来，心如井水，卧而读书，乃人生一大快事。

近年来，每收到清潮兄新作，便读一遍，总会记下一段感想，现整理一下，把感觉理清出来，作为对清潮兄散文的总体印象。

散文乃随意之章，信手拈来，行其所当行，止其所为止，宇宙日月，一草一石，皆可掠来入文。散文属于主观色彩的文体，抒自我之情，状眼中之物，我尤其崇尚散文的自然性，美文不在辞藻，如美人不在衣饰，而在天真烂漫的自然之中。

清潮兄的散文，率真流露，性情毕现，为不可多得的佳作，难怪其中几篇，被选为高考、中考模拟考的阅读范文。

深夜，再读清潮兄的散文选，觉其文气轻灵，悠闲中藏着机智，充满人生况味，慢慢嚼之，愈加有味，确为枚枚酸甜杨梅。

文，本没长短之分，其文有五六千字，也有千字内小文，极具哲理，管中窥豹，兄之文字功力，尽显其中……

文如其人，清潮散文，走的是厚朴的路子：诚实、朴实，返璞归真，他不在文字修辞上去刻意，只凭思想和真情自然流露。潮人求实，衣着举止多朴素大方；潮人心慧，木雕石刻皆精致玲珑；潮人爱花，家卉庭栽皆素雅清丽；潮人喜淡，瓷皿皆洁净，抽纱皆明快，水果皆清香，菜式皆淡美……地域的素质加作家的气质，文风与性格的统一，益可写得顺手，纵观清潮兄近年的创作，就是明显一例。读文中，我的印象是：重精神，重整体，重感情，重气韵，具体而丰富，可谓朴素、自然、真切美。

清潮兄的散文，常令我细品击节！他的文章，时有精辟句，不缠绵，不悲戚，不狂妄，亦不作豪迈状，唯以淡朴舒展作其风格。

写作毕竟是寂寞艰辛事，知寂寞艰辛而为之，把智慧情操学识志趣投入其中，从中得乐，清潮兄常自嘲："我们就好这一口。"也令我感到自我慰藉。

读清潮兄的散文，觉其刚中有柔，篇章虽杂，长短不一，然以其感其情贯串，整体简洁，匠心真情，文中多处，多掘其潮州文化积淀，人文心理，多发自潮州风情氛围，与潮州诸文友相比，有其共性，实中藏智，也有其个性，气刚情长！

常言道，真正的作家，应具有童心，慧眼、傲骨、柔肠、清潮兄的散文便流淌着这四要素。平时与其交谈，天真率直，热情爽朗，其心不设防，坦坦荡荡，文为其人。章中豪气荡荡，都是来源其性情心灵的流淌……

文字即菩提，这批散文，把清潮兄真个修炼得充满智慧，让乍读的，粗读的，精读的，品读的，各各找到拍案击节的角度……

再读这批散文，可以说，这是满溢着鲜明的地方色彩和人格色彩的散文。

我发现，在其散文中，清潮不露痕迹地把中国哲学的某些精粹糅化其间，东方哲学讲究物我顿悟同一，他的散文，哲理顿悟应该是他的散文的本体。

美丽的辞藻，自然在不少散文家的运用之中，可惜许多读者读文时，往往会停留在语言、结构、意境上，而忽略了文章的风骨和品格。清潮的散文，正是在内涵上下足功夫，功夫在文外，他对工作，对朋友，对文学，对人生都充满真诚，珍惜理解，自励自强，知其荣，守其辱，知其白，守其黑，我在他的文章，明显地感受到了。

以上就是一个资深的本土老编辑读魏清潮散文的札记和感觉。

（作者系潮州市作协副主席、《韩江》杂志主编）

审美与情智，沉潜与超越

◎ 阮雪芳

当今，娱乐多元化使文学出现了边缘现象，物欲主导，其道德基准，让人容易安于感官享乐，加上一些受西方反智主义的影响，以阅读学习获得精神丰实和心灵愉悦的人实在不多。其中，不少创作者也随波逐流，难以持有自身的价值信念，加上网络时代开放接纳的方式，诸多作品没有经过必要的修葺和磨砺，便出现在读者面前，良莠不齐。魏清潮的散文却保持了文学的精致和醇厚，重申文学的审美与情智，丰富的艺术力，也落实到出色的细节。作者以敏锐的洞察力越过常规的知识性，去凸现事物的精微。他笔下的世界，不是阐释，是打开。不是在寻找一个绝对至高的神祉，而是以自由抒写进入，参悟自然法则与人生真谛。

细读下来，厘清作者的思想脉络：自然物象——生命体验——思想吸纳——精神提引——真理悟得。我们不仅是生活在人类社会，也生活在大自然中，外在世界的内部，还有一个万物共存的价值体系，一个由物质与精神建立起来的广阔领域。即使这个领域时常会被欲望浮华、阴影所遮蔽。但葆有内在精神性的人，仍然执着去追求、呈现。将被隐匿的声部提引出来，使事物复归所是，作者当属这样的人。艺术的追求，如同没有疆界的精神旅行，不断丰富学养，提升原创力，并开始新的探索，从而进入一个富于诗性的美妙境界。

一、趋向澄明的诗性思辨

作为一个真正的散文家，从思想到情致，从艺术审美到语言提炼，从自然意象，到本真体验，都具有经得起反复推敲的蕴含。如《拜雪》，在苍茫天地间，老和尚拜雪引入，从自然界的雪纷然飘洒，过渡到内心之雪，由心化境，生命的缄默，心灵的洗礼。对于雪的逸致，他说："一缕洁白的雪魂，它飘逸、通灵……雪是水，它来去匆匆，一见白晃晃的太阳，就变化得无影无踪；雪是蜜，涂抹在人心上，可拂去尘埃，净化灵魂。"既而将雪与梅，雪和芦花都作了一番对照："梅须逊雪三分白，雪却输梅一段香。"雪和梅的白与香相互洇染，白似浩然正气，高洁禀性，香若内里细腻雅致的蕴含。不华彩夺目，却氤氲轻逸，一丝一缕地掠进内心，把观赏者整个儿占满了；雪与芦花，宁静幽美："裸露着生命的本真和飞扬的原态"。由物及至生命的态势，作者无不深刻地揭示自然万物与人类同一命系的存在之境。以诗性思辨为基质，趋向澄明，慧然悟得。雪也好，梅也好，芦花也好，无论怎样的生命态势，"只要寻找属于自己的生存方式"，活出真我，即使淡然，也是绝美。

关于雪的往事，作者则坚持了艺术的独立性和个人心灵的见证，从第一次看到雪的欢欣，到老军医深雪中殉职的回忆，将主题提升起来。拜雪——不仅是对天地的敬仰，更是对生命的敬重，对价值和真理的寻索。对自然万物的尊重，使世界得到本真的呈现。而一个葆有敬畏之心的人，一定怀着激情和爱，两者带来的激赏，超越了感官直觉，尊严、自由、畅达地完成着生命的进程。

《茶喻》一篇奥趣横生，以茶论道开始，触及"品"与"喝"的区别，通过品种的多样，指出最喜爱的凤凰茶。从品茶，到品人，这其中展示了作者多少人生的体悟。以茶论友，以茶喻女人，让我想起电影《闻香识女人》，唯有真正懂得爱的人，才怀有这样的细致心思。再以茶谈做官之道。无论高雅、达贵，还是人在窘途，茶的回甘，茶的独味，茶的禅道，一样给生命以滋养，在“品”中获得美的自觉体验。

二、克制激情与自由抒写

在一个充满诱惑和危机的时代，人是需要保持独立的意志，这正是文学得以独树一帜的前提。鉴于中国艺术审美的传统，抒情性仍是当代散文的主导。注重华丽词藻，流于个人日常抒臆，削弱了文章的丰厚和精审，局限其可能抵达的视域。魏清潮却选择冷静、节制，用心灵承载，用理智思考。因为激情一旦放任奔泻，很容易听凭无意识的驱使，倘若恰如其分的节制，激情所聚集起来的脉动冲击，将有效地引向深广的自由抒写。

《走进女儿国》独具敏锐的洞察力，对标志文明的婚姻制度进行质疑，指出其隐含的矛盾和对人性的压抑。笔意之下，始终贯穿着博大而细致的人性关怀，这样的爱、承担，都具有了时代的重量。《海风吹过红树林》、《秋天的伊春》以物、象，释自然之道，极富才情。进入《竹海》，如入人海。人面竹、佛肚竹、湘妃竹、观音竹，都奥妙地找到了对应。接着，由竹联想到魏晋时期的“竹林七贤”，情操气度，高风亮节。成熟的作家总是能够很好地把握生命内里那种共时的鲜活能量。林贤治曾说：“大散文家须有独立的人格，简直可以无视同行的存在，视野开阔，思想通脱，灵魂粗壮。”唯有粗壮的灵魂才得以驾驭奔涌的激情。《鹰之重生》全篇笔意深沉，注重对意象的深度开掘。“鹰一次比一次更艰难的磨难，都使灵魂受到一次次痛苦的洗礼……只有历经大灾大难的重生过程，才能深刻理解幸福的真谛。痛苦与幸福的因果循环，构成丰富完整的人生。”这是何等历练之后的希望和担当，沉潜和超越。繁富的生活体验，丰厚了作者的品质和思辨的学养。从写实到喻指，从现实到历史，语言真挚，意蕴坚实，雄浑而流转。

三、纯熟独到的艺术手法

文学在不断的发展变化中，形成了自身的结构节奏、原型语象、审美特征等一系列的艺术性。南朝梁的萧子显，在《南齐书·文学传论》中提出：“文章者，盖情性之风标，神明之律吕也，蕴思含毫，游心内运，放言落纸，气韵天成。”地域人文和现实体悟于不同的作者身上，也投射出不同的特质。魏清潮的文学追求与其高贵品格的自如洽合，使得他的散文显示出来的艺术性，纯熟独到，气韵高远，自然和谐。

比如文章的内在节奏，是经由字符呈现出来的生命音律，奇妙旋动。如阅读《拜雪》时，如同在冬日午后，聆听柴可夫斯基的序曲。一个重返的世界，似冈底斯山脉的古雪，炽烈冰川，阳光四重奏，回旋着强大而神秘的创造力。沉思的官能，纯净的视野，在那里守护着广博恬静的心灵。《生死地》严谨而轻逸，不长的篇幅，却纳入诸多意象。仿佛倾听肖邦的钢琴曲，来自波兰之夜，韵律的磁力线击穿钢质的外壳，完成对生命的瞬时叩问。

四、生存场所的温暖和生活的智慧

一个作家永远必须独自面对空白文档，以及语言的黑匣子。在一堆闪亮密集的文字中，精准地捕捉其所需，像钻石或扑飞的火苗，把它们从黑暗中提取出来。创作时，魏清潮面对的并非单一的空白文档，而是大千物象，它们一经作者挑选、注入情感，如同注入血液，一个个像激活的精灵，引领读者通达一个温暖的场所。《生死地》从医院联想到生命的分野，降生的喜悦，死亡的悲切，打开了情感闸门。生命如此脆弱、轻质、短暂，生与死只隔着“一层墙”、“一张纸”，有时只是一层轻纱，当死亡降临，它轻轻地掀起来，然后如夜幕落下，日子还将继续。同时，作者还从宗教的角度去揭示，每一生命都是平等的，“当我们活着的时候，死亡还存在，当死亡到来时，我们已经不复存在，死与死者已经毫无关系”。对“死”的达观，守护了“生”的鲜润质感。《乡井》一文作为原乡的象征，不仅是自然地理，也是渊源、祖先、情感的原址，《年味》以地方特色展开井的日常、井的美、井的品质。在《论“镜”》、《言“窗”》、《说“门”》、《话“梯”》中，作者用澄明的投射去挖掘事物内部的光华，显现了一种生活智慧。

杜夫海纳说：“价值来源于它深深植根于世界的人类经验中，而这个世界是人类共存的共同世界。”作者笔下呈现的，不只是人类共存的世界，更是人与自然万物的共同世界。这是一种难度写作，需要很高的智力去驾驭开拓，去点石成金。这须有足够的洞察力、内省、警醒、良善与智慧。可以说，魏清潮是一个坚定的内视自省的散文家，无论从人生体悟还是文学技艺，都有别于简单抒臆，始终保留着一份繁华喧世中的清醒哲思。他无意把玩文字的神秘，尽可能去澄明生活中隐晦的部分，如同一个真理在握的讲师，将不同体系中的事物，安放到同一场景，或同一意义的基准线上，让它们相互映照、延伸。他用真挚情感、生命温度、精准洞察和思想张力构建起来的创作具有穿透力，更能抵达读者的内心和世界的客观本质。

透彻的“洒脱”与“刚健”

◎ 余史炎

“人敬畏自然，也崇拜飘飘白雪。”这是出自魏清潮先生的散文《拜雪》，他从一幅照片引入对生命的思考，让人为之一震，他提到照片中“老和尚拜天拜地、也拜雪……”，对生命的探询和追问，让我们越发感到生命那种“生生相续、变易而不穷”的魅力。

我们常追问什么是生命。对生命的描述，生物学的解释是有物质的身体及心理的综合体。宗教，中国传统文化及现代一些追求高等心智的人们，则认为生命是身心的合体。当然，对于人的生命绝对不能只从生物性来规定。人属于生物，所以他要与物理世界打交道；人同时又有思想与情感，他既能感觉事物又能评判事物，这样一来，生命又具有以情感去感受和体验，以思去反思的特征。魏先生散文中有许多以情去感受和体验，带着思去反思生命的好作品。他在对生命的探询过程中，又表现出透彻认识生命之后的“洒脱”和“刚健”。

散文中的生命意识，表现形式各不相同，但都存在着各种各样的理解和感悟，往往是从创作主体的外部看待生命，体现创作主体对生命的态度，并从中获得对自我的超越。但置于现代文明之中，我们个体欲望的膨胀，“常常忽略生命特有的朴实、平凡、自然的形式”（陈剑晖语），而在魏先生的笔下，我们会不由得眼前一亮，他用一个透彻的眼光来看待生命，书写人生，让我们感受到了自然的生命形式。如在上面提及的《拜雪》中，作者眼里“一缕洁白的雪魂”，“寒冬，雪花在大江南北怒放……”；“而芦花，那洋洋洒洒的身姿，让人闻足秋天的味道”。“雪”与“芦花”，在作者的眼里是富有灵性的，以一种平等的眼光看待外部事物，于是更加接近生命的本真，不然作者就不会有这种的厚重、饱满的体悟：“人生也是如此，你我都是世间飘扬的雪花或芦花，点缀着生命的繁华，无论你来自哪里，无论你从事何种职业，都纷飞在尘世间，寻找适合自己的生存的方式，在淡然的生命中，绽放出自己的美丽。”作者用谦卑的姿势去捕捉生命的形态，告诉我们生命如何超越，是“洒脱”的表现。

在他另外一篇散文《生死地》中，更是选择了一个生与死交集的地方来展开，深层次地对生命本质的进行探询。他说：“每座医院都是生死地，医院像一根线，一头连着生，一头连着死。悲喜交加。生的欢呼、生的喜悦、生的庆贺；死的悲痛、死的惨痛、死的哀悼……”而这一次，实际上只是“自然的法则”。作者对生命的探询到此并没有结束，他进一步点出：“人的生死充满无数个偶然，旦夕祸福，什么时候死，用什么方式死，我们都不知道，但我们能够把握好、过好自己生活的每一天吧。”那又如何“把握好、过好自己生活的每一天”呢？就是“活着心安理得，死则无憾已矣”。

毋庸置疑，这种从创作主体之外事物获得感悟，理性地开展对生命的探询，意义非同凡响。就散文的创作来说，生命的体验的意义在于它可以让晦暗不清的现象，以个体的感悟使人生之境界更加澄清，把生命表现得更为广阔、并将读者带进生命内在的豁达境界之中。如果说上面的所列举的两篇散文表现的是魏先生对生命透彻的领悟，那么他的《鹰之重生》、《蚁魂》则是在演绎生命的精彩，或者说是通过对其他事物阐释，赋予生命理性的光辉，给人以重构生命的力量。在《鹰之重生》中，作者用了带着力量的语言，极力地勾画出“鹰”这一强者的形象，他说“鹰是动物界的强者，其本性倔强、刚毅，视野开阔，视觉敏锐，状态孤高傲慢，不易被驯服”。“鹰”又何成为自然界的强者的？一方面，“鹰”飞行训练要经历三重难关，特别是母鹰在训练雏鹰时会将其带到高空，将雏鹰摔下，雏鹰只会拼命尝试展翅才能存活，这是在生与死之间让雏鹰得到重生；另一方面鹰在四十岁时，又会经历一次生死的抉择，为了让自己获得重生，必须把它的喙向坚硬的岩石撞去，使笨重的旧喙脱落，并要等到新喙长出来，再用其扯下老化的趾甲，一直要经历五个月的痛苦历程，才能得已再活三十年。作者将鹰生命中经历的困难抉择写得非常悲壮，实是在告诉我们“没有浴火重生的勇气，就不能置之死地而后生”，只有经历苦的重生，才能收获一个全新的自我。这不禁使人想起了佛家喜欢探讨的问题，就是释迦牟尼三十五岁时目睹明星见性顿悟成佛，他到底悟到了什么？有人说是“缘起性空”。于是有些人就不断地参悟这句话“缘起性空”，天天坐枯禅，至死不能悟道。究其原因，是他们抓住了一个“果”，而从没去经历那个“因”，他们不知道释迦牟尼此前持过各种苦行、经历过各种苦难，最后才修成正果。鹰，也是因为勇于面对苦难，承担苦难，才能获得重生，人的生命亦复如是。

好的文学作品不但让人们通过外物去反思自我，更重要的还是获得改变自我，重获新生的力量。《鹰之重生》正是这样的一篇好作品，但这只是讲个体的重生。魏先生的另一篇题为《蚁魂》的散文，却是在讲群体的重生，更是让人为之震撼。这是一篇宏大的散文，体现了对生命多个层面的理解。首先文章极力给我们讲述蚂蚁群体的生命力量，他们每个个体的生命都非常脆弱，但是群体的合力却能够拖动超过自己体重二十倍的食物，且还可以制伏一只野兔，甚至逼退大象；在灾难面前，蚂蚁为了种族的生存不惜牺牲自我，在大难面前不退缩，义无反顾在大火里抱团联结，求得群体的重生。魏先生抱着对看起来细微的生命体的敬畏，品味出它们生命的顽强，使人为之感动莫名——每一个生命都有一种特殊的价值，一种厚重饱满的质感。不单如此，文章中从写蚁，进一步，引用了非洲大颚蚁，吃掉德军一支精锐部队的故事，写到蚁与人，从更深的层面来看待生命，反思自我——“众生平等，每一个生命都有其理由，存在就是合理……人啊！应该尊重每一个野生动物的生命，以达到人类与动物均衡发尽其所能的目的”，“透析小小的蚂蚁，芸芸众生可以参悟出三千大千世界的许多道理”。其实，文章不单是在讲蚂蚁之重生，更是在讲人如何重新认识自我，如何透过蚁魂重塑自己的灵魂。

文学不是学术理论，虽然不能搞说教，搞图解政治。但是要通过成功的艺术形象，把文本背后的东西传达出来，起到潜移默化、春风化雨地教育读者的作用。魏先生的散文以透彻的眼光看待创作主体之外的物与事，体现出强烈的生命意识，表现出透彻之后的个体灵魂的“洒脱”更传达出生命的“刚健”。瑞士小说家凯勒说：“诗可以教诲，然教诲必融化于诗中，有若糖或盐之消失于水中。”法国诗人瓦勒里也说过类似的话：“诗歌涵义理，当如果实含养料；养身之物也，只见为可口之物而已。食之者赏滋味之美，浑不省得滋补之力焉。”魏先生的此类作品如诗歌一样，以燃亮光明和引人向上的东西为职责，承担文学展示正能量的主旨精神这一基本要义，给人以启迪，意味深远。

（作者系著名文学评论家）

后　记

大道无为，只在追求自在。人可以少欲，但不可以无好。本人才疏学浅，凭借对文学的热爱和追求，把散文创作当成精神生活的重要内蕴。在文学这片葳蕤的大森林中，我仅是一片叶子。我利用一点业余的时间，让自己的心灵得到释放，力图写一些有感、有趣、有益的散文，并陆续发表于国家及省市级报刊。此次把多年积累的几十篇散文，结集出版，目的是与读者和方家交流切磋，希冀得到大家的赐教指导。

写散文不难，但是要写出好的散文的确不易。我的散文，试图写出平淡、自然、随性从心底淙淙流出的真情实感。

有如水的一片月色，那缓缓流淌的小河，风吹过的微澜，伴随着淡淡的花香，轻轻荡涤心中的浊气。

有浓厚的生命意识，探索感悟敬畏生命，珍惜生命，奉献生命的内涵。

有发掘历史和文化的题材，使意蕴更加深远，作品更具有晨钟暮鼓的哲思。

不知是否达到这样一个高度？我正在努力着。

在本散文集的编写过程中，感谢余秋雨老师为我赐题书名，感谢中国散文年会、广东省作协、潮州市作协为我举办散文研讨会，多位老师和文友为我撰写许多精辟的评论文章。还要感谢在本书出版中协助誊校作品的杨俊华、郑雪侬、蔡纪昭、杨振署先生。

对作家出版社诸位编辑为本书顺利出版付出的辛勤劳动一并致以衷心谢忱。

2015年10月20日于潮州